ヤクザと過激派が棲む街

牧村康正

講談社

ヤクザと過激派が棲む街

ヤクザと過激派が棲む街　目次

装幀　岡　孝治

序章　革命か抗争か

「ヤクザ」と「過激派」――ともに暴力を肯定し、組織の実体を明かさず、ときに法を無視する集団である。

その両者が、かつて東京都内の一角で本格的な抗争を起こした。博徒の老舗組織として名高い日本国粋会金町《かなまち》一家と、戦闘的な労働争議で知られる山谷《さんや》争議団の衝突である。時代はバブル直前の一九八三年、戦場となったのは一万人近い日雇い労働者が暮らす山谷のドヤ街である。金町一家と山谷争議団はたがいに相手組織の壊滅を叫び、二人の死者を出すほどの激しい戦いが続いた。「金町戦」あるいは「金町戦争」と呼ばれるこの戦いは、いまなお正式な終結に至っていない。

山谷争議団は当初この戦いを左翼と右翼の政治的な対決と見ていた。なぜなら、金町一家の傘下組織である西戸《にしど》組が右翼結社・皇誠会《こうせいかい》を創設し、最前線に押し出してきたからである。しかし抗争勃発の直後、山谷を管轄する浅草警察署の幹部はこう語っている。

「いやあ、実際はシマ争いみたいなものなんですよ」(東京新聞一九八三年十一月八日)

ヤクザ同士の抗争ならともかく、ヤクザと過激派のシマ(縄張り)争いとは、いったいなにを意味するのか。しかし、この不可解なコメントが、じつは本質を言い当てていることが戦いの過程で徐々に判明する。

金町戦の経緯を述べる前に、まずは過激派について説明を加えておくべきだろう。

「過激思想をもつ党派・一派。ロシア革命以後用いられるようになった語」（大辞泉）

「マルクスやレーニンなどの理論をもとに、革命で共産主義体制の実現を目指す集団。爆弾や時限式発火装置を使った暴力もいとわず、警察は『極左暴力集団』と呼ぶ。警察庁によると、ピークの1969年には約5万3500人いたが、現在は約2万人」（朝日新聞二〇一七年十二月二十一日）

過激派は総じて新左翼主義者の集団である。その主張は各党派によってさまざまだが、議会戦略に転じた共産党、社会党などの既成左翼に対し、新左翼は暴力革命路線を捨てていない点で一致している。団塊世代には中核派、革マル派、赤軍派などの党派名がなじみ深いはずだ。なお、左翼陣営における党派間の確執などは本文にて随時記述する。

他方、新左翼には無党派（ノンセクトラジカル）の活動家も存在する。山谷争議団は無党派が主体の集団であり、党派組織とは対照的な特徴を持っていた。したがって前記した過激派の定義がそのまま当てはまるわけではない。しかし、その発想や行動が「過激」だったことに間違いはなく、それゆえにヤクザと渡り合えたことも事実なのである。

山谷争議団の初代代表・三枝《さえぐさ》明夫が抗争前夜の状況を語る。

「山谷争議団は一九八一年十月に結成されました。七〇年代初期に山谷で活動していた現闘（現場闘争委員会、通称・ゲントー）というちょっと型破りな労働組織があって、『やられたらやり返せ』をスローガンに悪質業者と闘っていました。ところが七三年のオイルショックで山谷の仕事が激減したため、七五年には解散状態になっていたんです。景気回復で山谷に戻ってきた元現闘のメンバーを中心に、ほかの組織や有志が集まって争議団ができたわけです。

元現闘のメンバーが『6・9闘争の会』を立ち上げたことも再結集の大きな要因です。この会は、七九年六月九日にマンモス交番（山谷地区交番）の警官を刺殺した活動家・磯江洋一さんを支援する団体です。磯江さんがやったことの評価は別として、寄せ場の活動には情熱を持っていた人ですから、むかしの仲間を刑務所の外から支えようということですね。

『6・9闘争の会』も無党派の集まりでしたが、無党派というのは一人一党という意味で、無党派という組織があるわけではありません。争議団には党派の人間もいましたが、いろいろな傾向を持った雑多な人間の集まりでした。だから組織性はないんです。組織性がないのに『やられたらやり返せ』の過激な精神だけは現闘から引き継いでいるので、僕なんか争議団はある意味で徒党の集団だったんじゃないかと考えています。

党派には、それぞれ自分たちが革命を主導する前衛党であるべきだ、という意識があります。だから前衛党争いで内ゲバが起きたりする。左翼のなかの権力争いですね。ただし自民党だって同じことで、政治組織であればみんな権力闘争をしますよ。でも無党派は権力志向がないから組織の拡大や継続を意識しない。一定の役割を終えたら消えてしまってもいいし、また必要になったら集まればいい、という感じでね。そのあたりが徒党たるゆえんじゃないかと僕は思うんです。それに徒党集団は、活動家ということへの意識も違いますよね。活動家をそんなに偉そうなものだとは思っていない。自分は活動家だ、と言えばその日から活動家ですからね。まあ、徒党は、左翼でも批判されるんですけど」

「徒党」という言葉は「よからぬことをたくらむ一味」あるいは「ならず者集団」という意味合いを持つ。ただし三枝が言う徒党は、無党派活動家としての自負に近い。つまり、権力争いの呪縛から脱けきれない党派組織へのアンチテーゼである。その場合、左翼の意識を持ちながら権力を目指さない集団はどのようにモチベーションを維持するのか。

「山谷争議団はヤクザを撃退した釜ヶ崎（大阪市西成区）の闘争から具体的な戦術を学んでいました。その効果は絶大で、ケタオチの（とくに条件が悪い）飯場《はんば》に対する押しかけ団交（団体交渉）では連戦連勝だったんです。悪質な手配師もずいぶん吊し上げましたから、狙われた相手は恐怖にかられたはずですよ。

でも僕らは活動が次第にマンネリ化してきたと感じていました。無党派集団の特徴として、瞬発力はあるけど継続性には欠けるんですね。そこが党派の組織と違うところです。少したるんでいた時期に皇誠会が右翼の旗を掲げて登場してきたので、争議団としては一気に引き締まった感じです」

三枝が語る山谷争議団の姿は意外でもあり、新鮮でもある。左翼的な教条主義がおよそ感じられないからだ。この集団に、のちほど紹介する個性豊かな無党派活動家が集まってきたのもうなずける。ただし争議団が業者・手配師を追いつめれば追いつめるほど、その背後にいるヤクザは危機感を持つ。争議団の敵は悪質業者であってヤクザそのものを敵としていたわけではないが、結果として両者はつねに緊張関係にあった。

山谷での闘争は復活したものの、八〇年当時、新左翼は社会から完全に孤立していた。七〇年代に入って以降、連合赤軍のリンチ殺人、中核派と革マル派の内ゲバ殺人、東アジア反日武装戦線の爆弾闘争など、一般市民の理解を超える凄惨な事件が相次いだからだ。新左翼は次第に狂信的なカルト集団と見られるようになった。そういった社会からの視線は活動家たちも自覚していたことである。

山谷争議団の戦闘隊長だった通称「キムチ」は言う。

「俺らは二十代の若いころに新左翼の暗黒時代を経験している。争議団と支援のメンバーは一癖も二癖もある活動家ばかりだったけど、金町戦のときには、みんな少しは大人になっていて分別があったと思う。赤軍派でも連赤《れんせき》（連合赤軍）を批判して大衆運動にシフトしていく者が多かった。俺は何度か山谷に出入りしたけど、八四年に山谷へ戻った当初は地道に労働運動を学習していた。だけど、俺は親代わりのような人を金町一家に殺された。その事件がきっかけで、一度は活動から離れていた俺が争議団に復帰したわけだ。でもそれは復讐のためじゃない。争議団を守るためだった。俺にはそういう個人的な事情もあったけど、金町戦の本質は、日雇い労働者としての尊厳を懸けた戦いだった。自分たちの命と生活を懸けた戦いだったんだ」

活動家として武闘派のイメージが強いキムチだが、たまたま遊学する機会を得たために海外渡航歴があった。それが理由となって、国際的に活動していた日本赤軍（最高責任者・重信房子）との関係を公安に疑われ、厳しくマークされた時期がある。しかし金町戦における冷静な采配は、海外体験で得た幅広い知見によるところが大きいという。なお山谷争議団と東アジア反日武装戦線は間接的ながらつながりがあった。この関係については本文で詳述する。

一方、ヤクザ界は警察の三次にわたる頂上作戦（一九六四、七〇、七五）で激震に見舞われていた。大組織の組長・幹部が一斉に逮捕され、日本国粋会をふくめ、稲川会、住吉会、松葉会などが次々と解散に追い込まれた。その後に組織は復活するものの、一部の有力政治家と接点を持っていたヤクザ界は、頂上作戦を機にその関係を断ち切られた。権力側からの暗黙の庇護を失ったヤクザは、時代の転換期を迎え、経済面でも試練にさらされた。どの組織にとっても新たなシノギ（資金稼ぎ）の開拓は急務だったのだ。日本国粋会も、その二次団体の金町一家も、三次団体の西戸組も例外ではなかった。

山谷で曾祖父の代からドヤを経営する田中成佳《しげよし》が内情を語る。

「西戸（昂主・西戸組組長）さんは二代続く地元のヤクザ。西戸さんも若い衆も刺青《いれずみ》がびっしり入っていてね。ヤクザとしては本格派ですよ。シノギはよくわからないけど、掛け取り（債権取り立て）なんかはよくやっていたみたい。

争議団とぶつかったのは、要するに西戸さんが人夫出《にんぷだ》し（日雇い労働者の派遣）を商売にしようと思ったからでしょう。もともと山谷では義人党《ぎじんとう》（一九九二、解散）が人夫出しの手配師をたばねていたんだけど、西戸さんが若い衆を食わせるためにカスリ（利益収入）を増やさなきゃいけないから、それで始めたことだと思う。

だいぶあとで日本国粋会の親分になった工藤（和義）さんは、当時は吉原で金竜組の親分をやっていましたよね。長い懲役から帰ったあとらしくて、この近所ではめったに見かけなかったね」

金町一家は博徒として山谷一帯を縄張りとし、旦那衆相手の賭博開帳、路上博打、ノミ屋（違法の私設賭博）などをシノギにしている。傘下には西戸組、金竜組、志和組など複数の組織があり、それぞれが必死に新しいシノギを生み出そうとしていた。さらに山谷では義人党をはじめ、住吉会、松葉会、極東会、山口組など大手組織も勢力を持っており、山谷におけるヤクザの生存競争は厳しく、かつ複雑な様相だった。ヤクザが濡れ手で粟の大金をつかむバブル時代は、まだ少し先のことである。

なお金竜組組長だった工藤和義は、のちに大出世を遂げた。金町一家七代目総長（一九八四、就任）を経て、九一年には日本国粋会の四代目会長に就任（のちに國粹会に改称）。電撃的な六代目山口組への傘下入りでヤクザ界を仰天させ、最期は拳銃自殺という波乱のヤクザ人生を送ることになる。

金町戦の舞台となった山谷も複雑な土地柄である。山谷はかつて東京都台東区北東部に存在した地名であり、現在の台東区清川、日本堤、橋場、東浅草付近を指した（山谷ドヤ街という意味では荒川区南千住の一部もふくまれる）。かつて遊郭で栄えた吉原とは南西部で接し、北には遊女の投げこみ寺（浄閑寺）と小塚原刑場跡が残り、南では浅草の歓楽街が賑わい、東には隅田川が流れる――その中ほどに位置するのが山谷である。付近にはいわゆる被差別地域や国内最大級の貧民街もあった。山谷は人間のさまざまな欲望と罪深さを呑み込んできたのである。こうした経緯からもうかがえるように、江戸期には日光街道の小さな宿場町だった山谷は、昭和に入ってからも特異な変遷をたどった。

戦前の山谷で生まれ育ち、取材時も「ホテルさくらい」のフロントに座っていた櫻井《さくらい》群司（一九三二～二〇二〇）は、子供時代の鮮烈な記憶として次のような光景を語った。

「山谷は戦前から日雇い労働者の街です。親父は労働者相手の餅菓子屋《もちがし》をやっていました。私が子供のころ、労働者が旅館（ドヤ）で死ぬってことはあんまりなかったんです。体が悪くなって部屋代が払えなくなると、みんな外へ出しちゃうでしょ。路上でそのまま死んじゃう。その遺体を、東京都のマークが入った真っ黒な大八車《だいはちぐるま》で運んできて、路上の決まった場所に置いておくんですね。それを最後は区役所の係員がかたづけに来るんです。見ていると、遺体の関節のところに新聞紙を当てて、ポキーン、ポキーンと折るんですよ。座棺《ざかん》（遺体をしゃがんだ形で納める棺）に入れるためにね。私は三、四回その場面を見ていてね、子供心にはっきり残っています」

もちろんこのエピソードだけで山谷のすべてを理解するわけにはいかない。しかし子供時代の櫻井が目にした光景は、山谷という地域の特異性をリアルに物語っている。

戦災で東京が焼け野原になったあと、山谷には日雇い労働者の〝吹きだまり〟とも〝聖地〟とも呼べるドヤ街が形成されていく。建設ラッシュがピークを迎えた東京オリンピック（一九六四）の直前には、わずか一・六五平方キロの区画に二百軒以上のドヤが立ちならび、約一万五〇〇〇人の日雇い労働者が住み込んでいた。そして六〇年代以降は「暴動の街、酔っ払いの街、ホームレスの街」という不本意な形容で語られるようになる。ちなみに「ドヤ」は宿の逆さ読みで、粗末な宿という皮肉が込められている。

とはいえ、当時の山谷が荒れ放題で疲れ果てた街だった、と想像したら実態とは大いにかけ離れる。

「いちばん賑やかだったのはオリンピックのあとだろうね。うち（ホテル富田）の前の通りも、すいとん横丁だったのが寿司屋横丁になって、立ち食い寿司や普通の寿司屋が何軒もあった。立ち飲み屋もバンバンできてね。南千住に止まる都電の最終が夜中の一時だったから、店が閉まるのは二時ごろですよね。とにかく人通りが夜中まですごかった。パチンコ屋だって何軒もあったし、麻雀屋なんか数えきれないくらいあった。それが全部儲かっていたんだから、いかに人が多かったかということだよね」（田中成佳）

山谷にはやけっぱちとも言える賑わいがあり、同時に底知れぬ寛容さもあった。誰が流れ込んで来ても鷹揚《おうよう》な無関心さで迎えられ、その人間の過去や素性が問われることは一切なかった。消し去りたい過去を持ち、名前も明かせないような無宿人たちにとって、山谷は一時的にせよ命をつなぎとめられるオアシスだった。稀有な幸運に恵まれれば、失敗続きの人生をリセットすることも不可能ではなかった。

エコノミーホテル「ほていや」のオーナー・帰山《きやま》哲男が言う。

「うちは、ほかのお客さんに迷惑をかけなければ、刑務所を昨日出た人だって泊めますよ。こういう寄せ場の宿だからね。ヤクザの組からはじき出されちゃって、ここで隠れて暮らしている人もいました。その人は結局ここで亡くなったんだけど、警察が来て言うにはすごく有名なヤクザだったって。ヤクザだけじゃなくて、左翼で組織を追われた人も来ましたけどね」

帰山の実父・仁之助《じんのすけ》は、戦後の山谷を迅速に復興させた主役の一人である。旅館組合の幹部だった仁之助は東京都の要請を受け、戦災で住む場所を失った罹災者を募り、山谷へトラックで移送した。そして都に供与されたテントに彼らを収容し、日雇い仕事の基地とした。これが山谷ドヤ街の原点になる。その後にドヤの主流となったベッドハウスも仁之助の考案だったと言われる。ベッドハウスは一部屋に複数の二段ベッドを取り付けた労働者向けの宿で、ドヤの概念を一新するような発明だった。ただし、左翼活動家からは目の敵にされた。

「うちのベッドハウス第一号ができた一九四九年ころは、一般の市民がまだバラックや壕舎《ごうしゃ》住宅（半地下式の防空壕を住宅に仕立て直したもの）で生活していた時代でしたからね。うちの親父は一人でも多くの労働者に泊まってもらうために、空間を立体的に活用したわけですよ。上野の地下道に住みついていた人たちが新築の宿に住めるというのですごく話題になって、新聞記者がいっぱい来たらしい。でも左翼の人たちは、せまい部屋に労働者を詰め込んだと言って非難するんですよね。それで、ドヤ代を値上げして儲けた金で帰山は豪邸に住んでいる、みたいなことをアジビラに書かれてね。自宅に石を投げられたこともありましたよ」（帰山哲男）

左翼から山谷の〝地域ボス〟と見られていた仁之助はたびたび攻撃の的にされた。後継者の帰山哲男は団塊の世代に属するが、当然ながら左翼の活動家たちとは相いれない。その立場の違いと騒動の顚末《てんまつ》は、のちほど詳しく紹介する。

多くの地元住民にとって、山谷の土地柄が誇るに足るものだったとは言い難い。周囲からの蔑視を嫌って早々に立ち去った者も多い。しかし、祖父母や両親の苦労に報いたいと考える住民は、山谷に生まれた宿命を粛々《しゅくしゅく》と受け入れた。そして家業を日雇い労働者向けに特化し、ある者はドヤを、ある者は手ごろな値段の飲食店を、ある者は仕事に欠かせない日用品の販売店を営んだ。そういう人生を選んだ地元住民にとって、流れ者の活動家が起こす騒動は迷惑千万だったに違いない。立場は違うが、地元に根づくヤクザも同じ思いだろう。

左翼の活動家は日雇い労働者を「流動的下層労働者」と定義した（労働者には活動家自身もふくまれている）。仕事を求めて各地の寄せ場を流れ歩く労働者、という意味である。その言い方を借りれば、地元住民とヤクザはいわば「土着的下層労働者（あるいは中層労働者）」ということになるだろう。この二つのグループの生活信条は遊牧民と農耕民にたとえていいほどの違いが

1966年8月、日雇い労働者たちが暴発した山谷

あり、どこまでいっても交じり合うことはなかった。したがって、古くからの地元住民の多くはヤクザ以上に左翼を嫌った（ただし、争議団の主任弁護士だった安田好弘は、ヤクザの幹部と一般組員は分けて考える必要があると指摘する。後述）。

山谷にはもう一つ評判のよくない組織があった。警察である。浅草警察署管内の山谷地区交番（現、日本堤交番）は鉄筋コンクリートづくりの三階建てで、当時としては日本最大級の交番だった。その威圧的な外観以上に傲慢だった警官の態度は労働者に嫌われ、活動家は言うにおよばず、一般住民にとっても不信の対象だった。山谷で「マンモス」と言えばこの交番を指すが、これは愛称ではなく蔑称に近かった。

「山谷の暴動というのは、あくまでもお巡りさんの労働者に対するあつかいの問題。要するにお巡りさんがいかに労働者を馬鹿にしたかということ。そういう態度はずっと以前からあって、そのせいで労働者のほうが因縁をつけるわけですね。

暴動が起きるのは夏のお盆で仕事が休みのときが多いでしょ。みんな暑いけど、いまみたいに部屋にエアコンだとか扇風機があるわけじゃない。扇風機は自分で買ってきて電気代を払って使うとか、そういう時代だからね。みんなほとんど扇風機なんか持っていなくて、外へ出て夕涼みでしょ。みんなが外にいて、そこで誰かが火をつける」(田中成佳)

かつて山谷には「巨人が負けた暑苦しい夜に暴動が起きる」という俗説があった。田中の話を聞けば、まるで根拠のない俗説とも思えない。ともあれ、いったん暴動が起きれば、ほとんど例外なく真っ先にマンモス交番が狙われた。ただし、警察が山谷における陰の演出家であったこともまた事実である。

山谷の風景を最も特色づけていたのは寄せ場である。寄せ場は山谷の中心点に当たる泪橋《なみだばし》にあった。泪橋の交差点付近には早朝から数千人におよぶ日雇い労働者が押し寄せ、ヤクザの息がかかった手配師たちが手際よく仕事を供給していく。盆と正月以外、寄せ場の朝は日々そのくり返しである。ただし、この山谷にとって不可欠な労働システムが、じつは金町戦勃発の一因だった。そして警察や公共機関(職業安定所、労働センター)がヤクザをたたけない理由もそこにあった。ヤクザ系の手配師がいなければ寄せ場は一日たりとも機能せず、日雇い労働者はその日の飯も食えないのだ。そして日雇い労働者が日銭《ひぜに》を落とさなければ山谷の経済も崩壊する。

端的に言えば、山谷はヤクザがいなければ生き続けていけない街だった。そしてヤクザが「必要悪」と見なされていた山谷において、「悪」そのものを陰で押しつけられるのは日雇い労働者だった。下請けの末端である現場仕事には、賃金未払いや労災事故などのトラブルがつきものである。そんなときこそヤクザの出番であり、対する労働者は抵抗するすべを持っていなかった。労働者の唯一の財産とも言える肉体を守るには、泣き寝入りするしかなかったのである。

こういう環境で山谷に登場した過激派は、無防備きわまりない日雇い労働者にとって、うってつけの用心棒だったと言えるだろう。なぜなら、過激派は地元の微妙な共棲バランスなどには目もくれず、ヤクザの暴力には真っ正直に暴力で立ち向かったからだ。


一九八三年十一月三日早朝、西戸組・皇誠会が寄せ場に突然現れて金町戦の戦端が切られた。皇誠会の隊員はそろいの迷彩服を着込み、特殊警棒と催涙スプレーで武装していた。大きく日の丸が描かれた街宣車もこのときに登場している。

寄せ場でにらみ合う山谷争議団と皇誠会はたちまち乱闘状態になった。争議団は集まってきた労働者の加勢を得て皇誠会を一蹴し、その勢いのまま、泪橋に停車していた街宣車をひっくり返し炎上させた。その間、わずか二、三十分の出来事である。

ヤクザの面子《メンツ》を丸潰れにされた西戸組は、すぐさま報復を宣言した。以下、西戸組が貼り出したビラの文面である（原文ママ、実名部分のみイニシャルで表記）。

「労働者諸君に告ぐ！　我々もこの山谷地区に事務所を開設し、一年を迎え様として居ります が、この様に争議団に恥辱を受けては、我々西戸興業としてもがまんの限界である。これを機に 我々は弱い労働者の後でカスリを取っている争議団の（1）M・Y（2）U・T（3）M・M他 7名の絶滅をスル。弱者の労働者諸君を我々はケガをさせまいとして又警察の注告を守ったの だ！　争議団にヤジウマの気持で集まっている諸君達！　ヤジウマ集団で一つしか無い尊い生命 を失っては、いけない！　昔の渡世人は、日本刀で殺したが、現代の渡世人はその様な形を取ら ない！　死者が争議団のM、U、M、Iであれば良いが、我々は労働者諸君を巻き込みたく無 い！　ひやかしでこの様な文面を廻すのでは無い！」

このあからさまな殺人予告に警戒を強めた争議団は、駆けつけた左翼支援グループとともに旗竿などで防御を固め、本部事務所前に集結した。

しかし争議団の前に現れたのは西戸組ではなく、浅草警察署が指揮する機動隊だった。このとき凶器準備集合罪で逮捕された者は左翼グループ全体で四十四名にのぼり、争議団十五名のメンバーのうち警察に主要幹部と目された七名がふくまれていた。

この大量逮捕と、争議団幹部の半年近くにわたる長期勾留で、警察は事態の鎮静化をはかった。しかし、その狙いは外れた。

「警察は幹部を狙い撃ちにして逮捕勾留したけど、争議団は幹部がいなければ動けないようなタテ型組織ではないんですよ」(三枝)

「寄せ場の運動というのは、誰かがいなくなると別の誰かが現れて、次々に引き継がれていく。寄せ場の伝統だろうね」(キムチ)

狙いが外れたのは警察だけではない。西戸組も、その上部団体の金町一家も同様だった。暴力のプロを自任するヤクザが、いかに闘争慣れしているとはいえ堅気《かたぎ》の山谷争議団に力負けしたのだ。それに加えて争議団陣営には左翼の支援グループが続々と参入してきた。対する金町一家は傘下の西戸組と金竜組が連携して猛反撃を開始する。

安田好弘弁護士はこう振り返る。

「金町一家も、争議団も、おたがいに相手の得体が知れなかった。いまでこそ情報はたくさんありますけど、当時はまったくわからなかった。争議団は、ヤクザの半端でない組織の強さと暴力性を知らなかった。金町一家は、左翼の活動家は革命のために命を捨てる人間だと思っている。金町一家はむしろ実態以上に争議団を恐れる心理が働き、過剰反応につながった」

そして八四年十一月、ついに争議団側に死者が出る事態へと至る——。

この間の詳細と以後の展開は本文にゆずるが、ここまで記してきた内容は金町戦の発端に過ぎない。戦況の行方はもちろん本文で追うものの、そればかりが焦点ではない。金町戦には興味深い陰の要素が多分にあるのだ。たとえば、金町戦はなぜ山谷という閉域から外部に飛び火せず、マスコミにも見過ごされてきたのか。宿敵だったヤクザと過激派はどこに共通点があり、どこが決定的に違うのか。ヤクザ、過激派の組織の内情はどういうものなのか。警察はヤクザと過激派のどちらに肩入れしたのか。さらに興味深い点を挙げれば、過激派は本気で革命を目指していたのか。そして左翼の大義に隠されてきた活動家の個人的な本音はどこにあったのか——。

こうした視点をふくめて金町戦を振り返ったとき、日本の戦後史にいくばくかの新たな発見があるものと思える。

本書は、金町戦に参戦した元活動家をはじめ、現場で戦いを見つめてきた地元住民、弁護士、政治運動の関係者など、当時の実情を知る人々の証言によって構成した。証言のあつかいはできる限り慎重を期したが、本書の内容に関する責任はすべて筆者にあることをお断りしておく。なお、本文中の組織名や肩書は原則として記述内容の年代にそって表記し、敬称は略させていただいた。

第一章　現場闘争

黙ってトイレをつまらせろ

金町戦を語る前提として、一人の象徴的な活動家を紹介しておかなければならない。船本洲治《ふなもとしゅうじ》。一般には無名の存在だが、山谷争議団をはじめ寄せ場の活動家には長く語り継がれてきた男である。とくに山谷争議団が主要な戦術にした「現場闘争」については、船本を抜きにして語るのは難しい。

船本らしさを物語るエピソードとして、講演録の一部を紹介しておく（カッコ内は筆者追記）。

「おれ、一九か二〇歳ぐらいは、ずっと、日立造船とか神戸製鋼とか大阪製鋼とか、あそこらへんの社外工で、飯場から行っとったわけです。で、そのときの闘い方ですわね、—中略—（本工と社外工では会社の）トイレなども全然ちゃうわけ。本工のトイレやったらトイレット・ペーパーがあるわけやね。で、社外工のトイレやったら、トイレット・ペーパーなんか完備されていない。ふつうその時、会社にね、『トイレット・ペーパーを完備せよ』というような要求出すかというと、出さないんやね。トイレット・ペーパーを完備しなくてはならないような状態をつくり出すわけやね。つまり、トイレのあれをつまらせるわけ。わかりますか。（笑い）トイレット・ペーパーないから、新聞紙とかさ、週刊誌とか厚い紙なんかをバンバン流し込むわけ。（笑い）—中略—で、闘いのやり方というのは全然違うんです。要求を出さない方がはるかに革命的だと思うんです。—中略—で、組合なんかつくらんでね、仲間でできるんちゃうか、釜共《かまきょう》（釜ヶ崎共闘会議）の運動というのは、だいたいそういうふうなゲリラ的な現場闘争で、大衆運動だったんです」（船本洲治「黙って野たれ死ぬな」）

船本は日雇い労働者を主体とする革命を目指していた。マルクス主義では言うまでもなく、革命の主体は労働者階級である。しかし、日雇い労働者などの最下層階級は革命への意欲が薄く、敵に寝返りかねないと見られていた。そのために彼らは「ルンペンプロレタリアート（ルンプロ）」と呼ばれ、革命のお荷物あつかいだった。船本はこのマルクスの定義をひっくり返そうとしたわけである。

船本については朝日新聞の政治部次長・高橋純子がコラム欄（二〇一六年二月二十八日）で取り上げている。大手一般紙が過激派の活動家を好意的に取り上げる例はごくまれなはずだから、内容の重複をいとわず一部抜粋しておく。

「ある工場のトイレが水洗化され、経営者がケチってチリ紙を完備しないとする。労働者諸君、さあどうする。

①代表団を結成し、会社側と交渉する。

②闘争委員会を結成し、実力闘争をやる。

まあ、この二つは、普通に思いつくだろう。もっとも、労働者の連帯なるものが著しく衰えた現代にあっては、なんだよこの会社、信じらんねーなんてボヤきながらポケットティッシュを持参する派が大勢かもしれない。

ところが――中略――船本洲治という1960年代末から70年代初頭にかけて、山谷や釜ケ崎で名をはせた活動家は、第3の道を指し示したという。

③新聞紙等でお尻を拭いて、トイレをつまらせる。

チリ紙が置かれていないなら、硬かろうがなんだろうが、そのへんにあるもので拭くしかない。意図せずとも、トイレ、壊れる、自然に。修理費を払うか、チリ紙を置くか、あとは経営者が自分で選べばいいことだ――。

船本の思想のおおもとは、正直よくわからない。でも私は、『だまってトイレをつまらせろ』から、きらめくなにかを感受してしまった。

生かされるな、生きろ。

私たちは自由だ」

高橋はこのコラムの結論として、「この道しかない」とくり返す安倍晋三政権の単眼的な思考を批判している。

当然ながらコラムの内容については賛否両論があり、なかには朝日新聞の見識を疑う、といったような批判も多数あった。ただし、過激派とは縁がなさそうな若者を中心に読者の反響は大きかったようだ。船本の発想には左翼の固定観念にとらわれない奔放さがあり、なおかつ、船本一流のレトリックが人を惹《ひ》きつけたことはたしかなのだろう。

三枝は船本について次のような見解を述べる。

「船本が最初に現場闘争をちゃんと定義したんじゃないですかね。彼がいちばん革命的な現場闘争はトイレをつまらせることだと言った。あれなんかはむしろ左翼の闘いは弱者の闘いだということを言ったんだと思う。ヤクザと面と向かって一対一で勇ましいことをやるんじゃなくて、左翼はむしろ卑怯でもいいから弱者の立場に立てと。でも実際はやっぱりみんな体を張って、ヤクザと似たような感じで男を丸出しにしてやっていたことが多いと思うんですけどね。そういう人が英雄的になることはあったとしても、船本は自分たちの闘いは弱者の闘いなんだ、というふうに定義したんじゃないですかね。まあ、ふつうの常勤の労働者だったら現場で管理者と文句を言い合って、それがストライキに発展するとか、そんなかたちになるでしょう。でも日雇い労働者で実力闘争といったら、そういう現場闘争の方式になるんですよ」

船本は広島大学に在学中の六八年、三里塚（成田）空港の建設反対闘争に参加し、その帰途、山谷で暴動を目撃する。そして一時的に帰郷したあと、山谷に住み込んで労働運動を開始した。山谷と三里塚は距離が近いこともあり、同様のパターンで山谷に住みついた活動家は少なくない。船本は七二年に本拠地を釜ヶ崎に移し、「鈴木組闘争」に立ち会うのだが、のちに山谷争議団の実質的なリーダーになる山岡強一《きょういち》とは七〇年ころから活動をともにしている。以降、山岡は船本に深く心酔し、争議団の活動も船本の影響を強く受けることになる。

釜ヶ崎の勝利

ヤクザと過激派の本格的な衝突は、山谷の前に釜ヶ崎で起こっていた。船本はその闘争の中心人物である。

一九七二年五月二十六日、釜ヶ崎で手配師をたばねていた鈴木組が労働者を拉致し、暴行を加える事件が発生した。鈴木組の社長はこわもてのヤクザであるばかりでなく、地元建設業界の顔役でもある。二十八日早朝、事件を知った活動家と一部の労働者が寄せ場（労働センター）で抗議の声を上げていると、その場へ鈴木社長を先頭に複数のヤクザが乱入。木刀や日本刀を振り回して活動家たちに襲いかかった。この攻撃に対し、寄り集まってきた労働者が反撃。鈴木組を圧倒したうえ、その場で鈴木社長に謝罪させる事態へと追い込んだ。

この事件は「鈴木組闘争」と呼ばれ、寄せ場の活動家にとっては記念すべき闘いとなった。活動家と労働者の連合軍が対ヤクザ戦で挙げた初勝利だったからだ。そしてこの闘争を契機として、同年六月に釜共（釜ヶ崎共闘会議、通称・カマキョー）が結成される。以降、釜共は山口組系などのヤクザ組織を相手に果敢に闘った。

釜共を高く評価するキムチはこう語っている。

「釜共っていったらすごく人気があったよね。人気の源泉はヤクザにやり返したからでしょう。ヤクザをやっつけたから釜共は労働者の間に浸透した。若くて元気がいい労働者はみんなシンパシーを持っていた。破竹の勢いだったからね、釜共は。みんなの前でヤクザにやり返したってことは、それほど意味が大きい」

余談になるが、釜共にはかつて鳴海清（松田組系大日本正義団）が加わっていたという噂もあった。鳴海は殺された親分の敵《かたき》を討つため、裏社会に君臨していた山口組三代目組長・田岡一雄を単身で狙撃した伝説的ヤクザである。噂の真相は知るべくもないが、こうした都市伝説がいの情報が流れるほど釜共には反骨のオーラがあった。

ここで釜共や現闘が標的にしたヤクザと手配師たちの実態をまとめておこう。

手配師とは日雇い労働者に仕事を斡旋《あっせん》する者たちである。建設業者は明日の仕事の段取りを考え、必要な人数をそろえるよう手配師に注文する。翌朝、寄せ場に登場した手配師は業者の注文にもとづいて労働者に声をかけ、頭数《あたまかず》をそろえて業者のもとへ送る。仕事の条件は口約束の世界である。職業安定法や労働者派遣法などに違反する業務だが、建設業者は無駄な雇用者を抱え込まずにすむからじつに都合がいい。

手配師はこのような現金仕事（日払いの仕事）を斡旋するほか、飯場へまとまった人数を送り込む仕事も請け負う。この仕事はむかしから人夫出しと呼ばれる。労働者は一定期間、宿舎で寝泊まりしながら仕事に就き、賃金から食費や諸経費を差し引かれる。

寄せ場はヤクザが仕切っており、手配権としてのシマ（縄張り）がいくつかの組に分割されている。多くの手配師は、ほかの手配師から権利を守るため、あるいは労働者の反抗を抑えるため、ヤクザの暴力に頼る。ヤクザ直轄の手配師もいるが、それ以外の手配師はほとんど各グループに分かれてヤクザの系列下に入り、上納金をふくめ、なんらかの見返りをヤクザに提供する。ヤクザは〝シマ荒らし〟がいれば厳しく制裁を加え、新たに上納金を要求する。

手配師の手配料（仕事の紹介料）はデズラ（日当）の一割が相場だが、なかにはあくどいピンハネをする者、常習的に条件破りをする者もいる。

一方、職安や労働センターが供給する仕事は、条件は保証されるものの数に限りがあり、とても山谷の全労働者にはいきわたらない。また手配師の仕事にくらべ、手配料の差し引きを考慮してもデズラは二、三割安くなる。したがって労働者は手配師に頼らざるを得ず、弱みにつけ込む手配師もあとを絶たない。労働組織の闘いは、第一にこうした悪質業者が標的だった。

現闘結成

山谷争議団の原型となった現場闘争委員会は、釜共結成からおよそ二ヵ月後の七二年八月に結成される。

寄せ場の活動家は、基本的に日雇い労働者を兼ねているから一ヵ所にはとどまらない。山谷（東京）、寿町《ことぶきちょう》（横浜）、笹島《ささじま》（名古屋）、釜ヶ崎（大阪）などの寄せ場を渡り歩くことが多い。その結果、各地の活動家に交流が生まれ、釜共と現闘は「現場闘争」という戦術をすみやかに共有することになった。

山谷における現場闘争の方法について三枝が語る。

「僕は七二年の暮れに山谷へ来て、最初に入ったのは東日労《とうにちろう》（東京日雇《ひやとい》労働組合）という組織です。東日労と現闘は運動方針が少し違うんですけど、同じような現場闘争はやっていました。たとえば、労働者が手配師や労働センターの紹介で現場へ行ったときに条件違反があったとする。具体的には、事前に聞いていた仕事の内容やデズラが違うとか、休憩時間も与えられないとか、仕事中の怪我でも労災（労災保険）が適用されずもみ消されるとか、そういった場合です。そのときすぐに現場で業者と闘っても、自分たちは敵陣にいるわけだから力関係は弱い。だけどその問題を朝の寄せ場に持ち帰ってアピールすれば、労働者が関心を持っていっせいに集まるから力関係は強くなる。労働者のなかには同じように痛い目にあったけど泣き寝入りしていた人もけっこういて、彼らの力がわれわれに加わるわけです。そこで問題の手配師を労働者と一緒に追及したり、センターで情報を得て業者を追及したり、現場に押しかけたりするわけです。釜共、現闘はこの現場闘争を労働運動の主軸にしていました」

押しかけ団交は仕事現場で行われるとは限らず、ときには業者の社長が住む個人宅まで押しかけることがあったという。

「社長の個人宅が飯場の近くにあったりしましてね。ある闘争で飯場に押しかけたときに、いるはずの社長がいないんですよ。警察から事前に連絡がいったんでしょうね。まわりをうろついて社長を探していたら自宅にいたことがあったんです。それで自宅まで入り込んで、社長を団交の場に連行したこともありましたね」

筋骨たくましい労働者たちが気勢を上げて押しかけるのだから、団交は相当な修羅場と想像される。

「場面としてはけっこう激しいですよ。だから一度は警察が介入して逮捕者が出たりしましたけど、団体交渉というのは基本的に正当な労働運動ですからね。本来は警察も介入しづらいわけなので、そこらへんは僕らも気をつけてやるようになったんです。ただ最初はちょっと激しくやりすぎたことがあってね。だんだん限度が見えてきたということです」

こういった場面では相手がヤクザの登場が予想されるが、実際にはどうだったのか。

「押しかけたときに相手がヤクザを使って防御したことはありませんでした。むしろ警官を忍ばせていることはあったんです。事務所に乗り込んだら私服警官が隠れている部屋があって、そこを開けようとしたらなかに引きずり込まれて、こっちがボタウチされた（さんざんやられた）ことがありましたよ。その闘いは最終的には勝利したんですけど」

一見すると力まかせの強訴《ごうそ》という印象だが、じつはその裏に緻密な戦略があったという。

「飯場に押しかける場合、その周辺を事前に探索したうえで戦術を練るんです。図上演習までやって、かなり周到な準備をして行くんですよ。それも相手に気づかれないようにやるので、一つの団交をやるためにはそれなりの時間がかかります。オヤジ（社長）が何時にどこにいるか行動調査もして、やると決めたら朝の寄せ場で大量にビラをまいて、マイクで呼びかけるんです。そうすると労働者が集まってくる。こちらはマイクロバスを用意してありますから、面白がって乗り込む労働者もけっこういます。それで一気呵成《いっきかせい》に行くんですから相手は恐怖ですよね。

悪質な手配師も吊し上げましたよ。彼らが朝の寄せ場でどこに立っているか、こちらは事前に把握していますからね。その手配師を取り囲んで、かなり強い口調で追及するんです。足なんか蹴っ飛ばしていましたけどね。そうするとまわりの労働者もどんどん集まってくる。これも光景としては見ものですよ。手配師は何重にも取り囲まれるので簡単には逃げ出せません。ただし手配師たちも考えて、仕事の時間帯を変えてくることがあるんです。それまで寄せ場に五時半から立っていたのが四時半からになったり。その場合、今度はこちらも情報収集して四時ごろから待ちかまえていたりしてね」

全共闘の季節

船本が山谷で活動を始めた一九六八年は、世界の左翼陣営にとって忘れがたい年になった。

一月、チェコスロバキアではアレクサンドル・ドプチェクが共産党第一書記に就任。つかの間、「人間の顔をした社会主義」を標榜する「プラハの春」を実現させた。しかし八月にはソ連率いるワルシャワ条約機構軍の介入を招き、国土は占領下に置かれた。

五月、シャルル・ド・ゴール政権下のフランス・パリで「五月革命」が勃発。ド・ゴール政権の抑圧的な政治姿勢に反発した学生や労働者が、自由、平等、自治を掲げ、一〇〇〇万人規模のゼネストを敢行した。

五六年のスターリン批判とハンガリー動乱（反ソ暴動）で傷ついたソ連共産党の神格性はチェコへの軍事侵攻でいっそうおとしめられ、「五月革命」を機にフランス国内では反ソ派の新左翼勢力が台頭した。また、世界的なベトナム反戦運動が反体制的なヒッピームーブメントやスチューデントパワーに結びつき、さらに中国では毛沢東が主導する文化大革命の高揚で「革命無罪、造反有理（革命に罪はなく、謀反にこそ正しい理がある）」の掛け声が響き渡った。世界的に既存の権威が激しく揺さぶられた時代なのである。

国内では全共闘（全学共闘会議）が躍動した。全共闘運動の発端は各大学によって異なる。日本大学では二〇億円にのぼる使途不明金の追及、東京大学では医学部研修医への不当処分撤回要求、早稲田大学、明治大学では学費値上げ反対、といった問題があり、学生側がその問題を大学当局に突きつけたのだ。それぞれ個別の問題ではあったものの、大学の権威主義的な運営を追及する全共闘運動は学部やセクト（党派）を超えた学生運動として、またたく間に全国の大学へと広がった。主要な大学の大半で全共闘が結成され、大学当局と激しく対立。バリケード封鎖や大衆団交が行われた。

東大安田講堂に立てこもった東大全共闘と機動隊の攻防戦はそのクライマックスだった。安田講堂が翌六九年一月に落城したあとには、東大の入試が中止に追い込まれる事態も発生した。しかし秋までには各大学が封鎖解除のため機動隊を導入し、全共闘運動は急速に鎮静化した。

三枝は全共闘運動と山谷における活動の関連を次のように見ている。

「全共闘運動は一時的な現象ではありましたけど、ノンセクトラジカル（無党派）のリーダーシップのもとにさまざまな党派が大同団結していくという構造があったと思います。でも運動の高揚が失われるとともに無党派は去っていき、実体は党派連合という様相に変わっていきます。釜共と現闘、そしてその後に結成される山谷争議団は、もとはと言えば全共闘運動に影響を受けた集団だったので、やはり同じような流れをたどるんですね。運動が後退すると党派の草刈り場になってしまい、やがて形骸化したり崩壊したりしていくんです。とはいっても、現場闘争という運動では、無党派ならではの創造性が多分にあったと思うんです。

いまでもとくに船本洲治と山岡強一の名前が運動の象徴になっているのは、彼らの言葉のなかにそういった創造的な思想があったからだと思います」

東大全共闘の議長だった山本義隆は、当時を振り返ってこう記している。

「特徴的なことは、マスコミがしばしば書きたて、つねにその報道の基軸としていた活動家と一般学生といった類型的《ステレオ・タイプ》な区別が、実際にはまったく意味を持っていなかったことです」(「私の1960年代」)

その一方で、山本は次のようにも記す。

「東大全共闘と言うと、後になって『自立した人間の集まり』みたいに美化されたり神話化されたりしているところがありますが、それはすこしきれいごとで、実際にはいくつかの政治党派の活動家と無党派の活動家の複雑な関係でした」(前掲書)

つまり、東大全共闘の内部で活動家と一般学生は渾然一体だったにもかかわらず、党派と無党派、および各党派間には確執がつきまとっていたということである。

各党派の主導権争いは全共闘運動に限った話ではなく、新左翼の運動全般も同様である。しかし、たんなる善玉（無党派）悪玉（党派）論ですませるわけにはいかないだろう。大規模な闘争を仕掛けるのであれば、党派の組織力、動員力、経験値といった要素が求められるからだ。無党派は自由、闊達、開放的ではあっても、その反面、闘争においては非力で気まぐれなのである。このあたりが全共闘運動の評価を難しくし、山谷をふくめ労働運動を複雑なものにしていった。

新左翼の怨念

新左翼の誕生は一九五八年にさかのぼる。

戦後、日本共産党はソ連や中国の干渉を受け、五一年から一時的に武装闘争を展開した。しかし、五二年の衆院選で惨敗すると間もなく方針を撤回。武装闘争を極左冒険主義として切り捨て、あっさり議会戦略に転じた。この間の裏切りと居直りのドラマは、若く純真な党員たちに癒やしがたい傷を残した。共産党中央に忠誠を誓って翻弄され続けた党員は、さらにスターリン批判やハンガリー動乱を目の当たりにする。共産党を見限り、ソ連至上主義とも決別した学生党員を中心に、それまで絶対タブーだった党内の分派活動が始まり、五八年十二月、プロレタリア世界革命を目指す新左翼党派・ブント（共産主義者同盟）が結成される。

ブントは明確な綱領を持たず、組織づくりは大衆闘争のなかでなされるという発想だった。つまり共産党的な中央集権を拒否したわけである。全学連（全日本学生自治会総連合）の主力となったブントは六〇年安保闘争で三三万人（主催者側発表）におよぶ国会前デモを率いたのち、わずか二年足らずで瓦解する。組織としてはあっけない幕切れだった。一方、その余波として国立大学協会が政府の圧力を受け、学生の自治権が大学当局から制限されることになった。この動きへの反発が全共闘運動の一因にもなっていく。なお、無党派の活動家も六〇年代なかばから登場している。

第一次ブントは学生中心の党派組織だったが、志向的に山谷争議団との類似性を見出すことは可能だろう。ブントに加盟し、東大教養学部で自治会委員長（のちに全学連中央執行委員）をつとめた西部《にしべ》邁《すすむ》は、自著「六〇年安保センチメンタル・ジャーニー」でブント書記長・島成《しげ》郎《お》の言葉を引用しながら、共産党の路線転換と強権体質を痛烈に批判している。

ブント結成にかかわった島によれば、共産党の武装闘争は「火焔瓶遊び」であり、強権体質は「方針の貧困さを覆いかくすウルトラ家父長制」なのである。それゆえにブントは「陰湿な組織的な策略は必要がない。明るい生気に満ちた天衣無縫な集団」となったわけである。

ブントと争議団ではメンバーの出自もまったく違い、組織のスケールも、時代背景も違う。しかし、権威主義への反発と自由へのこだわりという、反共産党的な志向は同一なのである。そして西部は、「こんな組織はとりわけて革命に不向きだということに気づくべきであった」とブントを評する。この指摘もそっくり争議団に当てはまるだろう。

なお、本書に関連する赤軍派、戦旗派、叛旗派、赫旗派などの党派は、第一次ブント、あるいはのちに結成された第二次ブントから派生している。

行政闘争批判

山谷では戦後を通じて次々と新しい労働組織が生まれ、すぐに消えていくことがくり返された。七二年十二月に三枝が加盟した東日労は、行政闘争を目的として六八年に結成されていた。なお、現闘は七二年の八月に正式活動を開始したばかりだった。

「東日労は東京都にいろいろ要求を突き付けて、労働者の待遇改善を引き出すような運動をしていました。労働者用の公営住宅建設を求めたり、ドヤ代値上げ反対闘争なんかをやっていたんです。でも、東京都を相手に交渉するような行政闘争は本当の労働運動じゃない、という批判が出てきた。要するに労働組織は現場で闘うべきだということですよね。それで委員長が変わって運動のやり方も変化していくんですけど、やっぱり派手に現場闘争をやっている現闘と張り合う部分もあるんですよ。だから東日労もしっかり現場闘争をやっていたわけです。ただし現闘とは考え方が違うんですね。東日労は、手配師の存在そのものが違法なんだからすべての仕事は職安なり労働センターなりの公共機関を通すべきだ、という姿勢でした。それが労働者の待遇改善につながると考えていたんです。だからとくに悪質とは言えなくても、まんべんなく手配師を吊し上げていました。それに対して現闘は、法律にもとづいて動いたって寄せ場の根本的な問題が変わるわけじゃない、という考え方です。それで現闘は東日労に批判的だったんですね。僕はあとで

知ったことですけど」（三枝）

現闘はあらゆる問題で合法か違法かを判断基準にしたことはなかった。法律が悪質業者を罰し、法律が自分たち労働者を守ってくれるとは、考えてもいなかったのだ。行動原理はあくまでも「やられたらやり返せ」だった。

「なぜ僕が最初に東日労を選んだかというと、現闘はふだんあまり目立たないんですよ。なにか派手な闘争があるときにわっと集まって、終わったらさっと散るみたいな感じで。それにくらべて東日労は、夜でもマイクでスローガンをかけながら数人で歩いているんです。夜回りを兼ねたデモ活動を地道に続けていたわけです。それで僕にはわかりやすかったんですね。闘争組織と労働組合の差かもしれませんが、現闘は東日労のような労働組合の方式を批判していたんでしょうね。体制内的な闘いだということでね」（三枝）

つまり現闘の考え方としては、労働者の権利は体制側に与えてもらうのではなく、自分たちで奪い取るものだ、ということになるのだろう。左翼陣営では、組合が労働者のかわりに行政や業者と交渉する行為を「代行主義」と呼んで批判する意見もあった。また、困窮者に対する衣食の一方的な供与は自立の助けにならない、という意味の「救済主義批判」もあった。第三者から見れば水掛け論とも思えるこうした相互批判は、しばしば深刻な対立に発展することがあった。それが左翼、とりわけ新左翼の世界なのである。

「僕が東日労を離れたきっかけは〝ボス交〟が気に入らなかったからです。ある闘争で港湾関係の業者に押しかけたんですよ。二〇人くらいはいましたね。そうしたら、向こうから会うのは代表だけにしてくれと申し入れがあったんです。それも三人くらいということで。

そのときに代表が申し入れに乗ったかたちで、ほかの人間は外で待たされることになったんです。それまで東日労では代表だけが会うことなんてなかったんですけどね。いまだったらそういうことは平気だろうけど、当時は過激な学生運動の影響を受けてやっているから、団交では全員で闘うのが当然という意識ですよ。だからそういうボス交的なことはやらなかったんです。

そこで僕は反旗をひるがえして、分派活動をしているうちに現闘と一緒に行動するようになったんです。現闘のアナーキーな雰囲気のほうが肌に合っていたこともありますけどね」

ネリカンから現闘へ

「社会の秩序や権威から自由なさま」(大辞林)という字義どおり、まさに〃アナーキー〃だった現場闘争委員会とはいかなる組織だったのか。キムチと三枝が現闘に加盟したいきさつを追いながら、その実態を確かめていきたい。

キムチ(一九五二年生まれ)は山谷に近い東京都荒川区の出身である。高校時代からアナーキスト(無政府主義者)のグループをつくって「ベ平連」(ベトナムに平和を！　市民連合)のデモに参加し、三里塚闘争では在校中に二回逮捕されている。

「俺の高校では日教組(日本教職員組合)が強かったから、闘争で逮捕されたって処分もなにもされなかった。卒業式のときにはネリカン(練馬の東京少年鑑別所)にいたけど卒業させてくれたよ。鑑別所から親父と一緒に家庭裁判所へ行かされたときは嘘をついて大学に行くと言ったけど、勉強もしていなかったし、本当はまったくそんな気がなかった」

卒業後のキムチは建築会社で現場仕事をやったあと、横浜の寿町で日雇い仕事に従事する。

「寿町で労働運動にかかわる気はあまりなかった。ただ寿町は労働者仲間が〝荒野の街〟とか〝アパッチ砦〟なんて呼んでいて、独特の雰囲気がある面白い街だった。それに働いている人にも好感が持てたよ。俺は高校時代にラグビーもやっていて体力には自信があったからね、三菱造船所で〝ダンカーのさび落とし〟みたいな地獄の肉体労働も経験したけど、なんとか日雇い労働者として食っていけたよ」

キムチは自分でも認めるとおり根が陽性で楽観主義者である。その人間性も手伝って、いつの間にか仲間の輪が広がっていく。

「七二年の八月に現場闘争委員会が山谷でつくられたでしょ。そのころ、明大の学生が自主管理している学生会館があった。そこで左翼グループが集まる空手道場が開かれていたんだよね。和光大の学生が主宰していて信濃忍拳《しなのにんけん》という独自の流派だった。俺も働きながらその道場に参加していたんだけど、左翼の活動家ばかりじゃなくて、ルポライターとか、劇団関係者とか、ウーマンリブの運動家とか、本当にいろんな人間たちが集まってきた。

その年の秋、山谷の労働者が道場に参加してきた。五、六人がねじり鉢巻きと作業着姿でね、なんかすごく突飛な格好で練習しにきたんだ。そのなかに磯江（洋一、のちにマンモス交番の警官を刺殺）さんもいて、俺はそこで初めて彼らと知り合って山谷とつながりができたわけだ。磯江さんは一回か二回練習に来たあと、山谷で義人党のヤクザに酔っぱらって喧嘩を売ってね、逆にボコボコにされちゃった。たかだか一、二回の練習でやる気出しちゃったんだ。俺らはその話を聞いて、馬鹿だなあって笑っていたんだけどね。磯江さんもすごく反省していたよ」

山谷の活動家と縁ができたキムチはいよいよ現地に乗り込む。

「山谷には現闘の闘争を支援するために行ったんだ。でも山谷に入ってほんの三十分で逮捕されちゃった。友達がポリ（警察）にやられそうになって助けに行ったら、公妨《こうぼう》（公務執行妨害）でひっかかっちゃってね。そのまま浅警（浅草警察署）の留置場行きだよ。

留置場には同じ日に捕まった活動家が一〇人くらい入っていたけど、顔を知っているのは二、三人で、ほとんど初めて会う人ばかり。山岡（強一）さんや南（剛、のちに山谷争議団の中心メンバー）さんとも留置場で初めて会った。

裁判になって、最初の公判のときに検事が冒陳《ぼうちん》（冒頭陳述）をやるでしょ。そうしたら捕まった現闘の活動家のなかに元窃盗犯が二人、元自衛官と元警察官もいることがわかってね、それで面白いところだなあと思って」

ちなみに元窃盗犯の一人が山岡強一である。北海道の昭和炭鉱で育ち、六八年に山谷入りしたあと「6・9闘争の会」および山谷争議団の結成で中心的な役割を果たす。山岡はかつて本泥棒で捕まっており、この事実を明かした「ゲーリー」は唐十郎《からじゅうろう》が主宰する状況劇場出身で第一級のトビ（高所で足場を組む職人、寄せ場ではエリートとされる）だった。そしてゲーリー自身も本泥棒だった。元自衛官は「トメさん」である。争議団には、トメさんのほかに泉恵太というもう一人の元自衛官もいた。泉は自衛隊工務班からダンプの運転手になり、大事故を起こしたあげく山谷入りした。酔うと狂暴になり、「ワンカップの泉」と恐れられた。その泉を恐れさせた元警察官が南剛である。南は大阪府警をやめて山谷へ流れてきた。義理人情に厚い猪突猛進タイプで、柔道で鍛えた喧嘩の強さは折り紙付き。酔っぱらった泉を殴って黙らせるのは南の役目だった。三枝とキムチはそろって「亀有公園前派出所のリョウさん」と南を評する。

生真面目な活動家なら、メンバーの履歴を知って相当うさん臭く感じるはずだが、キムチはいつものように面白がることを優先し、現闘との関係が続いていく。

「ほかの現闘の人たちとすぐに付き合いがあったわけじゃないんだけどね。仕事へ一緒に行った現闘の仲間とよく酒を飲んだりしているだけで。

でも、うちの親父がそのころ死んじゃって、住むところもなかったから山谷のドヤに入った。最初はパレス（山谷で最大のベッドハウス）に入ったけど、一緒に泊まっている老人から『お前、早くここから出て行ったほうがいい』って言われたんだよな。『若いやつが来るところじゃない。ほかの場所で働け』って。あとで聞いたら山岡さんもそう言われたらしいね。やっぱり山谷に長くいる人はそう思うんだろうね」

山谷のドヤ生活は、若さと体力に恵まれているうちは快適な一面がある。なによりも他人の束縛を受けない自由があるからだ。

「日雇いの立場っていうのは逆に言えば強いわけよ。誰からも支配されないし、気に食わなかったら次の仕事をやればいい、という感じでね。七〇年代あたりはトビなんか、雨が降ったら休みだってみんな喜んでいたもん。最近では勝手に休んだりしたらクビになっちゃうだろうけどね。手配師が悪かったと言っても、カネが一銭もなくて朝飯を食っていないんだって言えば朝飯代はくれるし、現場へ行く交通費がなくても言えばくれるしね。仕事へ行った先のオヤジ（社長）が一杯飲ませてくれたり、焼き肉に連れていってくれたり、そういうことがしょっちゅうあった。手配師も業者も全部が全部悪いわけじゃない。いいところもあったんだよね」

キムチが年老いた労働者の忠告を聞き入れるにはまだ若すぎたとも言えるが、それ以上に日雇い気質が肌に合っていたことも事実だろう。まだまだ好景気が続くなか、近くのアパートに移ったキムチは、山谷に限らず各地の寄せ場に出向いて日雇い生活を楽しんだ。そして現闘の若手メンバーとして活動家との親交を深めていく。

「三ちゃん（三枝明夫の愛称）とは現闘のころから顔見知りだった。あの人は東日労で行政闘争をやっていたから運動の方針は全然違うんだけど、年代も近いし、会えばあいさつしていたんだよね」

うつ病と労働運動

三枝明夫（一九四九年生まれ）の父親は鳥取県で自民党代議士の秘書をつとめ、姉はバリバリの共産党員だった。三枝は家に不在がちの父親よりも姉の影響を強く受け、京都の大学では共産党の系列団体である民青《みんせい》（日本民主青年同盟）に加盟している。なお、高校時代に耽読していた太宰治がじつは共産党員だったことも、民青に入った一因だという。

「新聞社の奨学金を受けて、新聞配達をしながら大学に通っていました。新聞販売店では新左翼の支持者が多くてね。だから民青の僕は孤立気味だったんです。それでも販売店のオヤジがひどいやつだったんで一緒にストライキをやったり、それとは別に民青の配達員と一緒に共産党系の組合をつくったり、そういう活動はしていたんです。

僕が入った大学は右翼と体育会が牛耳っていました。彼らとぶつかったときは民青も新左翼も一緒にデモで対抗したから、おたがいに喧嘩することはなかったんです。でも学生運動華やかな時代ですからね、よその大学に行ったら民青と新左翼の喧嘩がメインですよ。右翼なんかまったく関係ない。あっ、こりゃあ自分のやっていることは、なんか違うなって感じましたよ。

そのうち新聞配達もひどく面倒になってきたし、共産党の活動も選挙運動ばかりで嫌気がさすし、学生生活の展望もまるで見えなくなるし、それで僕はうつ病になるんです。僕の持って生まれた神経症体質というか、いままで人生の危機になるとうつ病で引きこもりになって、それでまたやり直すということが何度かあったんです。まあ、そのおかげで重大な危機を回避できたという側面もあるんですけどね。

うつ病になった僕は、一時的に住んでいた大阪の親戚の家からも蒸発して、なんのあてもなく上りの新幹線に乗り込んだんです。そうしたら、ふと『山谷ブルース』(岡林信康・作詞作曲)のフレーズが頭に浮かんできたんですね。それで山谷へ行こうと思い立ったんです」

山谷の南《みなみ》角《かど》の東浅草二丁目交差点へたどり着いた三枝は、在日朝鮮人が経営する喫茶店に飛び込んで働かせてもらい、そのうちに「そんな細い体じゃ無理だ」という店主の忠告を振り切り、山谷で日雇い労働者になった。

「そのころは、僕と同じで蒸発してきたような若い人がけっこう山谷にいたんですよ。彼らに山谷での暮らし方をあれこれ教わって日雇い仕事をしていました。僕は共産党を理論的に批判してやめたんじゃなくて日和《ひよ》って逃げ出したわけだし、いろいろな罪悪感が重なって山谷へ流れてきたので、労働運動をやる気はありませんでした。ところが、山谷へ来てすぐ新しい運動に入るきっかけができました。

ちょうど東日労が暴力手配師追放闘争をやっていて、熱の入ったマイク情宣がものすごく格好よく見えたんです。民青時代とは違って『ここに本当の労働運動がある』と確信した僕は、頼み込んで東日労に入れてもらったわけです」

その後、三枝が東日労のボス交を嫌い、現闘へ移ったいきさつは先に述べたとおりである。日雇い労働者が山谷へたどり着くまでの事情は、労働者の数だけそれぞれに違う。三枝とキムチがたどった経緯も大きく異なるが、結果的に、二人は短期間で同じ労働組織に属することとなった。

第二章　暴力手配師を撃て

人間のゴミ捨て場

東日労が行政闘争で相手取ったのは、一九六七年の東京都知事選を制した革新都知事・美濃部亮吉である。社会党、共産党を支持母体とする美濃部は、七九年まで三期十二年にわたり都知事の座を守った。その間、保守系の歴代知事にくらべ、山谷の環境改善には積極的に取り組んでいる。都知事としてはじめて山谷ドヤ街の視察もした。

ところで、当時の政府や東京都がたびたび取り上げてきた「山谷問題」とはいかなるものだったのか。一貫して労働者擁護と行政批判の立場から、つまり左翼的な立場から山谷を見つめてきた評論家・神崎清は、労作「山谷ドヤ街・一万人の東京無宿」で次のような主旨を述べている。

敗戦の直後、山谷ドヤ街の焼け跡は、東京都がつくり出した「人間のゴミ捨て場」であった。上野地下道にむらがる戦争難民の浮浪者をトラックで運びこんだ場所が山谷だったからである。かつて神崎が吉原の赤線区域（一九五八年に廃止）を調べていたころ、吉原と地続きの山谷は、値段の安い街娼がウロウロする赤線の「補完物」でしかなかった。

しかし、七〇年代初頭の山谷はすっかり変容した。山谷は一万人前後の日雇い労働者を収容し、建設・港湾・運輸関係の大企業に労働力を供給する街となった。いわば、街全体が「巨大な共同飯場」になったのである。

「男子単身者ばかりで、住所不定の無宿人が多い。ヤミ労働市場（寄せ場）があって、モグリ業者・暴力手配師が横行しているのに、マンモス交番の警察官が見て見ぬ振りをする。私は『生命の縮小再生産過程』という言葉を思いついたが、朝から酒を飲んで道ばたにゴロ寝している泥酔漢は、山谷特有のモガキ犯罪者に身ぐるみはぎとられ、やがてアルコール中毒者として人間終末処理場の精神病院へかつぎこまれて、病院の『生きた不動産』になる」

神崎の論評は毒々しいまでに辛辣だが、それでも地元住民が目くじらを立てることはないはずだ。なぜならよそ者が、とりわけ左翼シンパが色眼鏡でしか山谷を見ないことは、地元住民にとってわかりきったことだからである。

たとえば戦後の山谷ドヤ街の成り立ちについて、神崎と立場を異にする帰山仁之助は次のように語っている。

「終戦で皆さん家を焼かれてしまう。引き揚げ者はぞくぞくと帰ってくる。戦地に出ていた軍人さんも帰ってくる。帰ってはきたが、東京は焼け野原であると。そういう人たちが上野の地下道に住み着きまして、当時大変な社会問題になりました」

「厚生省も処置に困っていた。そういうふうなことから、昔から東京の各地区にありますところの簡易旅館の本部組合（大東京簡易旅館組合連合会＝現・東京都簡易宿泊業生活衛生同業組合）

に相談がありまして、—中略—何かあなた方のほうでいい知恵はないかということになりました」
「当時、山谷地区の二十代から三十代の若者たちが中心になって、一緒に協力しまして、上野へトラックをもっていって、『自分で働いて、人の厄介にならずに、自分で宿銭《やどせん》払って食ってゆけるものは山谷へ来い』と。『そうすれば、あなたたちのために宿ができてるから』と声をかけましたところ、一日のうちに山谷のテントが満員になってしまった。

その時だけでも千人を越す人間が来て超満員でした。それから、業者もどんどん戻ってきて、資材を斡旋してくれた。当時普通の住宅は七坪くらいまでは許可したんですけど、大きな建物は許可しなかった。しかし我々の業界だけはどんなに大きな建物も建てられた。そんなわけで自分で働いて食ってゆくという考えの人がどんどん来まして、山谷の人口もどんどん増えて参りました」(一九七〇年十二月二十八日、東京浅草ロータリークラブの例会卓話。帰山哲男のテープ起こし文から抜粋)

神崎が言う「人間のゴミ捨て場」は、以上のように前向きかつ人道的な見地でつくられた、と帰山仁之助は語るのである。やはり古代ローマの名将(カエサル)が喝破したように、「人間はみな自分の見たいものしか見ようとしない」のである。

とはいえ、神崎の見方は当時の一般市民が山谷に抱くイメージからそう離れているとも言えない。しかも箇条書きにすれば際限なく挙げられる山谷の問題点がおおよそイメージできるはずだ。すなわち貧困層の固定化、住宅の不備、違法就労、犯罪の多発、アルコール依存症の蔓延《まんえん》などである。また、私立の精神科病院の南埼病院が「玉姫診療所」を設置し、「山谷の手配師に頼み、一人につき紹介料五〇〇円で、『患者』を狩り集めては本院に直送」（『山谷ドヤ街』）する事件があったことも事実である。

山谷問題に対する美濃部都政の方針は、まずドヤ住まいの日雇い労働者とその家族を山谷の外へ連れ出すことだった。この対策はとくに未就学児が多かったドヤの子供たちへの配慮である。これに並行して山谷への新規流入者をくいとめ、最終的にすべての日雇い労働者を「一般社会人として復帰させる」（前掲書、一九六八年都議会答弁より）という計画を立てた。要するに対症療法をあきらめ、山谷という悪所を消滅させることによって問題解決をはかろうとしたわけである。もちろんその遠大な計画には中間過程が必要となる。

東日労は、東京都が立てた「山谷対策中期計画」に強く反対した。これはドヤの環境整備を目的として、ドヤ主に対し約五億円を融資する施策案である。これに対し東日労はドヤ主を利するだけで労働者の利益にならないと抗議し、幹部の二十二日間におよぶハンガーストライキでこの計画を撤回させた。なお、この融資案にはドヤ主たちも反対した。革新都政に経営の自立性を脅かされるからである。

東日労は日雇い労働者用の公営住宅建設について都から合意を引き出し、仕事がない年末年始を乗り越えるための一時金（労働者はモチ代と呼ぶ）の支給を勝ち取り、さらに日雇手帳（日雇労働被保険者手帳）の普及にも貢献している。この手帳は白手帳とも呼ばれ、失業保険金（アブレ手当）の受け取りを可能にするものである。東日労はすでにこうした実績を積み重ねていたこともあり、新参者である現闘との共闘に前向きとは言えなかった。

ヤクザ粉砕宣言

一方、現闘の方針は、暴力手配師追放に焦点がしぼられていた。手っ取り早く目の前の敵を倒すことに集中したのである。船本洲治は現闘の具体的な戦略を以下のように記している。

「ヤクザに対するわれわれの方針は、団結させずに、分裂させること、つまり、すべての手配師を敵に回すのでなく、労働者をいじめる手配師は、こういうことになるのだぞ、という『しめし』をつける方法をとる。またヤクザ一般にたいしては、『兄さん方が侠客なら、労働者をいじめずに、（筆者注・国定）忠治のように役人とケンカしてみろ！』というふうにたきつける。ポリとヤクザは、ブルジョア秩序の維持機関だが、ポリに対しては、具体的に『労働者をパクらず、新井技建や向井組をパクれ！』という。ともあれ、闘いが進展すれば、ヤクザとの対決を避けることはできない。——中略——ヤクザの戦法は、車でさらうこととヤミウチであるから、防御体制を確立すれば、必ず勝利できる。そうしてヤクザを粉砕できる場所は、唯一《ただ》つ、朝の『寄せ場』のみである」（前掲書）

「『しめし』をつける」は、本来ヤクザの脅し文句であるはずだが、現闘はヤクザのお株を奪うつもりだったのである。この文章は、船本が釜ヶ崎の闘争のさいに寄せたメッセージを山谷流にアレンジしたものであり、先に紹介した「トイレ闘争」を思い起こさせる。どこまで実戦的か定かではないものの、印象に残る檄文だろう。

一九七〇年当時、山谷の寄せ場を仕切るヤクザの中心勢力は義人党だった。義人党の前身である新日本義人党は、四五年の終戦直後、高橋義人が右翼政治団体として結成した。高橋はもともと浅草で土建業とヤクザを兼ねていた小千鳥《こちどり》組の出身である。また、高橋は終戦前の四四年、下《した》谷《や》一帯を縄張りとする博徒組織・武蔵屋《むさしや》一家（のちに住吉会の傘下）の六代目を継承している。つまり高橋は土建業者から博徒組織の親分になり、右翼団体のトップでもあったわけである。高橋には正義、信義という二人の実弟がいて義人党の脇を固めさせる一方、武蔵屋一家の七代目、八代目も実弟に順次継承させている。

五〇年、新日本義人党は団体等規正令によって解散するが、五二年には日本義人党として復活（のちに義人党と改称）。義人党の行動部隊として日乃丸（日の丸）青年隊も結成された。

また高橋は右翼の巨魁・児玉誉士夫を師と仰ぎ、みずから主宰する青思会《せいしかい》（青年思想研究会）の指導者的な立場に置いた。

義人党の幹部は正業として土建業を営む者が多く、裏にヤクザの顔をあわせ持ってにらみを利かせていた。警察が全力でヤクザをつぶしにかかった第一次頂上作戦（一九六四）において、指定十団体の中で解散しなかったのは田岡一雄率いる山口組と義人党だけだった。ただし警察との全面対決も辞さなかった山口組とは違い、義人党は土建屋の正業集団だと主張して解散をまぬがれている。つまり義人党は六〇年代に経済ヤクザの原型をつくり上げ、フロント企業の使い分けもできていたことになる。

現闘デビュー

現闘は前記した檄文にしたがい、暴力手配師と悪質業者に現場闘争を仕掛けた。これらの闘争については釜共・現闘が編纂した冊子「冬将軍を撃て！」「寄せ場反乱は拡大する」に詳しい記録が残されている。左翼独特の文体ではあるものの、当時の様子が生々しく描かれている。ここでは現闘のデビュー戦をはじめ、闘争の一部を紹介しておく（読者の理解を助けるため、文意を変えぬ範囲で原文に手を加えた。原文の現闘委は現闘と表記。カッコ内は筆者追記。明確な誤記と思われる部分は筆者の文責で訂正した）。

「（一九七二年七月）まず、磯部鉄筋工業をやり玉にあげた（現場闘争・磯部鉄筋戦線）。手帳に所定の労働証明の印紙（後述）をはれ、一〇時と三時に三〇分のいっぷくをとらせろ、仕事じまいは四時半だ、交通費をつけろ、といったようなケチな要求であった。だいたい職安の場合、手配師を通さないので、めったに条件違反はないのであるが、このようなチンケな改良闘争を業者と直接交渉して、実力的に勝ちとった。その結果、その日の交通費をつけさせたばかりでなく、それ以前にきた労働者にも、さかのぼって交通費をはらわせた。労働条件は労働者自身が現場できめる、という思想を発明した。以上の成果を勝ちとったにもかかわらず、業者に逃げられた。つまり、それ以後職安に看板を出さなくなったのだ。職安を攻撃したが、のれんに腕押し」（「冬将軍を撃て！」以下同）

当事者は「チンケな改良闘争」と自嘲しているが、組織的な闘争のスタートとしては、じつに大きな一歩だろう。たとえ小さな成果でも、労働者が単独で勝ち取れるものではないからである。ただし、業者の逃げ出しは労働者の不安をあおるため、なんとしても避けたい。その点は、まさに痛しかゆしであった。

「（八月初旬）センターで仕事を得た労働者、大広建設《だいこう》（山崎班）の現場に行ったところ、条件違反あり。追及したところ『山谷を歩けんようにしてやる』と義人党を背後にちらつかせながらオドされる。

翌日、現闘、同じ大広建設の現場に大勢が集中して仕事に出向いたところ、山崎班の手配師、労働者を置き去りにして逃亡。当然アブれる（仕事を失う）。

センター職員を追及したところ『それは問題だ、必ず責任を取らせる』と明言。

結局『会社から六割をアブレ代（失業代）として取ってやった。これで許せ。やつらはヤクザで、センターとしてはこれ以上できない』とデズラの六割をたてかえた。

現闘、経験がないため、暴力団手配師の出方が読めず、暗中模索で闘いを進める」

東京都の公共機関である労働センターや職安も、ヤクザ系の業者と完全に手を切ることはできなかった。ここでも法律と必要悪の板ばさみ状態が見られるのである。

「九月五日、東日労、センターで『夏季一時金』の要求をかかげて『対都庁交渉』を呼びかける。現闘としては、『一時金獲得』に運動を集約しようとする東日労の方針には反対の立場をとりながらも、暴力団、権力（警察）の攻撃に対しては労働者を防御するという観点からセンターに戦力を集中。

マイクで呼びかける東日労組合員に対し、博徒のチンピラ、イチャモンをつけ妨害。現闘、ただちにそのチンピラをつかまえつるしあげ撃退する。朝の寄せ場＝労働センターにおける対暴力団との具体的緊張関係がはじめて創出された」

行政闘争を進める東日労と、悪質業者追放の現闘は必ずしも息が合わなかった。また役割分担として、現闘は東日労のボディーガード役をつとめることも多かった。腕っぷしの強さでは現闘が一枚上だったのだ。両者の相性の悪さは、東日労が解散（七四年）するまで好転することはなかった。

さて、現闘が展開した一連の闘争で見えてきたのは次のような点である。

公共機関（職安、労働センター）は業者の顔色をうかがい、ときに現闘と対立した。また、労働者の一部は闘争によって業者が山谷から逃げ出すことを恐れた。さらに現闘と東日労は共闘関係にあったものの、運動方針はかみ合わなかった。他方、警察の介入が本格化し、「現闘の活動は赤軍派による資金稼ぎだ」という作為的なマスコミキャンペーンも張られた。

――現闘はこうした課題に直面しながら現場闘争を進めたのである。

義人党系の白石工業について、現闘は次のように糾弾する。

「今年（七三年）八月、ケガをした労働者を労災にかけず飯場から追い出し、現在もなお労働者と対立が続いている白石工業も夜の山谷で手配を行い、林（極東会系手配師）らと結束していた悪名高い業者であった」（「寄せ場反乱は拡大する」以下同）

夜の手配は、朝の手配にくらべデズラなどの条件が格段に落ちる。そのため夜の手配師は食いつめた労働者たちを集め、半タコの（とくにあつかいが悪い）飯場へ強引に送り込むことになる。困窮者の足元を見て条件を落とす分、飯場の経営者は荒稼ぎができる。

「白石工業は右翼『青思会』とつながる暴力団義人党に属する。事務所には社旗のかわりに日の丸をデカデカと貼りつけ、安全、衛生の標語のかわりに教育勅語を掲げる右翼暴力団業者である。義人党は山谷、浅草、上野をシマに人夫供給業を主な資金源にする暴力団で、―中略―右翼行動隊『日の丸青年隊』を内部に擁し、児玉誉士夫を顧問に迎えている。

また、一九五九年に関東の暴力団、錦政会、松葉会、住吉会、義人党、東声会、北星会、日本国粋会を糾合した『関東会』なる連合組織が結成されたが、その裏に西の山口組ともつながりをもち、暴力団の右傾化と統一を担う児玉誉士夫の工作があったことはよく知られている通りである」

児玉誉士夫と頂上作戦

政界の黒幕（フィクサー）だった児玉誉士夫は、関東・関西の有力ヤクザを糾合して反共右翼組織「東亜同友会」を結成し、自分の指揮下に置く構想を描いていた。しかし山口組と稲川会の対立で組織化に失敗し、ひとまず関東のヤクザだけをまとめて関東会を結成する。

その関東会が「自民党は即時派閥抗争を中止せよ」と題する警告文を自民党国会議員二〇〇名宛てに送ったのは一九六三年十二月のことだった。しかも警告文の内容は明らかに児玉誉士夫と親しい河野一郎を擁護するものだと見なされた。これはヤクザが連帯して政治に介入したはじめての事態であり、河野派以外の自民党議員から激しい怒りを買った。自民党治安対策特別委員会では関東会壊滅に向けて意見が集約され、意向を受けた検察・警察当局がさっそく動き出した。関東会は六五年一月に解散へ追い込まれるが、その時点ではすでに警察の第一次頂上作戦が発動されていた。

ヤクザが最大勢力を誇ったのは関東会事件が起きた六三年のことで、団体数は五一〇、ヤクザ総数は、当時の自衛隊員数を上回る一八万人あまりに達していた。政権側は、終戦直後や六〇年安保闘争などの混乱期にはヤクザを使い勝手のいい警備要員として活用していた。ヤクザのほうも、その過程で河野一郎（副総理などを歴任）や大野伴睦《ばんぼく》（自民党副総裁などを歴任）といった自民党・党人派の大物政治家と良好な関係を結んだ（党人派は地方議会出身者などのたたき上げ政治家が多かった）。しかし、時の池田勇人首相を中心とする官僚派の政治家は、関東会の増長ぶりを見て、ついにヤクザと手を切る時期がきたと判断したのである。関東会は自民党への意見書で墓穴を掘ったかたちだが、いずれにせよ政権とヤクザの〝ボス交〟が永遠に続くはずはなかったのである。

警察は六三年から六四年にかけて山口組、本多会、柳川組、錦政会、松葉会、住吉会、日本国粋会、東声会、北星会、義人党の十団体を広域暴力団に指定し、文字どおりヤクザ組織の頂上にいる組長・最高幹部を次々に逮捕した。この頂上作戦で山口組と義人党を除く広域八団体が解散に追い込まれ、そのほかの組織も大半が壊滅状態になった。

この影響でヤクザは盛んに右翼政治団体を結成した。頂上作戦から逃れるための隠れみのである。これらの団体は街宣右翼と呼ばれ、積極的に企業恐喝などを行うようになった。街宣右翼が増えた背景には、高度成長による車社会の到来があった。結果として街宣車（街頭宣伝車）が普及し、少人数で効率よく資金稼ぎができるようになったのである。

現場闘争の威力

現闘の活動に話を戻そう。現闘は檄文(前記)で名指しされていた新井技建にも現場闘争を仕掛けた。その一部を見ておこう。

「『新井(技建)』は警視庁組織暴力取締本部もマークしている松友会《しょうゆうかい》(松葉会系)に属し、―中略―二年前(七一年)の冬、練馬区北大泉の飯場で脱走しようとした労働者を常備《じょうび》(準社員)四人がリンチして殺し摘発され、また同じ頃、社長新井国弘は、私設職安の開設(違法な職業斡旋)とピンハネによる三億四千万円の脱税容疑で逮捕され起訴が決定している。しかし、その後も『新井技建』では労働者への虐待、強制労働をやめず、関東の寄せ場労働者からは『鬼の新井、蛇の向井』と恐れられ、憎まれていたが、元請《もとうけ》からは事業業績良好と信頼され、現在では鹿島建設、清水建設、三井建設などの大手建設業者の現場の多くに下請《したうけ》として食い込んでいる」(「寄せ場反乱は拡大する」以下同)

「鬼」でも「蛇」でも仕事にアブレた労働者は働きに行かざるを得ない。そこが日雇いのつらいところである。そして下請け業者に対する労働者の評判と、元請けの評価は、往々にして反比例するのである。

「（七三年）七月二十一日朝、山谷で新井技建が労働者に暴行を加えたことを情宣《じょうせん》（アピール）。約五〇名の労働者が新宿三井ビルに押しかける。『新井のカントク高橋を出せ！』『謝罪せよ！』『団交に応ぜよ！』という要求に、鹿島・三井建設は一切答えず、ポリ公一〇〇名を呼び、門前から暴力的に排除、中央公園まで連行して、二時間余りもロックイン（拘束）。全く何の根拠もないムチャクチャなポリ公の介入である。下請新井には暴力団がついているが、元請鹿島・三井には国営暴力団＝ポリ公がついているという訳だ」

こうして、現闘と警察の対決は延々と続くことになる。余談になるが、警察に対する左翼のボキャブラリーは豊富である。状況により、ポリ、ポリ公、ケタオチポリ公、国営暴力団、というように使い分ける。

「（七三年）七月二十三日、（高田）馬場の寄せ場で〝新井技建を追放する会〟〝山谷現闘〟の労働者、『新井を全国の寄せ場から追放せよ！』と情宣活動を行う。ちょうどその時、新井技建が二十人の鉄砲玉（喧嘩要員）をそろえ、二十振《ふり》の木刀、ゴルフクラブをもって待ちかまえていたことが発覚、『やるならやってみろ』。寄せ場の労働者六〇〇人は、あたりに散らばっていた棒切れを手に持ち、ジリジリと対峙。労働者の予想以上の団結と不退転の決意に恐怖したやつらは、手のひらを返すように『話し合いをしよう』と笑顔をつくる。『木刀を持って何が話し合いだ』『十年早い』『殺《や》られた仲間の怨みを晴らすまで、話し合いなどありえない』『寄せ場で手配させない』。

こうして新井技建は、馬場から大衆の手によって追放された。『新井がやられた』という話は広がり、広がるにつれて『オレも新井でひどい目に遭った』という労働者が続々と名のりでてきた」「過去二年間に新井で暴行傷害、賃金未払いなどの被害を受けた労働者は、現在までにあきらかになったものだけで十数名におよび、潜在的にはかなりの数にのぼると思われる」

現闘は、新井技建を高田馬場から追放することに成功した。釜ヶ崎と同様、ヤクザとの喧嘩に勝てば労働者はシンパシーを抱く。現闘は次第に頼もしさを増していく様子だった。

キムチの記憶によれば、現闘はこの闘争で新井技建のバスを襲撃している。手配師たちが高田馬場の寄せ場で手配をしている最中、現闘メンバーが労働者移送用のバスを金属製工具などで破壊したのである。この事件では、逃げ遅れた山岡とゲーリーが逮捕されたという。ただし、キムチは裁判所の机を蹴り上げた行為で東京拘置所に勾留されていたため、事件には加わっていない。

現闘の攻勢に対し敵も黙ってはいない。新井技建は同業各社に呼びかけ、現闘対策として「八日会（正式名称は東京建設軀体工業協同組合）」を結成した。

八日会の申し合わせの最重要事項は、建設業者が一体となって活動家の雇用を徹底的に拒否することだった。労働者も兼ねる活動家を仕事から締め出せば現場闘争はできなくなる。現闘対策としては有効な手段だろう。ただしその他の申し合わせ事項には、業者側が自主的に環境改善をはかる案件もふくまれている。具体的には「労働条件の明示と遵守《じゅんしゅ》」「労災保険のすみやかな適用」「暴力沙汰の回避」などで、現闘の攻撃が着実に効果を生んでいたことがわかる。

八日会結成を機に、現闘を取り巻く状況は変わった。手配師と業者が「八日会派（新井技建派）」と「反八日会派（反新井技建派）」に色分けされたのである。当然ながら現闘は八日会派と対立したが「力関係は依然流動的」（前掲冊子）な状態が続いた——。

以上が現場闘争の一端であり、冊子の記載文はここで終わっている。これ以降は後述するように、現闘が思いどおりに活動できなくなっていくのである。現場闘争はさまざまな成果を上げたが、現闘の勢いが続いたのは二年あまりの期間だった。とはいえ、左翼特有の自画自賛を多少割り引いたとしても、活動家と労働者の一体感、現場闘争の威力、そして業者側の困惑がリアルに伝わってくる。

団交か恐喝か

現闘の闘いについては一般マスコミでも報じている。当然ながら、現闘が作成した記録とは別の闘争風景が見えてくる（以下、「週刊新潮」一九七四年二月七日号、カッコ内は筆者追記）。

「埼玉県浦和市の建設会社『白石工業』の建設現場で働いていた労務者（四二）が、鉄パイプで軽いケガをして三日間休んだが、本人は、『休業補償をよこせ』などとはいわなかった。それが去年（七三年）八月のこと」

「ケガで休んだあと、なお数日働いて賃金の支払いを受けたその労務者は、山谷へ帰った。ところが、十月二日になってこの男、人が変ったように勇ましくなって、会社へやって来た。手には、『左第三指趾挫創《しざそう》・入院治療を要す』という〝病状報告書〟、背後には二十人近い仲間たち……」

労働者は現闘という用心棒を得て、はじめて業者に対し強気に出られたわけである。現闘としては腕の見せどころということになる。

「『土足で事務所に上り込んできましてね。休業補償費のほかに、これだけの人数が仕事を休んで来たんだから、その日当も要る、五十万円すぐ払え、というんです』(同社)。連中は、社員を突きとばし、灰皿を投げ、『土下座してあやまれ』とドナった。その後も、二回、本社と作業現場へ〝団体交渉〟にやって来た本田(雄三、仮名、現闘のリーダーの一人)たちは、最後に、練馬区内のレストランに同社の専務を呼び出して二十万円を脅し取った。『ウチの会社で働いた労務者がケガをした。穏やかな話合いなら、支払うべき金は払っていい。ところが、相手はあくまで〝団体交渉だ〟といって乱暴する。労務者がケガしたのは左足なのに、右足をケガしたという〝診断書〟も持ってきたりして、デタラメなんですよ。ウチが泣寝入りしたら、連中はまたよそさんでも同じ事件を起す。ここは思い切って……と、被害届を出すことにしたんです』

本田雄三は、前回までの逮捕歴が四回。そのうちには昭和四十四年、大菩薩峠で赤軍派軍事訓練に加わって逮捕された事件もある」

この事件では現闘のリーダーたちが二〇万円を脅し取った疑いで逮捕されている。白石工業にすれば、現闘に恐喝されたから金を出した、という言い分だろう。たしかにその言い分は見方によっては正しい。しかし、白石工業が「穏やかな話合い」ですんなりカネを払ったかどうかは疑わしい。企業にとっていちばん楽なトラブル解決方法は弁護士を立てた穏やかな話し合いであり、次には裁判である。そうなれば労働者はほとんど太刀打ちできなくなる。良くも悪くも、弱者の闘争として団体交渉はすこぶる有効であり、企業の泣きどころなのである。

なお、浅草警察署次長はこのようにコメントしている。

「〝現闘委〟（現闘）グループは約二十名、それにシンパが三十名といったところだが、この連中が、九千人の山谷労働者のうちの、ほんの一にぎりの連中をアオりたててはトラブルを起し、企業などから金をまきあげて、資金にしている過激派なんだ。組織的な労働運動なんていえるもんじゃない。ところが、企業どころか、役所のなかにも、この連中に金を渡したりするところがあったりするんだナ」（前掲誌）

この時代、企業はともかくとして、地方自治体には一定の割合で左翼シンパがいた。したがって積極的に現闘を支援する公務員がいたことはたしかである。一方、現闘の活動は一歩踏み外せば逮捕されてしまうほど危険な綱渡りだったこともわかる。〝交渉〟と〝恐喝〟は紙一重なのである。そんな状況で、業者も警察も対応に苦慮し、これ以上なく苦々しい思いで現闘を見ていたこともわかるのである。

なお武闘派のキムチは、争議団時代よりも現闘時代への思い入れが強いようである。

「二十代のころはみんな馬鹿なことをやるじゃない。俺なんかも現闘に入ったころは、まわりの人から、あまり動くなとか、勝手なことをやるな、とか言われた。人間はいろいろな経験をしてくると、おとなしくなるわけよ。そうするとこっちは抑えるほうにまわって、今度は若い人が突っ張ったことばかり言うわけ。過激派のやつらなんかは驚くほど強いことを言う。やっぱり若いときは正義感も強いしね。

争議団は、そういう経験を経て三十代の大人になった人間たちが多かったから、組織としては面白くない面もある。でも若いやつが元気で突っ張るのは当たり前のことだよ」(キムチ)

争議団は労働組合の機能をあわせ持っていたが、現闘は完全な闘争組織だった。現闘の活動ぶりは、組織の過激さにメンバーの若さも加わり、争議団よりもさらに獰猛な印象を相手に与えたに違いない。

活動家の造反有理

ここまでの記録でうかがえるとおり、現場闘争は日雇い労働者を巻き込むことに重要な意味がある。当時、山谷の労働者は一万人近かったが、彼らを先導する活動家の人数はどの程度だったのだろうか。

「あのころは七〇年安保が終わって、三里塚闘争がまだ盛んなころですよね。大学紛争の影響を受けた人たちが、山谷で暴動が起こっている、というような情報を耳にしていたんですね。彼らが、三里塚の帰りに山谷へ寄ってみようぜ、という感じで集まってきて、これはだいたいノンセクトラジカル（無党派）系が多かった。船本（洲治）なんかもそうですね。あとは外での活動が続かなかった、いわゆる活動家崩れが多かったんじゃないかと思うんです。山谷に来てみたらまた活動ができたという感じでね。

山谷にいた活動家は数十人というところなんですけど、どこからどこまでが活動家か、と言えばなかなか把握できませんよね。とくに現闘なんかは一家徒党集団ですから、三〇人、四〇人とふくれあがるときもあれば、一〇人くらいしかいないようなときもある。

七二年に現闘が大弾圧（大量逮捕）を受けて数が減ったときに、釜ヶ崎から六〇人の援軍が来ているんです。でも、六〇人全部が活動家かと言ったら、そうは言えない。ただ一緒に山谷へ行こう、と誘われてきた労働者も多かったんじゃないですかね。とくに釜共なんかは、自分で名乗れば釜共、みたいなところがあって、そういうカオス（無秩序）な団体なもんでね。

だから、山谷でも二〇人とか三〇人が活動家のベースだと思います。その人たちの全部が一気に動くんじゃなくて、闘争によって五人くらいが動いて全体に広がるとか、そういう場合もあります。とくに現闘はあまり表に顔を出さず、朝の寄せ場でも一般労働者のなかに混じっているから、警察も実態がつかみにくかったと思いますよ。僕らがそろって表に出ていくようになったのは、金町戦からですね」（三枝）

「釜ヶ崎からの援軍六〇人は、電車で東京まで来たんだけど、全員が無賃乗車だったんだよね。駅には警官が大勢いたけど、勢いで突破した、と聞いている。この当時はそういうことがめずらしくはなくてね。南千住の改札なんか、切符がなくても楽に通過できたからね」（キムチ）

警察にとって、寄せ場の活動家の実態把握が困難であったことは想像に難くない。そのうえ関東・関西の労働者連合軍は、傍若無人にして神出鬼没であり、六〇人もの無賃乗車実行犯が改札を押し通る場面で、警官も駅員も呆気にとられて彼らを見送るしかなかった、とキムチは言う。文化大革命で暴れまわった紅衛兵もかくや、という「造反有理」が山谷で展開していたわけである。

第二章　ドヤ主と活動家

地域共同体とヤクザ

現闘が悪質業者と火花を散らす一方、その火の粉を浴びて困惑する地元住民がいた。とくにドヤ主たちは、わがもの顔で暴れまわる左翼の活動家に眉をひそめていた。ドヤ主にすれば、活動家は地元に縁もゆかりもない流れ者である。同じ流れ者でも、ドヤ住まいの日雇い労働者は客であり共同生活者だが、活動家はたんに騒動が好きなよそ者である。おまけに活動家はドヤ主に対しつねに敵意を向けていた。つまり、労働者から金を搾取する資本家と見なしていたわけである。左翼の目線で考えればそうならざるを得ないのだ。

「結局、商店主やドヤ主っていうのは、ある意味で労働者からカネを吸い上げているっていうことだから、基本的に労働組合とはそんなに友好的じゃないんだよね。それに、彼らになにかトラブルがあったときには、ヤクザに協力を仰いで始末を頼むという、そういった構造はもう見え見えなんだよね。本質的に商店主やドヤ主と敵対しているわけじゃないんだけどね」（キムチ）

左翼とドヤ主の堂々めぐりの関係は、どこかで交わるといった性質のものではない。遊牧民（活動家）と農耕民（ドヤ主）の共存共栄はあり得ず、どちらかが相手を完全に駆逐しなければ平穏は訪れない。そのため、山谷ではつねに見かけ以上の緊張状態が続いていた。

さらに話を広げれば、地元に縄張りを持つヤクザも農耕民に属する。広域組織となって流動性を発揮することはあっても、基本は地元の縄張りを死守することがヤクザのつとめである。したがってヤクザは活動家と違い、地元住民を敵にまわせない。もし地元住民と敵対すれば、賭場にものノミ屋にも客が寄りつかず、とくに山谷では手配師業が成り立たないのだ。

作家の宮崎学は京都のヤクザ・寺村組の親分を父親に持ち、みずからは早大在学中に民青のゲバルト部隊（「あかつき行動隊」と呼ばれた）の隊長をつとめていた。その宮崎は、ヤクザと一般市民の関係を次のような主旨で論じている。

近代ヤクザは、下層社会において労働者たちを力で統括する者として登場した。また、周縁領域においては芸能集団をたばね、彼らの興行を仕切ることによって市民社会との仲介役になった。ここで言う周縁領域とは、一般社会から外れたマイノリティー（少数派）社会と理解していいだろう。宮崎はその例として、芸能集団（旅芸人の一座など）を挙げたのである。

ヤクザと市民の共同体のあいだに明確な協定はなかったが、ヤクザが下層社会と周縁領域の仕切りを任されたということは、平時においてはさまざまな利権を得ることを意味した。ヤクザは博打を黙認されたり、ミカジメ料（用心棒代）を支払われたりしたうえ、そのほかの非合法行為や利得も認められていた。

その代償として、ヤクザは戦時において、下層社会や周縁領域から共同体を侵犯してくる者に対し、戦って死ななければならなかった。つまりヤクザは、自分たちと同じ階層の下層労働者や、近しい存在の周縁者が反乱を起こしたとき、命にかえて共同体を守る義務を負っていたのである。その暗黙の協定は、ヤクザに対する警察のお目こぼしという以前に、地域共同体で認知され位置づけられていたのである。――（「近代ヤクザ肯定論」より）

以上は観念的な解釈ではあるものの、地域社会におけるヤクザと市民の微妙な関係性、つまりギブ・アンド・テークの関係を言い表している。八〇年代の山谷において、宮崎の言うヤクザと市民の協定がどこまで機能していたか定かでないが、原則論としては通用していたと見ていい。左翼集団は下層労働者の統括者であり、一般市民とは別の世界に住む周縁者と考えられる。その場合、「共同体の秩序を下層、周縁から侵犯してくる」左翼集団に対し、ヤクザは「戦って死ななければならない」義務があったわけである。ヤクザが左翼の攻撃から手配師や業者を守ることの意味は、自分たちの利権確保もふくめ、地元住民に対する義務の履行とも言えるのだ。ということは、ヤクザは左翼と命がけで戦わなければ、路上賭博でシノギをする大義名分さえ失うことになってしまうのである。

旅館だけじゃ食えなかった

山谷の地域性を踏まえたうえで、ここではドヤ主たちの人生を追いながら、左翼活動家との対照性を確認していこう。

「ホテル富田」を経営する田中成佳は一九四九年生まれで三枝と同い年である。キムチよりは二歳年上だが、三人とも同じ世代に属している。ホテル富田は金町一家事務所に近く、明治通りから一本奥に入った通称・寿司屋横丁に面している。

「この商売は、ひいじいさん、ひいばあさんの代からやっています。明治時代からですね。むかしは木賃宿、いまは簡易宿泊所、基本的には宿屋なんです。ただ宿屋をやりながら、ほかにいろんなことをやっている。うちの親父は靴屋をやっていてね、これは製造販売です。そのあとはラーメン屋、中華そば屋ってやつ。そのあとに古物屋《こぶつ》、古着屋。そういったことをやりながら姑《しゅうとめ》だとか小姑《こじゅうと》、われわれ子供たちを養った。旅館だけじゃ食っていけないから、うちの親父はとにかくいろいろやったわけですね。ときには手配師みたいなこともやったらしいから。ラーメン屋だの古物屋、古着屋なんかは、宿のフロントの一角でやっていたんです。靴の製造は奥の部屋でやっていたと思う。兼業というよりも、旅館をやりながら副業を変えていったということでね。靴屋とラーメン屋を一緒にやったことはないですよ。靴屋をやめたのは、親父が結核になって入院したから。それで退院して帰ってきて、食うために別の商売をいろいろやったんですね」

田中の父親は、当時としては難病の結核と闘い、さまざまな商売に挑み、必死に家業と家族を守ってきた。その後ろ姿を見ていれば、田中が家業を継いだのは自然な流れだったように思える。

「近所の人たちも、同じところに住み続けながらいろいろやっていますよ。すぐそこの角に住んでいる知り合いは、焼き芋屋をやって、古着屋をやって、それから靴屋に店を貸していて、その両側の店を食堂に貸して、自分のところは立ち飲み屋を始めた。この立ち飲み屋が当たったんだね。あそこのビルは三階建てだけど、三年くらいで借金を返した。それくらい儲かったんだね、立ち飲み屋が。それから近所に立ち飲み屋がバンバンできてね。この通りは、ほかに立ち食い寿司屋があって、ふつうの寿司屋があって、飲み屋があって、食堂があって――。

そういう店のお客さんはだいたい日雇い労働者なんだけど、トビのグループがあって、船舶荷役のグループがあって、あとは防水屋のグループかな。防水屋というのは、昔はコールタールをまいたりしていたんだけど、そのころの防水屋は、トンネルのコンクリなんかに穴を開けて、その中へ防水の薬液を入れて地盤を固める。いわゆるヤクチュウ（薬液注入）ってやつ。飛行場の滑走路なんかも同じようにやるよね。

そのほかの客としては金町一家のヤクザがいて、愚連隊みたいなやつがいて、これは〝モガキ〟だよね。あとは〝当たり屋〟で稼いでいた連中。そういったグループがあって、おたがいに交流はあるんだけど、飲み屋で一緒になれば喧嘩ばかりしていたね」

山谷の愚連隊はヤクザもあきれるほどタチが悪かったという。モガキとは、泥酔して路上に寝込んだ労働者を襲う強盗である。また当たり屋は、故意に車にぶつかって賠償金を取る詐欺師である。とくに酔っ払いの多い山谷ではモガキの被害者があとを絶たなかった。ここで言う愚連隊は、いまで言う半グレに近い存在だろう。

「うちに泊まっているお客さんが店で喧嘩になったことがある。かわいそうだったけど、相手がひどいのばかりだったから、こっちも手が出せない。相手は争議団よりもっとひどいやつ。愚連隊ってやつ。要するにモガキだよね。

そいつらがあんまりひどいから、志和（武、金町一家志和組組長）さんが彼らをまとめて悪いことをしないように見張っていたんだけど、直らないんだよ。一ヵ所に閉じ込めておいても、外へ行っちゃあ悪いことをしちゃう。

吉原のウンコ事件だってあいつらが使われた。吉原でローションなんかをヤクザがソープランドに売っているでしょ、シノギとして。でもそれを買わない店があるわけでしょう。その嫌がらせに愚連隊の若い連中を使って、バキュームカーで店の玄関からウンコをばらまいたの。志和さんはやっていないよ。そういうことをさせるために愚連隊を集めたわけじゃなくて、人に迷惑ばかりかけるから矯正するのが目的だもの。

愚連隊のやつらだって、なかには真面目なやつもいたんだけどね。ただ押し流されて悪いほうへ行っちゃう。ウンコをまいたやつだって本当は真面目なやつなんだよ。それを命じたのは誰ですかね、わからない。警察はわかっているかもしれないけど証拠もなにもないでしょう」

判断の難しい話だが、吉原の事件について言えば、結局はどこかのヤクザが不良少年に命じた犯行に違いない。不良少年の暴走に歯止めをかけるヤクザもいれば、逆に利用するヤクザもいる。いつの時代もその構図は変わらないように見える。

寄せ場の人脈

再び寄せ場の日常風景に戻ろう。

「麻雀屋とか喫茶店とか、そういうところには手配師や現場の親方が昼間常駐している。麻雀を打ったりお茶を飲んだりしながらトビの連中と親交を深めるんだね。船舶荷役の人もそうだよね。仕事があったときには、すぐ頼めるようにしておくわけ。

山谷からまともな労働者を連れて行くのに、ただ連れて行くわけにはいかない。ふだんからある程度のコミュニケーションがいる。手配師や親方もカネのあるところを見せなきゃいけないから派手に麻雀を打ったりしてね。裏にはそういう事情があるんだよね」

山谷の労働市場をうまく循環させるためには、寄せ場の手配だけに頼るわけにはいかない。朝の寄せ場での手配は、手配師の立場からしても行き当たりばったりにならざるを得ないからだ。たとえば技術職であるトビをまとめて確保しようと思えば、ふだんからの付き合いとそれなりの人脈を要する。また、トビに限らずいざというときの人数確保も重要だろう。

「俺が宿の一画でやっていたスナックに、いつもコーヒーを飲みに来る義人党の人がいて、本人が言うには全部で四〇〇人くらい人夫を出しているって。自分が直接出しているのは何人もいないけど、配下の親方に任せて近所のアパートに住まわせている連中がいてね。そういうのを合わせれば四〇〇人になるんでしょう。

その人は元朝日新聞の社員だったらしくて、難しい本ばかり読んでいたね。スナックへ一緒に飲みに行くと、まわりはほとんど浅警の警官ばっかり。そういう店へ平気で行っちゃう。最後は上野で日の丸青年隊の事務局長をやっていましたね」

山谷で手配師が生き延びるためには、警察と折り合いをつけておくことも必要だったに違いない。しかし、山谷でいかに警官の評判が悪いか、その点はさまざまな立場を超えて共通している。田中も警察には大いに不満があると言う。

「とにかく上から目線だからね、山谷のお巡りさんは。うちのお客さんが財布を置いて行ったから預かってくれって頼んだんだけどね。名刺も身分証も入っていて、警察署まで届けるからって。そう言っても受け取らないもん。お金も入っているんだよって言っても受け取らない。要するに面倒くさいから。

まあ、それには別のわけもあるんだけどね。こっちも財布を受け取ってもらったら、その客の荷物も一緒に渡そうと思っているから。それを向こうもわかっていて、荷物なんか預かりたくないんだよね。

ひどいときはね、荒川警察署まで車で来てくれって言うので行ったら、もうすぐ釈放するやつがいるから荷物を持って行ってくれって、むりやり荷物を返しやがるんだもん。なんでかって聞いたら、釈放されるやつはどこかのアパートに住んでいて、なにかあって追い出されたのかもしれないけど、そいつがうちに泊まっていた客なんだよ。荷物はどこかに置いたままうちに泊まっていたんだね。それでパクられて荷物は警察が全部押収していて、それを釈放だから返すって。そんなの知らないもん、こっちは。警察署に行ったら荷物が山になっていて、結局は押しつけられた。冗談じゃないよ」

警察は労働者の怨嗟の的になっていたばかりでなく、おおむねドヤ主からも信用を得ていなかった。しかし労働者の〝ガス抜き〟として暴動が起こるたびに、山谷は荒廃地区の悪名ばかりが高まっていく。次第に山谷の地名をいとわしく思う住民が増えていったのも当然だろう。田中が地元住民の複雑な心情を語る。

「俺は別に本籍はどこだとなれば山谷って書いていたけど、やっぱり書きたくない人もいるんだよね。現実に山谷でいちばんでかい旅館グループを持っていた佐藤博道さん、あの人が山谷の地名を消して浅草町《あさくさちょう》にしちゃったんだから。就職したりするときに山谷って書くとよくないから本籍を変えようというので、山谷四丁目を浅草町二丁目、山谷三丁目は浅草町一丁目というように名前を変えたんですよ。いまから二十年くらい前かな。住居表示の変更はもっと前（一九六六）ですね。山谷が清川とか日本堤になったのはね。ただ町会名と本籍は残っていて、それがいまは全部変わった。佐藤さんはそれだけ力があったということですよ」

佐藤博道は山谷で最大数のドヤを持つ実力者だった。佐藤がオーナーをつとめる勉強屋グループは川崎や横浜でもドヤを経営し、かたわらで金融業も派手に手がけていた。佐藤は先祖代々続いてきた事業が見事に花開いたとき、山谷の地名がじゃまになったのかもしれない。ただし、佐藤の努力と執念が実ったにもかかわらず、現在でも住民が「さんや」あるいは「やま」と地元を呼ぶ習慣は変わっていない。

寄せ場と戦争

櫻井群司は一九三一年生まれである。二〇二〇年五月に死去するまで、山谷のドヤ主では長老格だったと言っていい。中央大学法学部を卒業しており、娘の陽子の話では検事になる希望もあったという。戦後間もない時代では有数のエリートに違いないが、兄が病弱であったことに加え、父親への尊敬の念が強かったため、地元で生きる道を選んだという。櫻井の父親は山谷で餅菓子屋の本舗を経営し、消防団団長もつとめていた。以下、櫻井の貴重な証言である。

「私が小学校に入ったのは昭和十三年（一九三八）なんですよ。浅草区立正徳《せいとく》尋常小学校。それが昭和十八年（一九四三）に東京都立に変わってね。それまでは東京市だったわけです。

空襲があったのは昭和二十年（一九四五）の三月十日です。私は旧制中学の二年生でした。ちょうどその一年くらい前に小学校が新築されて、われわれも見学したんですが、水道は出ます、ガスは出ますっていう最新の設備でね。校舎の地下には最新の防空壕もあったわけです。そういう時代だったんですね。でもそこに入った人は蒸し焼きになってみんな死んじゃった。長屋の人たちは防空壕を掘る場所がなくてね。道路に防空壕を掘って入っていたんだけど、そこへ直撃弾を受けて、やっぱりみんな焼け死んじゃった。とにかく山谷全体が丸焼けの状態でした」

山谷は戦災の前にも焼け野原になった時期がある。一九二三年の関東大震災で木賃宿の大半が焼失したのである。しかし間もなく復興し、五〇〇〇人の労働者が住み着くようになる。昭和初期には大和寮という宿泊所ができたが、これは労務報国会（戦時体制で労働者を統制した翼賛的な組合）の一部である。ここではもっぱら軍部への労務提供が行われていた。

「うちは祖父の代に山谷へ来て、水道屋から始めたそうです。親父がやっていた餅菓子屋は、そんな上等なものじゃないですよ。白根屋《しろねや》という屋号で労働者を相手に夏はかき氷をやったり、機械を仕入れてアイスクリームを売ったりしてね。でも娘がついこの間、上野に残っていた支店を見つけたんです。二十四軒ほど暖簾《のれん》分けしたうちの最後の一軒じゃないですかね。むかしは貸家が多かったから、そんなに金をかけなくても店が持てたんですね。

戦前の山谷は男ばっかりですよ。みんな日雇い労働者です。腹掛けに印半纏《しるしばんてん》、足にはゲートルを巻きつけて地下足袋をはいてね。そんな格好で仕事に出るんです。人夫出しがそういう人たちに声をかけると、今日は休みだって断る人もいるわけです。子供心には不思議だったんですけど、あとで聞いたら日当にかなり違いがあって、やっぱり安いほうには行かないんですよね。

労働者の行き倒れはけっこういました。それに玉姫公園で首を吊る人も年に一人くらいはいてね。私が覚えているのは小学生のころですけど、『公園で首吊りが出たから、いまは行っちゃいけないよ』なんて言われてね。福祉なんかない時代だから労働者は大変だったでしょう。

うちのすぐそばには映画館もあったし浪曲の寄席もありました。そこに飾る提灯やたれ幕なんかには白根屋の名前も入っていましたよ。ふだんはさほど賑わうこともないんですが、映画でチャップリンがかかったり、寄席に玉川勝太郎とか広沢虎造が出るときは、客がズラーッと並んでね。全部日雇い労働者の人たちですよ」

大和寮も空襲で焼けたが一〇〇人ほどの寮員が残り、戦後は駐留軍の仕事に専念するようになった。GHQ（駐留軍総司令部）は、上野駅周辺で野宿する被災者を山谷へ移送するよう東京都に要請。山谷は再び日雇い労働者の街としてよみがえった。その当時、デズラは二四〇円でニコヨン（一〇〇円玉が二個に一〇円玉が四個）と言われ、日雇い労働者を意味する言葉にもなった。ちなみにドヤ代は八〇円から一五〇円が相場だった。

経営リスク

「戦後は労働者の食べ物も変わってきて餅菓子屋じゃ駄目なんです。それで旅館を始めたのが昭和三十六年（一九六一）。木造のベッドハウスで一〇〇人近く泊まれました。今のような個室のビジネスホテルに切り替えたのは昭和五十八年（一九八三）ですね。でも最初は建て替えるのに抵抗がありましたよ。景気の波もあるしね。そうなると旅館の数をいっぱい持っている人が試験的にやってみて、どうなるかっていうことです。やっぱり数がある人にはかなわない。二軒や三軒持っているくらいじゃ踏ん切りがつかないもん」

ここで言うビジネスホテルとは、三畳ほどの個室を主体とするドヤのことである。大量宿泊型のベッドハウスからビジネスホテルへの転換は、リスクをともなう経営判断だったに違いない。しかし戦後が次第に遠ざかるにつれ、寄せ場のドヤ経営も変化せざるを得なかったのである。

余談になるが、同じ寄せ場でも、山谷と釜ヶ崎ではドヤ主の気質も違うと櫻井は言う。

「東京の旅館組合では創設記念で十年ごとにお祝いをやるんです。そのときにはいつも大阪から同業者が来るんですよ。でも自分たちは大阪でそんなことはやらないんだね。やっぱりカネがかかるから。それでいっぺん、われわれも大阪へ見学に行こうということになったんです。そうしたら宿の看板に二〇〇〇円と書いてあるんだけど、今日は入りがいいとなったら、『二〇〇〇円の部屋はいまいっぱいです。二二〇〇円の部屋ならあります』だって。看板で釣っておいて、いまちょうどいっぱいになりましたって言うんだからね。さすがに山谷でそういうことはないですよ。それだけの頭が利かないもん、山谷の人は」

後継者の受難

帰山哲男は、山谷の実力者だった帰山仁之助の後継者である。仁之助は、三日間におよぶ第五次山谷暴動（一九六二）の発火点となった「あさひ食堂」の経営者としても知られている（店員と客の喧嘩が暴動の原因になった）。帰山は、自分に向けられる仁之助の期待を若いころから意識しており、ちゅうちょなく後継者の道を選んだ。

仁之助は相撲取りだった父（哲男の祖父）から一定の土地や財産を受け継いでいた。その多岐にわたる事業内容を見ると、仁之助は基本的に善意の人だったことがうかがえる。たとえば私財を投げ出して「山谷文庫」（低料金の貸本屋）や「小さいバラ子供会」（寺子屋ふうの日曜学校）もつくった。労働者の娯楽施設となる「吉景館《よしかげかん》」（芝居小屋）の建設にも奔走している。いずれも金銭的な見返りを期待した行為とは考えにくい。

ただし、あらかじめ財産に恵まれ、広く人脈を持ち、非凡な商才を発揮する事業家が、まったく敵をつくらずに活動することは難しい。とくに山谷で日雇い労働者を相手に展開する事業は、善意や悪意の問題を超え、避けがたく「搾取」という印象に結びつきがちなのである。そういう父親を持った帰山哲男も、左翼にはたびたび痛い目に遭わされたという。

「八〇年代後半のことなんですけど、『帰山が金町一家と組んで賭博場を提供して、労働者から金を巻き上げている』という意味のアジビラを左翼に出されたんです。でも実際はこういうことですよ。

パレス（帰山仁之助が代表になっていたベッドハウス）の二階に娯楽室があって、けっこう広いスペースなんですけど、そこに入り込んでお金を賭けて博打をやっている人たちがいたんです。支配人が黙認しちゃったと思うんですけど、宿としても困るんですよね。宿銭を博打に取られて払わなくなっちゃうから。それでその客を追い出した。そうしたら今度はその客が南泉荘《なんせんそう》に入り込んでね、ここは僕が管理していたんですが、また博打をやり始めた。南泉荘はパレスのようなスペースがないから踊り場の床の上でやるんですよ。花札だったりチンチロリンだったり。それでやっぱり宿銭を払わなくなっちゃった。だからこっちは一番番頭に任せて追い出したんだけど、この人が若いころチンピラだった人でね。すごいんですよ、追い出し方が。それで客のほうは、殺すって脅かされた、とか左翼に言ったんでしょうね。その客は金町一家とは関係なくて、ふつうに入り込んで来た人だと思いますよ。でも世間では、帰山が金町一家に博打をやらせて労働者からカネを巻き上げている、そしてそのカネが金町一家に流れている、というふうに思うんですかねえ。

まあ、こういったことは宿泊業をやっているとけっこうあるんですよ。

結局、チンピラみたいな客も来るでしょ。相部屋《あいべや》の場合、そういう客が一人入ってくると、ほかの客が出て行っちゃうんです。だからそういう客は追い出さないと駄目なの。広い部屋に一〇〇〇円くらいで泊まられちゃうんだもん、一人で。

難しいんですよ、そういう客は。たとえばナイフをベッドの下に隠しておいて、ほかの客にチラッと見せたりする。実際にナイフを出すと警察沙汰になっちゃうでしょ。その辺がうまいんですよね。

南泉荘はそこをきっちりやっていました。七十三号室っていう部屋があってね、問題児はみんなそこへ入れるの。一般の客と一緒にするとおとなしい客が出て行っちゃうから、問題児専用部屋がある。それで自然に出て行っちゃうわけ、客同士で喧嘩して。その部屋は『ナナサン』って呼んでいましたけど、相部屋は管理が難しいんですよ」

山谷では、お客様は神様、などと言っていられない事情が多々ある。左翼組織が労働者の駆け込み寺になっていたことは間違いないものの、そこで救われた者もいれば、悪意の告発をした者もいるということになる。

一〇万円出せ

「うちの古いベッドハウスを改装したときのことです。管理人さんが八十歳を過ぎていて、もうやめるって言い出したんです。それだったらいったん閉めようということで、お客さんに出てもらうことにしたんです。

そのときに出て行かない人が何人かいました。たしか三〇人くらいでしたね。その人たちに娯楽室に集まってもらってね。事情を説明して出て行ってくれるように頼んだわけです。おカネは一切払えないことも伝えてね。もともと宿は一泊契約だから問題はないわけです。

そのときに誰かが左翼の団体に言って、書面で一人につき一〇万円出せって要求してきたわけ、グループをつくってね。

それでこちらから提案したんですよ。一ヵ月か二ヵ月間、無料で部屋を提供するから、あとはみなさんで掃除などを分担してやってください、ということでね。そうしたら一人減って、二人減って、でも、とっくに出て行った人がまた入ってきているんですよ、いつの間にか。おカネになると思ったんでしょうね。

最後の一人が出て行かないので、ブレーカーを落として電気を切っちゃった。でも気がついたら部屋の電気がついているんですよね、テレビも。その人は建設作業員で仮設の電気の取り方を知っているんですよ。そういう知識があるので、となりの家から盗電していたんですね。仕方ないからその人を車に乗せて、例の南泉荘に連れて行った。そうしたらもうおとなしくなっちゃってね。一番番頭が元チンピラで管理が厳しいから。

うちの母が事務系の元警察官にその件を相談していたみたいですが、やっぱり『宿は一泊単位の契約だから居住権など存在しない。絶対にカネを払ったら駄目だ』って言われたそうです。うちはそうやって収めたけど、同じようなケースでカネを払ったところはあるでしょうね」

こういった問題に左翼として裁定を下す場合、疑わしきは資本家を罰する、という傾向があったことは想像に難くない。そうでなければ労働者の用心棒はつとまらないからである。

「南泉荘でもトラブルはありましたよ。年末年始はフロントを休みにするんですよ。従業員にも正月気分を味わってもらいたいから。それで長く泊まっている人には、暮れに一週間分くらいまとめて宿代を払ってもらうんです。労働者はモチ代（年末一時金）をもらえるわけだし、それを飲み代やギャンブルに使ってしまわないで、先に払ってくださいと。いずれ払わなきゃいけないものだし、貸しにならないようにね。

それでいったんは先払いしてくれたんだけど、『宿泊』に行くから返してくれと言ってきた人がいるんです。宿泊というのは、東京都が労働者向けにつくる越年用の施設があって、そこに入ることです。建物はプレハブで一時的なものですけど、すべて無料で食事も出る。そこへ行くから、払ったカネを返してくれと言うんですね。でも宿泊客との契約で一切返金はできないんです。契約書もちゃんとあるしね。そうしたらその人は左翼の団体に行ったんですね。その団体から、どうしてカネを返さないんだって抗議されました。でもそこで返金したら、ほかの人や別のケースにも波及して収拾がつかなくなるんでね、無理なんですよ」

帰山家と左翼の攻防は親子二代にわたって続いている。これは宿命的な事実であり、どこかの時点で融和策があったとは思えない。

ともあれ、山谷において帰山仁之助の存在が余人をもって代え難かったことはたしかである。帰山家が左翼に浴びせられた非難の一部は、名誉の傷と考えるべきかもしれない。

第四章 過激なる者たち

現闘消滅

現闘の荒ぶる時代は潮が引くように終わりをつげた。

一九七三年十月、第四次中東戦争が勃発。そのあおりで石油価格が高騰し、世界的な経済混乱が発生した。第一次オイルショックである。日本では大型公共事業が縮小・凍結され、建設業も不況の波に呑み込まれた。当然ながら山谷の労働市場も大打撃を受け、日雇い労働者は苦境におちいった。

「オイルショックで現闘が消滅した、という結果論はいまだから言えるんですけどね。なんとなく仕事が少なくなっていくから現場闘争なんてできないじゃないですか。飯を食うのが先でね。いつの間にか組織形態がなくなっていったんです。現闘だってやっぱり徒党集団ですから、わっと盛り上がるけど、勢いがなくなったらもうやめると――」（三枝）

日常活動の土台が資本主義経済に支えられていることは、手配師も、ヤクザも、そして左翼も同様だった。しかし、それぞれに固有の事情は抱えている。たとえば現闘シンパと見られる労働者は露骨に雇用から外されていった。つまり、寄せ場では遅ればせながらレッドパージが始まっていたのである。

さらに左翼活動家としての内情をキムチが語る。

「現闘から山谷争議団に至るまでには、いろいろなことがあった。『さそり』の黒川（芳正）君が『5・19』で逮捕されたでしょ。それから一ヵ月後に『6・25』で船本（洲治）が死んだでしょ。それを機にほとんどみんな山谷からいなくなった。俺らは山さん（山岡強一）のところで学習会みたいなことをやって、アジアの歴史を勉強していたんだけどね。そうしたら七九年に磯江（洋一）さんが逮捕された。あんな事件になっちゃってね」

黒川芳正の逮捕、船本洲治の死去、磯江洋一の逮捕、この三つの出来事は、旧現闘のメンバーに思いがけない衝撃をもたらした。とくに山岡とキムチにとっては人生の節目ともなる事件だった。順次その概要を示しておこう。

爆弾闘争

七四年八月三十日、「反日」（東アジア反日武装戦線）による三菱重工ビル爆破事件が起きた。八名の死亡者、三七六名の負傷者を出したこの事件は、「反日」の内部グループである『狼』の犯行だった。「反日」には「狼」のほかに「大地の牙」「さそり」と名乗るグループがあった。三つのグループは単独あるいは協同で行動し、七五年五月までに、連続十一件の企業爆破事件を起こした。

「狼」の大道寺将司は釜ヶ崎で日雇い労働者を経験していた。また「さそり」の黒川は釜ヶ崎と山谷で日雇い労働をしながら、釜共および山谷底辺委員会（現闘の支援組織）の活動にかかわっていた。「さそり」は間組《はざまぐみ》本社ビル爆破など三件を実行し、黒川は七五年五月十九日に逮捕された。この日の逮捕は黒川をふくめ、「反日」の主要メンバー七名におよんだ。

黒川が現闘を支援していたこともあり、現闘のメンバーは心情的に「反日」を支持する者が多かった。黒川逮捕以降の動きについては、三枝が作成した冊子「徒党の期節」のなかに、三枝とキムチの対談形式で記されている（「徒党の期節」は「山岡強一虐殺30年　山さん、プレセンテ！」に寄せた原稿の完全版である、原文ママ、ルビは筆者）。

「K（キムチ）　山さんは何処《どこ》か場所は分からないし時期も定かでないけど、彼らが捕まる前に偶然黒川君と会っていて、彼から『自分たちがさそりだ』と聞いたと言っていた。それを聞いたのは彼らの逮捕後のことだけど。（反日の）5・19の弾圧（筆者注・逮捕）のとき、一番最初に動いた者のうちの一つが昔の旧現闘グループだった。―中略―当時旧現闘のそういったグループは、皆心情的に反日の闘いを支持していた。オレも元々アナーキストだけど、『テロリスト群像』のサヴィンコフ（筆者注・ロシアの革命家、作家）の、馬車に爆弾を投げるところだったのに、その馬車に子供がいたので、投げるのをやめたといったテロリズムの話にすごく影響を受けていて、それが自分の生き方の指針にもなった。そういったテロリズムに共感し、『反日』にも肯定的な意見を持っていた。オレは疎《うと》いから、当時それが寄せ場の闘いと関係があるとはまだ最初は知らなかった。『腹腹《はらはら》時《と》計《けい》』が（現闘宛に）送られてきているのは知っていたけど」

「腹腹時計」は、反日の『狼』グループが地下出版した爆弾製造の教程本である。この本が現闘に送られてきたのは、「反日」が現闘にシンパシーを持っていたからにほかならず、山岡に対する黒川の告白も両者の親密ぶりを裏付けている。現闘はたんなる労働者組織とも言えず、なかなか一筋縄ではとらえきれない組織だったのである。

日本中を震撼させた「反日」（東アジア反日武装戦線）の思想は、およそ以下のように要約される。

従来の左翼運動は日本の労働者階級による革命を目指しているが、日本の労働者とは、植民地支配、あるいは企業侵略の一翼を担う、いわば帝国主義労働者であり、このような労働者の手によっては、革命は達成できない。

すなわち真の意味で革命が可能なのは、植民地支配、あるいは企業侵略を受けている東アジアの労働者や人民のみである。

自分たちは東アジア人民の立場になって武装し、反日の戦いを起こし、日本の海外進出企業を阻止する必要がある。そのためにも、自らの損耗《そんもう》が少なく、かつ攻撃による効果の大きい爆弾闘争こそが適当である。——（門田隆将「狼の牙を折れ」より）

こうした考え方には、いわゆる自虐史観が根底にあるものと思われる（新左翼と自虐史観の関連については後述する）。

「反日」はみずからの革命思想を世に問い、法廷闘争を展開した。そのため警察の取り調べには積極的に応じている。完黙《かんもく》（完全黙秘）を信条とする過激派としてはきわめて異例なことである。そしてこの法廷闘争は山岡強一に思わぬ波紋を投げかけることになる。

なお「反日」のメンバーと親しかったキムチは、警察への対応について次のような見解を示している。

「『反日』の全面自供には、ある面で優越主義があったのだと思う。国内で武装闘争（爆弾闘争）をやれるのは自分たちだけだ、という自負心だよね。それと敗北主義。自分たちの逮捕で国内の武装闘争の道がすべて閉ざされた、という絶望感だよね。その二つの思いが混在する状態だったのではないか。要するに、あとに続く者たちにはまったく期待していなかったわけだ。だからすべてを話すことで決着をつけることにしたんだと俺は思う。

彼らは取り調べのときに、三菱重工ビルでの死者や怪我人の数を聞かされ、現場写真も見せられたと思う。それで被害の大きさにあらためて驚愕したんだろうね。

三菱重工ビルが爆破された日の夜、じつは『狼』のメンバーが北千住の喫茶店に集まったんだよ。そのときも被害の大きさに動揺していたはずなのに、闘いを止めるのではなくて続行してしまった。その判断は、武装闘争を否定したくないという一種の自己保身だったかもしれない。俺はそう感じているんだけどね」

この分析はおそらく当たっているものと思われる。爆破事件の実行犯が、予想以上の被害に動揺したことはさまざまな記録で明らかになっているのだ。しかし、この事件の波紋は「反日」のメンバーの内面的な動揺だけで収まるものではなかった。

炎の抗議

同年（七五年）六月二十五日、さらに衝撃的な事件が起きた。

船本洲治が沖縄の嘉手納基地前で焼身自殺したのである（左翼は焼身決起と表記する）。皇太子（現上皇）の沖縄訪問に抗議してのことだった。

皇太子は、同年七月二〇日に開催される沖縄国際海洋博覧会の開会式に出席することになっており、一七日には、ひめゆりの塔（糸満市）を訪れ献花する予定だった。皇室による戦後初の沖縄訪問である。これに対し船本は、この訪問は昭和天皇の沖縄に対する戦争責任を隠蔽するものだ、と抗議したのである。

船本が死去の当日付けで残した最後のメッセージを一部紹介する。

「皇太子暗殺を企てるも、彼我の情勢から客観的に不可能となった。したがって、死をかけた闘争ではなく、死をもって抗議する」

「東アジア反日武装戦線の戦士諸君！　諸君の闘争こそが東アジアの明日を動かすことを広範な人民大衆に高らかに宣言した。この闘争は未だ開始されたばかりであり、諸君たちの闘争は更に持続し、拡大してゆくであろうと信ずる」

「山谷・釜ヶ崎の仲間たちよ！　黙って野たれ死ぬな！　未来は無産大衆のものであり、最後の勝利は闘う労働者のものである。確信をもって前進せよ！」（「黙って野たれ死ぬな」）

一九七三年四月、関西建設闘争で逮捕状を出された船本は、釜ヶ崎を離れ山谷周辺で息をひそめていた。このとき船本に接触した数少ない活動家の一人が、のちに「さそり」の一員となる黒川だった。したがって船本は爆弾闘争について黒川になんらかの示唆を与えたかもしれない。さらに船本は七二年十二月に起きたあいりんセンター爆破事件（釜ヶ崎）の主犯と見なされ、全国公開指名手配を受けた。キムチによれば、この件はでっち上げ（冤罪）に間違いなく、ほかに真犯人がいたという。しかし顔写真を公開されれば、一つの寄せ場に長くはいられない。包囲網をせばめられた船本は各地を転々としたあと沖縄へ渡り、現地での潜伏が一年半におよんだうえでの壮絶な最期だった。享年二十九。

以下は余談である。日活ロマンポルノの傑作とされる「㊙色情めす市場」（田中登・監督）という映画がある。キムチによれば、映画は釜ヶ崎のドヤ街が舞台になっており、ドヤの壁に貼られた船本の手配ポスターが、鮮明に映し出されたという。映画は七四年九月の公開だから、船本が死去する前年に当たる。なぜかしら、逃走劇の悲哀を感じさせるエピソードである。

船本に心酔していた山岡が、その死に愕然としたのは当然だろう。そして同時に、山岡は戦友を孤独の死へ追い込んでしまったことを深く悔やんだ。一方、船本が全面的に称賛した「反日」への対応をめぐり、山岡は新たな葛藤を抱え込むことになった。

テロルの余韻

キムチも船本の悲報に大きく心を揺さぶられたと言う。

「**K**（キムチ）　船本の死んだ夜は、オレはどうやって死ぬか、そういうことばかりしか考えてないんだよね。どういう闘いをしたら自分の人生を全《まっと》うできるか、当時、そういうことを中心的に考えたという記憶があるんだよね。

三（三枝）　そうすると、磯江さんもそうだったし、多分山さんもそうだっただろうと思うし、〈6・25〉（筆者注・船本死去）にはそういう物凄い衝撃力があったということだよね。

K　船本があいう人生を生きたから、オレはどういう人生を生きたらいいのかということを（当時は）常に考えていたよね」

このとき二十代前半だったキムチにとって、船本は偉大なる殉教者の位置づけだったのかもしれない。船本への傾倒は、その劇的な死によっていっそう深まったようだ。キムチに限らず、二十代が主流だった現闘メンバーは、否応なく「命を懸けた闘い」に共鳴する意識がめばえたはずである。

「三　当時、現闘には日本赤軍の闘いにもシンパシーを感じていた人が多かったよね。

K　そうそう。テルアビブのときは確か船本が支持のステッカーを貼った。それを真似たかどうかわからないけど、シンガポールの石油基地を占拠したとかなんとかのときに、戸山（筆者注・山岡の自宅）の学習会をやっている時だけど、山さんがステッカーを作って、それを一緒に寿と高田馬場と山谷に貼りに行った記憶がある。これは新聞にもでたんだけど」（「徒党の期節」）

証言に出てくる「テルアビブ」は、七二年五月三十日、イスラエルのロッド空港で日本赤軍の奥平剛士、岡本公三、安田安之が起こした乱射テロ事件。「シンガポールの石油基地占拠」は、七四年一月三十一日、日本赤軍二名とＰＦＬＰ（パレスチナ解放人民戦線）二名がシンガポール・ブクム島の石油タンク（ロイヤル・ダッチ・シェル社）を爆破および占拠した事件である。テルアビブでは乗降客を中心に二四人が殺害され、七三人が重軽傷を負った。日本赤軍の奥平と安田はイスラエル国軍警備隊との銃撃戦の最中に手榴弾で自爆。岡本はイスラエル航空機に手榴弾を投げようとしたところを警備隊に取り押さえられた。多くの死傷者はイスラエル側の乱射によるとの見方もある。岡本はイスラエル当局に逮捕されたのち、ＰＦＬＰの関係組織との捕虜交換で釈放された。シンガポールでは死者は出なかったものの、人質のあつかいをめぐってハイジャック事件に発展した。この二つの事件が現闘メンバーの血を騒がせたのは当然の流れだったのだろう。なお、当時の新左翼はとりわけパレスチナとの連帯を強調し、親米のイスラエルを敵視していた。

山岡の学習会がアジアの歴史を題材にしていたことも、船本の影響だったとキムチは言う。

「全共闘運動が盛んなころ、華青闘《かせいとう》の告発（一九七〇）という事件があって、新左翼の党派がいかに傲慢か批判されたんだよね」

華青闘（華僑青年闘争委員会）は出入国管理法の制定阻止を目指す在日華僑の組織で、日本の新左翼とも共闘していた。

「新左翼が党利党略で華青闘を利用している、新左翼は当事者の立場としてアジアに目を向けていない、という告発でね。華青闘は各党派に決別宣言を出した。これがけっこう強烈だったんだね。その流れで船本が在日中国人とか在日朝鮮人の歴史的な運命について考えだして、それを山さんが引き継いだかたちだよね」

華青闘の告発には、日本の新左翼が在日差別問題に無自覚である、との指摘がふくまれていた。そしてその告発は以降の新左翼運動に大きな影響を与えた。こういった新左翼内部の論争はあまり表面化してこないが、たとえば在日問題に関連して、一部の全共闘世代に特有な自虐史観（自国を過度に悪と見なす歴史観）の傾向がある、と指摘する声は以前からあった。この傾向が長らく日中関係や、日韓・日朝関係のとらえ方に影響していたことは間違いない。

「山さんとの学習会では、日雇い労働者の立場から、アイヌや沖縄の問題、戦前に強制連行されて来た中国人、朝鮮人の問題を歴史的に見直していった。とくに戦前戦後の日雇い労働者の運動というのは朝鮮人が中心にいたからね。俺は個人として『アイヌ民族抵抗史』（新谷行・著）を東京拘置所で読んで、現闘のメンバーと一緒に自分の立場をとらえ直していったわけだ」（キ

ムチ）

山岡の学習会における課題は、当時の新左翼全体が突きつけられていた課題と同義だったのである。そしてこの課題が、のちに製作されるドキュメンタリー映画「山谷《やま》　やられたらやりかえせ」に色濃く反映される。

警官刺殺事件

一九七九年六月九日の午後十一時ごろ、マンモス交番に近づいた磯江洋一が、立ち番をしていた警官の腹にいきなり柳刃包丁《やなぎばほうちょう》を突き刺した。磯江はその場で取り押さえられたが、警官は救急車で搬送される途中、車内で息絶えた。

翌朝の各新聞は事件を大きく取り上げ、おおむね次のように報じた。

「山谷で警官刺殺さる、犯人は酔っぱらいの労働者」

後日の新聞では、殺された警官を悼《いた》んで交番に多くの花が寄せられている、との記事も見られた。

再び「徒党の期節」の対談に戻る。

「**K**　磯江さんのこと（79年の6・9決起）は朝の新聞で知った。直《す》ぐに山さんと電話で連絡を取り合った。オレはその日の午前中山谷に様子を見に行ったけど、もう朝ではないので人もまばらで特に変わった様子もなかったが、帰りがけ浅警の私服（筆者注・刑事）から声をかけられたのを覚えている。—中略—

それで（磯江さんの決起に呼応し）、その時、新堀（筆者注・旧現闘メンバー）がビラを書いた。『6月の炎、なんとか』という、その文章には結構良い印象を持ったよ。ブル新（筆者注・ブルジョア新聞＝一般紙）が、磯江さんが暴力常習者で酒を飲んでやったと、そして殺された警官が良心的で、日頃から労働者に慕われていたというようなことを書いたので、それに対して実はこうだったということを書く必要があった」

警官刺殺直後のマンモス交番

山岡は磯江事件についてこうアピールしている。

「（筆者注・七九年六月）一一日付けの新聞報道では、『前科四犯の男』（東京）、『酒に酔った労務者』（サンケイ）、『暴力常習の男』（朝日）などと書きたて、まぎれもない下層労働者の意志の結実が必然的に敵をとらえた彼の闘いを、偶発的な暴力と強調しようとしている」（山岡強一「山谷《やま》　やられたらやりかえせ」）

さらに山岡は、磯江がつねに寄せ場の運動の先頭に立っていたこと、むやみに暴力を振るう男ではなかったことを強調したうえで、次のように主張した。

「日本帝国主義権力の寄せ場労働者圧殺の張本人である、国営暴力団（山谷マンモス交番）のケタオチポリ公は、全国下層労働者の名において有罪である。磯江洋一氏の決起は日帝本国内下層労働者の正義にもとづいており、無罪である」（前掲書）

こういった理屈の展開は、まさに過激派の真骨頂である。磯江が酒に酔って犯行におよんだこと、磯江が労働争議関連での逮捕だったとはいえ前科四犯（公務執行妨害、傷害等）だったこと、この二点は事実であり、なにはともあれ殺人の正当化が一般社会で通用することはない。しかし、山岡は強引な理屈づけだけに頼る頑迷な左翼ではない。むしろ党派的な左翼教条主義を誰よりも嫌い、柔軟で現実に即した思考を重視していた。そういう人間であっても、ひとたびメッセージを発すれば、極左の原理主義的な論理になってしまうところが謎深くもあり、興味深くもある。しかも山岡はたんに建て前でこのメッセージを発したわけではなく、本心を吐露したに違いない。つまり現実重視の柔軟性も、極左の原理主義も、どちらも山岡の素顔なのだろう。この山岡という人物の素顔についてはあらためて後述する。

カインとその仲間たち

磯江事件のいきさつは、作家の池田みち子（一九一〇〜二〇〇八）が裁判の傍聴を重ねるなどして詳細に取材し、「カインとその仲間たち」という小説にまとめている。なお、三枝とキムチも磯江の裁判で池田を何度か見かけており、池田は「6・9闘争の会」の事務所を訪ね、少なくない額を献金していったという。

池田は戦前から共産党シンパとして活動し、日本赤色《せきしょく》救援会という組織にいた。この組織はコミンテルン（国際共産主義運動の指導組織）によって設立された国際赤色救援会の日本支部であり、左翼活動家の救援活動を行っていた。自伝的小説「市ヶ谷富久町」によれば、池田は女学校を十八歳で出るとすぐ赤色救援会に入った。夫は帝大（東大）の学生で、やはり左翼の活動家だった。「救援会に入っているのがわかればそれだけで検挙された」ような時代であり、特高（特別高等警察）とやり合いながら「逮捕され拘留され、また逮捕され拘留されるという異端の青春」を送ったが、「階級闘争に身をゆだねていると思う誇りと満足感が飢餓感を足元に組み敷いてくれた」という。つまり、池田は過激派の心情を十分理解できる素地を持った作家と言えるのだ。

戦後の池田は、時にドヤ住まいをしながら山谷を舞台にした作品を多数発表している。以下、「カイン〜」にそって事件を振り返ることにする。戦前の既成左翼である池田の目に磯江事件はどう映ったのか、山谷の活動家にどんな思いを抱いたのか、そのあたりを探る素材としたいからである。なお作中では、河合栄二は磯江洋一を、川本肇は船本洲治を、山谷闘争委員会は現闘（現場闘争委員会）を、反日武装集団は「反日」（東アジア反日武装戦線）をモデルとしている。また「私」は池田自身を指す。

河合栄二、一九四五年、島根県生まれ。父が戦死し、母が他家へ嫁いだため、親戚の養父母に育てられた。河合は国立大学の教育学部に在学中、家を飛び出し日雇い生活に入った。上京した河合は高田馬場の寄せ場で山谷闘争委員会がまいたビラを見る。そのビラがきっかけで山谷に入り、山谷闘争委員会のメンバーを経て書記長に就任する。

山谷闘争委員会がいつの間にか消滅したあと、河合は好意を抱いていた元メンバーの女性に声をかけ、勉強会の復活を提案した。しかし相手は関心を示さず話は進まない。ほかの元メンバーたちにも山谷闘争委員会の復活を呼びかけたが、反応は冷めたものだった。事件後、河合に声をかけられていたメンバーの一人は「みんなが河合さんの云うように山谷へ帰っていれば、河合さん、あんなことにはならなかったと思うよ、ほっとおいて悪かったと思ってね」と「私」に告げた。

事件当日、河合は山谷で柳刃包丁を買ったあと、偶然出会った友人と新宿へ出て酒を飲み、山谷へ戻ってから犯行におよんだ。

事件の数日後、「私」が手渡された反日武装集団のビラには「河合栄二戦士の闘争を契機に陣営を築こう」という見出しがあり、「河合戦士は単身マンモスの犬を倒した」と小見出しがついていた。

河合は逮捕以来、警察の取り調べに黙秘で押し通した。裁判が始まってからも、検事、裁判官に対しては黙秘していた。そのまま論告求刑が行われ、検事の求刑は無期懲役だった。

最終意見陳述で証人席に立った河合は「私」の予想を裏切り、「まっすぐ裁判官を見上げて、胸を張って、」こう主張した。

「検事の論告は表面的には河合個人に対する弾圧という形式をとりながら、実際には、寄せ場、下層社会の流動的下層プロレタリアート全体の存在と闘いに対する報復、みせしめ弾圧をあからさまに宣伝しているということであり、この攻撃に対して我々は怒りをもって反撃、粉砕しなければならない」

「個人対個人というブルジョア的殺人ではなく、流動的下層プロレタリアート対日本帝国主義権力というむき出しの階級対立であることを権力自身が鮮明に打出して、極めて挑戦的に重刑攻撃を打って出ている」

河合の主張に対し「私」は次のような感想を持った。

「河合栄二の論理の立て方が理解できなかった。殺人に対する無期懲役の求刑を弾圧という言葉で片づけることも納得できなかった。河合栄二は自分たちの組織が国家権力と対等に闘えるほど強大だと思いこむ錯覚の中で論理を組立てたとしか私には思えなかった」

河合の陳述は後半に入るとおもむきを変え、「文字通り率直に犯行の動機を述べた」と「私」

は感じる。

「革命の解決すべき戦略課題の中に（流動的下層プロレタリアート闘争を）正しく位置付けられなかったことにより、一定の後退を強いられてから（山谷闘争委員会が解散してから）自分自身は帝国主義支配秩序にどっぷりひたって、何の反抗もすることなく唯《ただ》寄せ場の内外を渡り歩くのみであった」

「このような中で闘争をやめてから、四年余りというものは、飯場でのトンコ（逃亡）――喧嘩――呑んだくれ――アオカン（野宿）あるいは仲間をだましたり、だまされたりというようなことの繰返しであった。そしてこのようなことを繰返して行けば、どうせ最後は野垂れ死ぬのだという危機感と、七二年七三年過程を乗り越える流動的下層労働者解放闘争の展望が出せないために、絶望感が一挙に噴出したのが今回の行動である。云うなれば四年目はその絶望感の沸騰点、臨界点であった」

「その絶望感の故に、このまま何の抵抗もせずに野垂れ死ぬよりはせめてマンモスのポリ公を殺してからの方が良いという方向を選択したのである」

「革命的焼身決起した川本肇同志の遺志を継承しなければならないという事をずっと持ち続けていた。毎年川本肇同志の忌日がやってくる度に、何も出来ない自分にいらだち、大酒を喰らうだけであったのである。そしてそういう自分に嫌気がさし、極めて没主体的であり、他力本願であるが、川本肇同志の遺志継承を下層の仲間に訴えようとしてやったのである」

「私は、最終意見陳述の後半を聞きながら、山谷から飯場へ、飯場から山谷へと流れている山谷の土方たちを思い浮かべた。今の暮しからの出口が見つからないまま、いつかは野垂れ死するのかと思うと、警官刺殺を正当化する過激な思想が生れるのかなア、と思った。―中略―私は、ドヤ者の心の底にあるものをわかっていないのではないかと疑問を持った。そのわかっていなかった部分が、自分も野垂れ死するかも知れないと思う不安ではないだろうか、と思った」

さらに「私」は川本肇の文章を読む。

「大多数の未組織下層労働者が階級闘争のヘゲモニーを握るならば、それは必然的に帝国主義打倒の革命闘争に転化せざるを得ず、かつ（筆者追記・帝国主義労働運動の手先となる）組織労働者を革命の利益に従属させることになる」

という論旨だった。

そして「私」はこの文章に次のような感想を持った。

「山谷から飯場、飯場から釜崎へと流れ歩いた川本肇が、流動的下層労働者の中へどっぷりつかって、自分の周囲だけを見廻しながら考えたこと」で、「それにしても社会の底辺でいじめぬかれたことと、革命の主役を担って、新しい社会を建設するための指導的役割を果すこととは別々のことではないだろうか？　私は山谷で永年慣れ親しんだ土方たちを思い浮べながらそう思った。自分たちの組織をかためることさえ出来ない、新聞さえろくに読まず、酒を呑むことと競輪、競馬にうつつを抜かすことしか知らない行き当りばったりの山谷の労働者たちがどうして社会建設の指導的役割を担えると思うのだろうか？　今まで次々に出来ては潰れた山谷の労働団体、労働組合にしても、中心になる人たちがいただけで、山谷労働者の一パーセントを組織することさえむつかしかったのだ。

川本肇も河合栄二も、自分の考えを外部へ拡げることが結局は出来ず、その果てに、自分で自分を追いつめた結果の自暴自棄であったとしか私には思えなかった」

大衆運動への回帰

池田の指摘は、ご説ごもっとも、であり反論の余地はない。たしかに下層労働者は国家権力と対等に闘うことなどできないし、下層労働者が新しい社会建設の指導者になることもあり得ない。愚にもつかない夢を追い続ければ、いずれ現実の前で自暴自棄になって破滅する。すべて自明の理である。

しかしながら、キムチが考える寄せ場の闘争は視点が違う。

「寄せ場というのは、農村から逃れてきた人たち、炭鉱を離職した人たち、やむなく家族を捨ててきた人たち、あらゆる人生の苦労を重ねた人たちがたくさん住み込んでいるわけ。寄せ場では出身や過去を問われないけど、みんな失敗も敗北も山のように経験してきている。ほかにはフーテンだった人間、精神障害の病気を持った人間、ふつうの職場でつまはじきにされた人間、そういう人たちも当時の寄せ場にはたくさんいたからね。

左翼っていうのは、たとえば共産党なんか、品行方正で、倫理観を持って、間違いを起こさない、という価値観を持っているでしょ。駄目な人間は自己批判とかね。だけどそんな簡単なことじゃなくて、社会の苦労を肌でわかっている人たちだから強い面もある。だから、そういう人たちが自分たちの立場を活かして、自分たちの生き様を通して立ち上がれるような、そういう闘争を組む必要がある、ということなんだよ」

その視点に立てば、船本（作中では川本）の呼びかけは理詰めの革命論としてではなく、下層労働者の名誉ある抵抗と自立へのメッセージ、と読み替えることも可能ではないか。船本の自死や磯江の犯行とは別の次元で、そういった解釈が生まれてくる。

既成左翼である池田から見れば、山谷の日雇い労働者は革命に無縁なルンペンプロレタリアートであり、その見方がまさに正解なのだろう。しかし人間は、とりわけ若い人間は正解だけを求めて動くわけではない。現に若き日の池田は「階級闘争に身をゆだねていると思う誇りと満足感が飢餓感を足元に組み敷いてくれた」（「市ヶ谷富久町」）と告白しているのだ。つまり、池田自身も報われそうにない夢に賭けたからこそ人生を実感できたのである。下層労働者の革命論がいかに馬鹿げた妄想であったとしても、そういった夢に賭ける種族はいつの時代にも存在するということだろう。

三枝は現闘メンバーの挫折と再生を次のように振り返る。

「結局、ヤクザとのドンパチで勝ったとしても警察が出て来るでしょう。警察にはやっぱり勝てないんですよ、どんどん弾圧を受けるだけで。そこを突破しようと思うと、どうしても非合法活動に関心がいく。新左翼はだいたいそういう方向に傾いていったと思うんですけどね。僕らも警察への対抗心が強いうちは、大衆的な労働運動に取り組もうという発想にはならなかった。

現闘がなくなったあと、五年くらいの長い空白がありますよね。磯江さんは現闘を復活しようと思ったんだけど全然うまくいかない。まあ彼には個人的な性格からくる悶々としたものもあったんですけど、そこで警官を刺殺する結果になってしまった。船本も非合法活動への渇望があったと思うんですけど、うまくいかずに焼身決起した。

そういう流れのなかで僕らがつかんでいったのは、やっぱり大衆運動をやろうよ、ということですよね」

船本も磯江も、天皇あるいは警察権力という、きわめて象徴的ながら漠然とした標的に向かって玉砕した。池田が言うように「自分で自分を追いつめた結果の自暴自棄」が理由だったのか、そうでなかったのか、第三者が確信をもって決めつけることはできないだろう。ただ磯江事件でたしかなことは、たとえ殺人者の磯江に明確な犯行理由があったとしても、権力者とも言えない若き警官が、理由も知らないままに突然命を絶たれたことである。その事実に対し左翼陣営がどう向き合ってきたのか、いまのところ一般市民が納得できるような答えは出されていない。

（なお、念のために事実関係を確認しておくと、磯江は山谷で東日労の運動にかかわって書記長

になった。現闘での活動はそのあとのことになる）

ともあれ、池田は若き日の自分を寄せ場の活動家たちと重ね合わせたに違いない。そして活動家たちの主張は認め難くとも、心の底では同類意識を感じていたはずである。そうでなければ、そもそも磯江事件を小説の題材に取り上げる理由が見つからない。

現闘（作中では山谷闘争委員会）が山谷から消えてしまったあとの心象風景を、池田はつとめて淡々と、しかし惜別の念を込めて次のように書き著している。

「消えて行った労働団体、労働組合はそれぞれビラで手配師を批難した。集会の度に言葉で批難した。ビラや言葉で批難されても手配師たちは痛くも痒くもない。山谷闘争委員会が初めて『やられたら、やり返せ』をスローガンに、暴力団手配師に暴力で立向ったのであった。

私は山谷闘争委員会のビラを見る度に、立止っていねいに読んだ。それで山谷闘争委員会の活動方針も活動状態も一応は理解できた。それが突然のようにビラを見なくなった。貼られたビラの片隅の糊がはげて風にはためいていたのが、次にはなくなっていて、そのまま新しいビラが貼られることはなかった」

第五章　いいかげんな男

倫理とアナーキズム

　磯江洋一が逮捕されると、山岡、キムチ、トメさん、新堀たち旧現闘メンバーが集まって「6・9闘争の会」が結成され、寿町から南と泉、さらに三枝と銀次らが参加してきた。磯江の裁判と、その後に長く続くであろう刑務所生活（左翼は獄中闘争と呼ぶ）を支援するためである。そしてその時点では、すでに「東アジア反日武装戦線を救援する会」もつくられていた。両組織は偶然にも事務所の設置場所が近く、当初は反目があったものの、徐々に関係を深めていった。

「酔っぱらった南さんがね、『反日』救援会の人に『磯江さんの救援もお願いしたい。俺たちは闘争をやるから』って、なにも考えずに言っちゃったんだよね。そうしたら『救援を甘く考えるな』ってひどく怒られたんだよ」（キムチ）

「南さんは実務的なことがまるで苦手な人だから、軽い気持ちでそう言ったんでしょうけどね。当時の『反日』救援会はバリバリのインテリが多かったんですよ。東京外語大を出て翻訳で飯を食っているような、そういう人たちが『反日』の救援に当たっていたんです」（三枝）

「反日」の救援会にインテリが多かったのは、その革命理論がいくばくかの思想的影響力を持っていたからに違いない。簡単に言ってしまえば、それが時代の気分だったのである。

「反日」の法廷闘争が進むなかで、山岡は「さそり」の黒川芳正から情状証人として証言するよう依頼を受けた。山岡は「反日」の考え方を必ずしも全面的に支持していなかったが、心酔する船本が「反日」を手放しで称賛していたために長らく葛藤し、キムチたちと学習会でその答えを探し続けた。そして最終的に山岡は、「山谷の労働運動における黒川との連帯」「労働市場における大手建設会社の問題点」に関する証言には同意したものの、「鹿島建設、間組の爆破は当然であり、下層労働者は支持している」「下層労働者は、反日兵士の無罪釈放を要求している」という証言の要請は断った。山岡は「反日」との路線の違いを明確にすることによって、船本の強い呪縛からも解き放たれた感がある。

他方、山岡は長年の戦友である船本と磯江を孤独な行動者（左翼流に言えば単独の決起者）にしてしまったことを心から悔やんでいた。二人とも七〇年代初期からの戦友なのである。「カインとその仲間たち」（池田みち子）の表現を借りれば「ほっとおいて悪かった」という加害者意識にさいなまれていたのだろう。そしてその悲劇は組織の弱さ、仲間としてのつながりの弱さに起因すると考えた。

キムチはその思考に山岡流の倫理観を見出す。「倫理的に言うだけでは新しい組織はできてこないんじゃないか」「倫理観からは、何も変わらないと思う」という見方をしたうえで、こう続ける。

「**K**（キムチ）　あの人は（生活レベルでは）倫理観も何もないくせに（笑い）。でも山さんは本来の倫理観は持っている人だと思うよ。なんでかと言うと、偉くならないということと、権威主義的にならないということと、これが本来の倫理観だとオレは思う。

三（三枝）平等主義的な倫理観？

K そう。ただ、嘘の倫理観てあるじゃない。組織的な倫理観とか。共産党が考える人間観とかは、倫理観の強制。—中略—オレも物を盗んじゃいけないとか、女性を差別しちゃあいけないとか、そういった本来の倫理観は持っているつもりだけど、倫理主義者じゃない。組織に忠実であるべきとか、指導者に忠実でなければならないとか、こういったことは本来の倫理観でも何でもないんだよ。—中略—

個人が倫理観を持つことは何の問題もないと思う。その倫理観を組織論とか革命論に持っていったら、絶対破綻しちゃう。オレは今でもそう思い続けているんだけど、単独のテロリストとかは今でも支持するものは支持するよ。しかしそれを組織論とか革命論に持っていくのは、絶対に無理があると思う。

徒党的な集団としてそういうことをやろうということはあると思うけど、（そういうものは後に続かず）全部なくなってるじゃん。そういうものなんだよ。

三 —略—仲間を単独決起させる組織は弱い組織だと山さんは言ったけど、その後出来た山谷争議団も、現闘の徒党性をそのまま受け継いで、何も変わらなかった。（笑い）

K オレもそう思う。（笑い） やっぱり言葉としては分かるんだけど、それが実際には生かされていないということが一番の問題であって、山さんも生きてりゃ、こんなことはあり得ないと思ったんじゃないか。

何故かというと、山さんの自己批判が、その後の山さん自身（の活動のスタイル）にも生かされてはいなかったと思うから。（笑い）」（「徒党の期節」）

キムチは、組織が個人に倫理的な従属を求めることについて、明確に否定する。その意味で、キムチの個人的な体質と、現闘の組織的な体質には共通点がある。それは思想としてのアナーキズムである。

反政府、反権力、反権威を標榜する思想、あるいは個人の自由を尊重する思想は多々ある。しかし、それがどこまでも徹底されることを要求する思想、いわば「自由の原理主義」（浅羽通明「アナーキズム」）。それがまさにアナーキズムである。ゆえにアナーキストはいかなる組織も新たな差別を生むとしてこれを認めず、『直接行動』のみを主張する。その最もわかりやすいパターンは、暴動とテロリズム」（前掲書）なのである。

もちろん、ここではアナーキズムの一つの側面を取り上げたにすぎない。ましてやテロリズムについて言えば、山谷では観念にとどまるものだろう。だがアナーキズムは、キムチにも現闘にも、そして山谷争議団にも、洗い落とせないほど深く染み込んだ思想だと言ってさしつかえないだろう。

炭鉱から来た男

山谷争議団を実質的に率いた山岡強一とはどんな男だったのか。何人かの証言を交えて、その素顔を見ておこう。

作家の立松和平は、映画「山谷　やられたらやりかえせ」完成後の八五年十二月に山岡を取材している。立松は山岡に対し「いかにも肉体派的な風貌の山岡だが、話せば話すほど、インテリジェンスのある思索の人だということがわかる」（『世紀末通りの人びと』）という印象を持った。そして立松が聞き取った山岡の青年期までの略歴は以下のようになる。

「生年月日は一九四〇年七月十五日。北海道雨竜郡沼田町に生まれると、すぐ里子に出された。先方は炭坑夫の家だったらしい。札幌南高をでて結核で療養、大学にはいけなかった。北海道大学の学生たちと六〇年安保闘争に参加したりしながら、札幌と帯広で業界紙記者として働いた。一九六八年三月、フランス語を学ぶために上京。サンドイッチマン、焼イモ屋、竿竹売りなどのアルバイトを転々とした」（前掲書）

この当時、山岡と行動をともにしていた四人組の一人がゲーリーである。ゲーリーは先述したとおり状況劇場の元役者で、劇団主宰者の唐十郎が名づけ親である。キムチは、「山岡さんについてはゲーリーが文章を書いているでしょ。あれがいちばん実際の姿に近いよね」と言う。ゲーリーが見た山岡像はおよそ次のようなものである（「山さん、プレセンテ！」より。読者の理解を助けるため原文に最小限の修正を加えた）。

六九年当時、ゲーリーをはじめ友人たち三人は西荻窪で焼き芋屋、竿竹屋などをやっていた。

そのなかの一人に、北大医学部を休学中で山岡の旧友だった男がいた。山岡はかつてこの男と本泥棒をやり、一緒にパクられたのである。なお、ゲーリーも自分が本泥棒だったことを告白している。

「なにを隠そう、私の最初の万引きは『ジャン・ジュネ選集』です。デビューの格好良さの割には後が続かず、その後は三冊の働きしかない」

山岡は北大医学部の旧友を訪ねて上京し、そのまま四人組の共同生活が始まった。ゲーリーによれば、四人組は「古いタイプのアウトローのスタイルに固執していた。頽廃的な生活、それに『偽悪者の系譜』に連なる生き様に憧れていた」のである。

そしてある日、「我々は例によって熱っぽい調子で、山谷の話を始める。一人の友人が山谷で仕事をやった事があって、その友人に対して、主に山岡氏が色々と質問したように思う。『山谷は暴力事件が多くて怖い所だが、活気があり、自由があり、血沸き、肉躍るような〈暴動〉がある所』という事を聞いたと思う」。

ゲーリー以外の三人は「面白そうだから、ちょっと体験入隊のようなつもりで行ってみよう」とすぐに意見が一致し、結局は四人そろって山谷へ向かうことになる。

「怖いもの見たさで山谷に来た我々は、とりあえず山谷でも比較的静かな玉姫神社横のドヤを取る。そして翌朝、戦々兢々《せんせんきょうきょう》と都電通りに出て、オズオズと泪橋方向を見る。いるわいるわ、道路一杯に人がいて、まさに、イモを洗うが如しである。人の声が、金属音に近いようなうなりとなって『ウワーン』という、この世のものとは思えない音と言うべきか、声と言うべきかが聞こえて来た。都電も、車も、市民警察も、ましてや小市民も、その巨大な〝群《むれ》〟の中を通る事は出来ないのではないかと思える」

「その力に圧倒された四人は、その日は、スゴスゴとドヤに引きあげる。〝群〟の一員になるには、まだ未熟過ぎた。

この当時、広大グループは、目的意識的に堂々と、山谷に登場しているのである。我々と比べると、えらい違いである（お恥ずかしい）」

広大（広島大学）グループには船本洲治をはじめ、その僚友の鈴木国男（通称・デカパン）など複数の活動家がいた。彼らは釜ヶ崎でも山谷でもつねに運動の最前線に立った。鈴木は六九年に結成された「全都統一労働組合」の委員長に選任されたさい、次のような宣言を出している。

「山谷に一〇〇名の学生が導入されれば、山谷はその闘いにおいて、全東京都を占拠する闘いをもって答えるであろう。敗北あるときもまた、全東京都を焼いて闘うであろう」（「山谷ドヤ街」）

まさに火を吐くような戦闘宣言である。ゲーリーが畏怖したのも当然であろう。なお、鈴木は船本死後の七六年、大阪拘置所で獄中死している。

五〇〇円カンパ

山谷で初日から圧倒されてしまった四人組に話を戻す。結局、彼らは山谷に居つき、釜ヶ崎などでも働きながら日雇い生活をしばらく続け、そのあといったん解散する。

「そして一年半後の七一年夏頃に、山谷のドヤ『南泉荘』前のガードで、山岡氏とバッタリ会う」

『現場闘争委員会』時代に『山谷救援会』をやった武田君の話によると、七一年の四月に、山岡氏は『東京日雇労働組合』（略して「東日労」）に入っている、という事です。以前のデカダンな生活と以後のデタラメな生活からは想像もつかないくらい真面目に活動していた、という事です」

東日労は七一年十月にドヤ代値上げ反対闘争を仕掛けた。相手は帰山仁之助が実質的に経営し、一〇〇〇以上のベッドを備える山谷最大のドヤ、パレスハウスである。山岡をふくむ活動家たちはパレスに泊まり込んで労働者に問題を語りかけ、各部屋にビラ入れもするのだが、労働者の関心はいっこうに盛り上がらない。かくして闘いは敗北に向かう。

「山岡氏らは、連日、酒を飲んでるようだった。ある日、山岡氏は『昨日、子供の所に行って来たが、子供達はビアフラ状態だったよ』と言う。その時、私は、九〇〇円しかなかったので、少額で恥ずかしかったが、五〇〇円カンパする。しかし、山岡氏はその後も相変らず他の連中と飲み歩いていた」
「照子さん（山岡夫人）は『子供が四人いるようなものだ』と山岡氏の駄目さを非難していた」

三枝も、キムチも、ゲーリーも、しきりに山岡のいいかげんさ、駄目さを強調する。三枝などは「山さんは最初からヒモみたいなもんですからね。奥さんが東大病院の看護師なんですよ。彼なんかはあまり働かないほうだったもんね。奥さんがものすごく惚れていたんでしょうね」と評し、キムチは「俺なんかに言わせれば、いいかげんな人間だと思うよ。会議をすっぽかすとか、約束を守らないとか、代表には絶対にならないとか言い出すし。でも、いいかげんだから好かれた面もあるんじゃないかな」と指摘する。誰もが手放しで山岡を絶賛することはない。

しかし、それぞれが山岡を尊敬し、実質的なリーダーと仰いだことはまぎれもない事実である。そのあたりが山岡という人物と山谷争議団の特質である。山岡は通常のリーダーに見合うような振る舞いをしなかったし、争議団のメンバーもリーダー然としたリーダーを望んでいなかった。なぜなら、争議団は一人一党が基本であり、各人の自由を優先する結果として、組織の不完全ささえも誇りとしたからである。

スパイ査問

組織性なき組織であった争議団が簡単に空中分解しなかったのは、山岡の存在感によるところが大きい。次に紹介する「スパイ問題」についてのエピソードは、その存在感の一端を示すものだろう。

「争議団には、本格的な活動家ではなくて、いかにも労働者という人もいたわけです。そういう人が逮捕されると、なかには黙秘する人もいるけど、しゃべる人も出てくる。そこで取り調べの刑事とつながりができて、頼まれてスパイになった人もいます。

あとは僕らが配ったビラを裏の方で私服警官に渡していた人がいて、その現場を見つけて追及したことはあります。本人は泣いて言い訳していましたよ。むかしからの活動家なんだけど、カネに困っていたらしくて、集会の様子を刑事に報告したりしていたんです。

それと仲間の裁判を傍聴しに行ったときに、やじって退廷させられた労働者がいた。それで外に出たら、私服警官に何千円か渡されそうになったって、その労働者が怒っていた。だから、そういう誘いは日常的にあったんですね。

僕らの時代もスパイじゃないかと疑っていた人がいて、そのことでメンバーを限定した会議が開かれた。僕はその会議に出ていないんですけどね。山さんは、大衆運動にはスパイ問題のようなことが付き物で、それをふくめて大衆運動なんだから、と言って問題化せずに収めたんです」

(三枝)

「そんなことで疑心暗鬼になるよりも、大衆運動は開かれたものとして考えるべきだ、ということだよね。争議団の活動というのは、みんなで一致して同じような行動を取るようなことはない。統制なんかしないわけ。だから、争議で一人がハネたら（過激な行動を取ったら）、それがきっかけでみんなつられちゃって、イモづる式に逮捕されちゃう。俺たちを簡単に逮捕するには挑発者を一人入れておけばいいんだよ。公安にとっては、すごくあやつりやすい組織だと思うよ、争議団は。なんか（スパイじゃないかと思われる）臭い人間はいるんだけどね。でも勢いよく攻撃するやつは、みんな止められないわけよ。みんな一緒にやっちゃう。そういう暴走を防ぐには、たとえばボス交だよね。でもそうなると限られた人間だけの交渉になっちゃう。俺たちは労働者の参加を募って争議に行くわけだから、スパイが入り込んでいることもある。そういう前提で防衛線をつくるしかないんだよね」（キムチ）

大衆運動の論理的な帰結として、スパイはおとがめなし、との判断が下されたわけである。スパイに関する対応は船本も同じ趣旨のことを書き残しており、山岡の対応も船本の考えにそったものと思われる。ただし、その考えをメンバーに納得させることができたのは、山岡の人格的な重みがあってこそだろう。スパイ問題というのは、それほどあつかいが難しいのである。たとえば戦前の日本共産党が特高（特別高等警察）のスパイによって壊滅させられたのは周知の事実である。戦後でも過激派の内ゲバには公安のスパイが関与している、という見方が有力である。山谷でも、党派組織であればスパイ容疑者は厳しく査問され、相応の処罰を受けたに違いない。現に山谷を永久追放された活動家もいるのである。争議団がいくら小規模な組織だったとしても、なんら統制のないまま活動を継続させたところに、山岡のすごみがある。

第六章

左翼・右翼・ヤクザ

山谷争議団結成

山谷争議団は、磯江事件から二年半近くが経過した一九八一年十月に結成された。その背景といきさつを三枝が語る。

『６・９闘争の会』は現闘の流れをくむ人間が組織していたんですけど、ほかに山日労《やまにちろう》（山谷日雇労働者組合）と、山統労《さんとうろう》（山谷統一労働組合）という組織があったんです。そしてこの三つの組織が一緒に〝反弾圧集会〟を持つきっかけになる事件がありました。

僕は立ち会っていないんですけど、元東日労の活動家がダイナマイトを持っていろいろな運動関係者に会いに行ったんです。爆弾闘争の影響を受けていたんでしょうね。これからはこういう物を使って闘争しなければならない、と吹聴して歩いたわけです。たぶん自分では爆弾を使う気なんかなかったと思いますけどね。その結果として各組織がガサ入れを受けまして、それを契機に〝反弾圧〟で一緒にやろう、ということになったわけです。それまでは、おたがい仲が悪かったんですけどね。

釜ヶ崎は当時、いくつかの派閥や組織（釜日労、後述）に分かれてたがいを批判し合っていました。でもその一部は連携して『半タコ、ケタオチ戦』という闘争を展開していたんです。つまり労働者のあつかいが暴力的（半タコ＝半タコ部屋）で、デズラなどの条件もとくべつ悪い（ケタオチ）飯場に押しかけ団交をやっていたわけです。そういう争議のときだけ組織が連携するかたちでやっていたんですね。

山谷でも現金仕事がものすごく減ってきている状況では、現場で雇われながら闘いを起こすような闘争はできないんですよ。仕事にありつくのがやっとでね。でも、誰が見てもひどい条件で労働者を働かせている飯場があって、そこには困窮してホームレス状態になっているような人が行くわけです。そういう飯場はふつうの労働者にしても、許せない、となりますよね。しかもそこをたたけば社会的にも共感を得やすい。

そこでわれわれも『半タコ、ケタオチ戦』をやるために、釜ヶ崎の戦術を詳しく教えてもらったわけです。押しかけて行く前の飯場調査のコツとか、図上演習のやり方とか、ケースバイケースの対処方法とかね。その教えを受けて、『6・9闘争の会』と山日労と山統労の三者共闘というかたちで始めたんです。ところが山統労は党派性（赤軍派の一部）が強すぎて合わないなということで、『6・9闘争の会』と山日労と、それに加えて若い無党派の有志が集まって、岩淵組というケタオチ飯場へ押しかけたんです（八一年九月二十九日）。そのときはたしか『対岩渕組争議団』という仮の名称でビラを配りましたね。これを組織化するんですが、旧現闘のメンバーは労働組合という言葉や組織形態が好きじゃなかったんです。それで折衷案として『争議団』というかたちにしましょう、となったんです」

なお、翌八二年六月には山谷、釜ヶ崎、寿、笹島の四大寄せ場の労働組織が統合して日雇全《ひやといぜん》協《きょう》（全国日雇労働組合協議会）が結成される。

「日雇全協というのは戦前にもあったんだけど、在日朝鮮人が中心になって飯場で派手に活動していた。だからこのときに日雇全協という名前をつけたのは、戦前の労働運動の歴史もふくめて

組織的に検証するという意味だよね。実際には、戦前の日雇全協は共産党に吸収されるかたちになったんだけどね」(キムチ)

朝鮮人労働者へのこだわりは、良し悪しは別として、一般的な市民感情とは距離がある。マイノリティーへの肩入れは労働運動のかなめにもなり、行きすぎれば運動ばなれにもつながり得る。そのあたりのバランスがじつに難しいところである。

権力に嫌われる弁護士

弁護士の安田好弘は一九八〇年に山岡と出会った。そして安田は山岡の人柄に魅せられ、その思想に共鳴する同志の一人になった。

「三者共闘の時代に、前田建設・最上《もがみ》鉄筋闘争がありました。労災もみ消しの事件ですけど、団体交渉をしているところへ機動隊が介入してきて、かなりの人が逮捕されたんです。それで接見に行ってくれと頼まれまして、おそらくそのときに山岡さんとはじめて会っています。僕は弁護士になって三年くらい経っていましたけど、弁護士として本格的にかかわった最初の事件です。まだ事務所もなくて、僕の友達の下宿先を事務所にしていました。

山さんの印象は、はじめからボスですよね。悪い意味のボスじゃないですよ。みんなの中心メンバーというんですかね。思想的にもそうだし、考え方だけじゃなくて方針を出すことに関してもやっぱり中心メンバーでしたね。

この闘争のときには大勢が逮捕されて、弁護は一人じゃ駄目だというので、同期で弁護士になりたての仲間に声をかけて、たしか七、八人が集まったんじゃないですかね。それで集団で弁護をやったんです。そのとき山さんに事件を説明してもらって、争議団としてどういう闘いをするか、みんなに伝えてもらいました。

取りまとめ役は山さんのほかに松倉（泰之、仮名）さん、あとは三ちゃん（三枝）じゃなかったかな。このときは主要メンバーはあまり逮捕されなかったんですね。団交の参加メンバーが多くやられた。それで山さんや松倉さんが中心になって動いていた」

安田は山岡との出会い以降、「新宿西口バス放火事件」（一九八〇、表記は弁護人に選任された年、以下同）、「ドバイ日航機ハイジャック事件・ダッカ日航機ハイジャック事件」（一九八七）、「連合赤軍山岳ベース（リンチ殺人）事件・あさま山荘事件」（一九八七）、「オウム真理教事件」（一九九五）、「和歌山カレー事件」（二〇〇三）、「光市母子殺害事件」（二〇〇八）など、犯人が社会で袋だたきに遭うような事件の弁護人を次々と引き受けている。オウム真理教の裁判に関しては自分自身も強制執行妨害容疑で逮捕されるなど、反体制的な志向を強くうかがわせる。キムチによれば「日本一権力に嫌われる弁護士」なのである。したがって争議団の主任弁護士としては最適任だったに違いない。

前田・最上闘争について、あらためて概略を示しておこう。

前田建設の孫請けである最上鉄筋が労災もみ消しをたくらみ、三者共闘（「6・9闘争の会」

「山日労」「山統労」）が押しかけ団交におよんだ。すると団交の現場に機動隊がなだれ込み、公務執行妨害で十数人の活動家を逮捕した。結局、前田建設は労災を認めたうえで当事者に損害賠償金を払い、逮捕された活動家たちには働けなかった日数分の賃金を補償した。

「この闘争では賠償金も取って、休業補償も取った。そのうえ前田建設からは、今後、労災もみ消しのようなことは傘下の下請けにもさせないという約束まで取ったんですよ。ちょっとうまくいきすぎた感じですけどね」（安田）

「争議団の弁護にはたくさんの人が関わってくれましたけど、最後までずっと付き合ってくれたのは安田さんです。前田・最上闘争は裁判で勝って休業補償金が入ってきました。だから安田さんには弁護料を払えたんです。でもカネを払えたのは最初の一回か二回で、そのあとはずっと安田さんの持ち出しだったと思います。安田さんも腐れ縁で続けざるを得なかったんでしょう」（三枝）

弁護団の並走

安田は一橋大学で経験した学生運動には苦い記憶しか持っていなかった。「反体制や反権力といったところで、所詮《しょせん》それは浅はかな自己不全感の表出であり、現体制にとってかわろうという権力志向でしかなかった」（ドキュメンタリー映画「死刑弁護人」）と回顧しているのである。

しかし安田は山岡たちと出会って、新しい運動の可能性を見出したと語る。

「いわゆる学生の頭でっかちじゃなくて、現実にそこで闘っていた。僕たちはドロップアウトしていたけど、あの人たちはドロップアウトせずに、しかもそこから新しい闘いを起こしていこうとしていた。全共闘運動のなかには〝自己否定〟という概念があったんですけど、そういうことばかりじゃなくて、日本の労働者階級の、もっとも底辺で収奪されている人たちを救い上げて、なおかつ日本とアジアを見すえていこうということでね。とにかく一生懸命やろう、という感じでしたね」

全共闘運動で語られた自己否定という概念は、学生という恵まれた立場をみずから否定し、進んで弱者の立場に立たなければならない、とする考え方である。この自己否定論の登場によって、新左翼は反差別闘争に力を入れるようになったと言われる。

「あの人たちと一緒に僕らも動いていると、新しい芽が生まれてくる感じを持ちましたね。寄せ場から闘いの拠点が生まれると。当時は山谷だけじゃなくて、寿とか笹島とか釜ヶ崎とか、本当に誰もが自由自在に行き来していたんですよ。いわゆるネットワークですよね。それを一つの軸として新しい日本の運動が生まれるんじゃないか、都会のど真ん中からそういう組織が出現して反乱が起こるのではないか、そう期待したんですよね」（安田）

安田は山岡グループの担当弁護士であるにとどまらず、積極的な応援団として行動した。

「争議団と言われるだけあって、メンバーはいろいろなところの寄せ集めだったんですよ。誰かが中心にならないとバラバラになっちゃう。いちおう路線対立もあるし、考え方の違いもあるし、人脈も違うということで。でも山さんなんかが中心になって、やっぱり山谷争議団として統一戦線を組もうということで、あのころは全体がまとまっていましたね。分派というのはなかったんですよ。

当時、統一戦線を組むんだったら僕ら弁護団も支えるんだ、という感じだったですね。だから統一戦線の結成と弁護団七、八人の活動が並進していたということです。

弁護士活動としては、誰かがパクられたら出かけて行って弁護したり、接見して頑張れよって声をかけたり、あるいは外への連絡を取ったりね。それから争議団の会議のときにはオブザーバーみたいな感じで顔を出して、まあだいたい同世代ですから、こちらは弁護士という立場ですけど応援するような意見を言っていたことはたしかですね」

安田の理想がどこまで実現されたかはともかく、争議団はこのうえなく力強い味方を得たわけである。しかし、争議団がカネの苦労から逃れることはできなかった。

「金町戦でいちばんカネがかかったのは、やっぱり保釈金ですね。争議団の実務を担当していた松倉さんなんかは、個人的な借金でメンバーの保釈金を工面したこともあったらしい。僕の場合は、警察から連絡がいって兄貴が保釈金を立て替えたこともありましたよ。そのときの金額はたしか八〇万円でしたね」(三枝)

保釈金は、被告人が逃亡したり証拠隠滅などをしなければ、判決の時点で戻ってくる。しかし保釈金が払えなければ釈放はされない。争議団の団費は月額で一五〇〇円だったが、それでも払えないメンバーがいたというし、もちろん貯蓄の習慣など誰も持ちあわせていない。まとまった人数が起訴されれば、保釈金の支払いは頭の痛い問題だったことだろう。ちなみにキムチの記憶によれば、現闘時代（七〇年代前半）には日雇い労働者の保釈金は一〇万円程度だったという。争議団時代（八〇年代前半）に三枝が払った八〇万円との差は、社会の移り変わりを表す一つの指標なのかもしれない。

安田は当時の金銭事情についてこう語る。

「そのあたりは記憶が曖昧ですけど、ただ保釈金はそんなに高くなかったんですよ。まず起訴されるケースが少なかったんですね。こちらも起訴させないように踏んばるわけです。証拠不十分といったような警察の不手際もあるし、こちらも警察と大喧嘩して、初期はだいたい起訴されずに終わることが多かったですね。起訴事件になるのは、山村組闘争（後述）とか対西戸組とか、ああいうかたちになって起訴率が上がってくるんですよ。その場合でも、保釈金は相当安かったですね、当時は。誰もカネを持っていなかったからフォローはしましたけど、僕は苦労をしたっていう記憶がないんですよね。保釈金というのは事件の内容と前歴によって決まるし、そこにこちらの交渉の仕方や裁判官の同情心といった要素がからんでくる。いちがいに基準があるわけじゃないんです。たしかに八〇万円と聞いたら、そんなときもあったかなあと、少しは記憶が戻ってくるんですけど、みなさんが全部そうだったとは思わない。保釈金がなくて出てこられなかったという記憶もないですね」

そもそもカネにこだわりのない面々のことだから、一過性の苦労はあったとしても、闘争心に影響することなどあり得ない。しかも安田率いる弁護団は、争議団の並走者を自任していたわけであり、難局に当たっては最強の守護神だったに違いない。

党派

三枝は山谷争議団の結成と同時に代表となった。その理由を本人はこう語る。

「本当は僕よりも実力者はたくさんいたんですが、組織が大同団結（三者共闘）したわけですからね。僕みたいに、お人好しで、温和で、あまり我を張らない人間なら、誰にとっても御しやすいと思われたんでしょうね」

争議団は個性派ぞろいの強みがある。その一方で、労働運動には包容力、公正さ、そしていくばくかの品格やインテリジェンスも必要になる。そう考えれば、幅広く人間関係を維持することができ、常識を兼ね備えたパイプ役として、三枝の代表就任は最良の選択だったはずである。ただし、金町戦という非常事態で代表をつとめたことは、三枝個人にとって重い意味を持つことになった。


山谷争議団はついにスタートを切った。しかし、その成立過程でも赤軍派の党派色が強い山統労と確執があったことになる。一方、山日労は赫旗派（共産主義者同盟赫旗派、赤軍派から派生している）の党派色が強かった。たびたび話に出る「党派性」とはどういうものか、キムチはこう語る。

「争議団の党派の中心は二つ。赫旗派と蜂起派（共産主義者同盟蜂起派、第二次ブントから分裂した戦旗派が源流）。党派の人間で頭のいいやつはいたよ。左翼的な会議の流れをつくって方針を出したりしていた。だけど実質的に闘争は現場の人間がどう動くかだからね。文書なんかで出されてもしょうがないわけ。山さんなんか面白かったよ。会議のときに、レジュメとか出されたら紙飛行機にして飛ばしていたからね。そういう文書を馬鹿にしているんだよね。だいたい、なにかを会議にかけて決定するとか、そういう運動体じゃないからね。現場に行って現場で動きを決めていくという、そんな感じの組織だからね、争議団は」

なぜ争議団に党派の活動家が加わっていたのかと言えば、各党派は勢力維持・拡大のため、さまざまな組織に党員を送り込んでいたからである。受け入れる争議団にしても、党派の活動家たちの能力や経験は大いに助けとなった。

「赫旗派の松倉さんは、山谷争議団ができてからいちばん真面目に中心的な活動をやった人。山さんや南さんや僕もふくめて、実際には活動にムラがあるんですよ。ともかくいちばん真面目にやったのが松倉さん」（三枝）

松倉の功績は誰しも認めるところだが、それゆえに、のちに金町一家から徹底マークされることになった。

「党派性というのは言葉にすると難しいんだけど、俺が争議団にいたころは、あからさまな党派中心主義的な行動はなかったと思う。初期の争議団にしても、金町戦のときの争議団にしても、寄せ場での闘いはやっぱり現闘・釜共出身者が主導していた。ただ、山統労とか山日労が独自に動くときは、それぞれ労働者を接待したりして組織に抱え込むわけ。集会があるときにはその人たちを動員する。そういうことが日常茶飯事だった。行政闘争がメインだった山統労も、松倉がつくった山日労も、全然パッとしなかったしね。闘争組織としては地味な組織だったから。現闘、釜共、争議団の無党派部分は抱え込みを一切やらなかった。抱え込める相手はまわりにいっぱいいたけどね。だいたい一つの党派がそうやって人を集めようとするのは仲間がいないから。そこで党派が部屋を提供したりすれば、やっぱりその人間は党派に居ついちゃう。関係が深くなっちゃうからね。そういった意味での抱え込みはけっこうある。

釜日労《かまにちろう》（釜ヶ崎日雇労働組合、山日労と関係が深い）なんかは、支援の人たちを運ぶために、勝利号と名付けた大型バスを一台所有しているわけ。定期的に三〇人、四〇人の応援を釜ヶ崎から山谷へ連れて来る。でもそれは弁当付き、ビール付きで来ている。むかしはみんなそうでしょう。一般の労働組合でも弁当が出たり、日当が出たりしているじゃない。釜ヶ崎の組織は、日当は出ないけどそれと同じようなことをやっている。そうじゃないと支援の人たちが来ないんだって。弁当付きとかにしないと。それはそれで一つのやり方だけどね」

キムチの説明によれば、党派色の強い労働組織は、苦心しながら動員人数の維持・拡大につとめていたようだ。当然ながら党本部の援助もあるかわりにノルマもあるはずで、思想的な問題とは別なところで、こうした現実もあったわけである。

一方、弁護士の安田が見た党派性は次のようなものである。

「基本的に党派性が出てくるのはだいぶあとのことです。争議団結成から六、七年先のことでしょう。争議団の初期のころは、元党派、元活動家、あるいは根っからの活動家という人たちが、もう混在していましてね。もともと誰がなにをやっていたか、というのはほとんど意味をなさない状態だったですね。

松倉さんでもたしかに党派だけど、党派性がほとんど出てこない。まあ、梁山泊みたいなもんですけど、そのバラバラを誰がどうまとめたかというと、やっぱり思想的には山岡さん。それから実践家としては松倉さん。山さんを精神的に支えたのは三ちゃんとか南さんとかね。いわゆる無党派の、しかもゲバルト派というか、そういう人たちですよね。松倉さんは、わりあい組織論的に考える人で、オルガナイザーですよね。そのほかは三ちゃんなんかにしろ、とにかく闘いのエネルギーそのものというのかなあ、そんな感じがしましたね。それにくらべると山さんはおっとりしてひかえているけど、覚悟を決めたらテコでも動かないということです。

だから党派性の問題が出てくるのはだいぶあとですよね。党派の人たちが、山谷以外で活動する場所がなくなって山谷へ入ってくる。その人たちが無党派の人たちにうまく入り込んでいった、という印象が僕にはあるんですよ。そうして無党派のなかで党派と一緒に動いていた人たちがバラバラになっていく。

初期段階ではもめごとがあるといったって、酒を飲んでもめるくらいの話で、本格的な路線対立というのはなかったですね。一つだけ山統労をどうするかという問題があって、彼らは争議団から出て行くことになるわけですね。そのあたりの話であって、それ以外のいわゆる党派闘争みたいなものはなかった。六、七年経ってからですね」

次にキムチは争議団結成を後押しした「山村組闘争」（八〇年九月二十六日）について語る。この闘いは岩渕組闘争（前記）の一年前に起こされたが、〝いいかげん〟だった山岡強一にリーダーとしての強い自覚をもたらしたという。

「山村組闘争はとくべつ大きな闘争ではない。三者共闘（「6・9闘争の会」、山日労、山統労）、というかたちがいちおうできたあとの一般的な押しかけ争議だよね。でもハネた労働者が馬鹿なことをやって、それがきっかけで主要メンバーがみんなパクられちゃった。だいたいそうなんだよね。なにもやっていないのに主要メンバーが狙い撃ちされちゃうんだよ。ちょうど三者共闘ができたから公安としては、ちょっとたたいておけ、という側面もあったんじゃないかな。

それで拘置所に入った山さんが猛勉強したわけ。船本や磯江さんの事件を総括して今後の闘争方針を文章で打ち出した。またつまらないことでパクられた、という猛烈な自己批判もあって、山さんはあのころいちばん集中して勉強したんじゃないかな。あまり発言もしない人だったのに、あれからガラッと変わってきたよね。俺たちメンバーは三十歳くらいが多かったけど、あの人は当時四十二歳だからね。人間というのは変わるものなんだよ、四十すぎても」

山岡が東京拘置所で猛勉強に励んでいるころ、キムチも海外遊学の旅に出ることをひそかに決意し、これを実行した。キムチがアジア、ヨーロッパ諸国をめぐって再び争議団に戻るのは八四年二月、金町戦開始から三ヵ月後のことである。

寄せ場の利権

山谷争議団の代表になっていた三枝が、ある若手ヤクザの存在を知ったのは浅草警察署に勾留されている最中のことだった。

当時の浅草警察署は円形に留置房が配置されていた。看守が労せずしてすべての留置房を見渡せる設計になっていたのだ。三枝は独居《どっきょ》だったが、向かいの留置房には複数の勾留者が収容され、しきりにおしゃべりをしている。当たり前のように真ん中に陣取って会話をリードしているのは、精悍な面構えの若者だった。聞こえてくる話の内容から、その若者が金竜組の幹部だと知れたが、近藤（雅仁）という名前であることは、金町戦が始まってからわかったことである。

近藤は争議団についてしきりに情報を求め、とくに争議団のメンバーが何人くらいいるのか知りたがっていた。労働者とおぼしき一人が「たぶん二〇〇人くらいでしょう」と答えると、近藤は「そんなにいるのか」と顔をしかめた。

三枝は思わず苦笑した。争議団のメンバーは当時一五人程度だったからだ。しかし近藤が争議団を過大評価することは、三枝にとって悪い話ではない。金竜組が争議団を二〇〇人規模と信じれば簡単に手出しはできまい。三枝は近藤がガセネタをつかまされたことに満足したが、いかにもヤクザらしく男っぷりのいい近藤の存在を気にかけるようになった。近藤が争議団の本部に奇襲攻撃をかける二ヵ月前のことである。

現闘時代から五年あまりを経て、争議団時代の寄せ場状況はどうなっていたのか、三枝はこう語る。

「義人党の資料が手に入ったので見ていたら、副総裁の肩書を持っている一〇人くらいの幹部がみんな飯場のオヤジ（社長）になっちゃっている。そういう飯場は孫請けの二段階くらい下の末端です。土建屋は重層的下請け構造ですからね。そうなると、義人党という名前を使ってシノギをするのは得策じゃないんでしょう。まっとうに正業として飯場を経営するなら、元請けの手前、ヤクザ色は出しにくいはずですから。オヤジさんたちもいい年になっているから、落ち着いて正業に取り組みたいという感じがあったんじゃないですかね。

僕らはその時期、義人党系のケタオチ飯場で押しかけ団交をやっているんですよ。三ヵ所くらい行きましたね。そのなかに現闘が闘った白石工業もふくまれていました。行ってみたら、けっこうおとなしいんですよ。すんなり要求を呑むんです。

一方では彼らも組合をつくろうとしていたんですよ。全民労（全国民声合同労働組合）という名前をつけてね。沖縄出身で元共産党幹部の喜屋武《きゃん》さんという人を代表にしていました。全民労は『民族のために血を流せ』とか、右翼的な標語を掲げていましたよ。義人党が陰で主導して飯場の親方をたばねようと考えたんでしょう。まあ、左翼への対抗策ですよね。僕らの争議にも喜屋武さんが出てきて、なんかこわもてで来るのかなあと思ったらそうでもないんです。むかし東日労でぶつかったときのイメージとまったく違う。僕らの追及が功を奏したというより、やっぱり元請けの手前だと思いますよ」

かつて寄せ場を支配していた義人党は確実に勢力を弱めていた。そうなれば、ほかのヤクザが黙って指をくわえているはずはない。ヤクザがシノギの利権から一瞬でも手を離せば、必ずほかのヤクザの手に落ちる。これは熟した果実が地面に落ちるくらい自然なことである。しかし落ちた果実を拾うのでは遅きに失する。落下中の果実を横からつかみ取るか、あるいは果実が落ちる寸前に木からもぎ取ってしまうか、シノギの奪い合いは、そういった俊敏性の勝負である。ゆえに、あらかじめじゃまな勢力は排除しておかねばならない。金竜組の近藤が一歩先をにらんで山谷争議団への対策を考えていたのは当然のことだろう。

寄せ場の利権はそれほどうま味があった。たとえば手配師の手数料（中間利益）はデズラ（日当）の一割が相場である。仮にデズラが平均で八〇〇〇円とすると、一万人の日雇い労働者のうち半数が手配師の紹介で働けば、一日当たりの中間利益は総額で四〇〇〇万円。年間三〇〇日の労働日として一二億円になる（かなり現実的な数字である）。地元ヤクザの親分たちが都営住宅に住んでいたような時代だから、シノギとしてはかなり大きい。

さらにヤクザには闇印紙という隠れた利権がある。日払い仕事に対し、雇用者は労働者が働いた証明として白手帳（日雇手帳）に印紙（日雇労働者用保険印紙）を貼りつける。この印紙が二カ月で二十六枚になると、一日につき六〇〇〇円余りの失業保険（アブレ金）が交付される。つまり一ヵ月に十三日の労働で、仕事に就かない残りの日にも六〇〇〇円余りの収入が保証されるのだ。ただし業者によっては印紙を貼らず横流しする場合があり、規定日数に足りない労働者が印紙を買い求めることになる。この印紙を闇で売りさばくのがヤクザである。原価が一八〇〇円程度の印紙を四〇〇円～五〇〇円前後で売るだけでなく、労働者が働いたという証明で手帳に押す社印に五〇〇円ほどの上乗せを要求したりする。この闇印紙で上がる利益は、年間でゆうに億単位の金額になるだろう（アブレ金受給に必要な印紙の枚数や支給金額は、時代によって多少変わっている）。

そのうえ、ヤクザが経営する苛酷な飯場（いわゆる半タコ）であれば、食費や諸経費で賃金の大半を吸い上げ、賃金未払いのまま労働者を追い出したり、みずからトンコ（逃亡）するように仕向けることもある。また、労働者は飯場に入ると勝手な外出は許されない。たとえば酒を飲むにしても、飯場で売られている法外な値段の酒を買うしかないのだ。いったん寄せ場の利権を握れば、カネの生み出し方はいくらでもある。こうしたシノギをめぐって、各ヤクザ組織がぶんどり合戦を繰り広げる。

金町一家

ヤクザがシノギの匂いに敏感なのは当然として、博徒の金町一家が労働市場へ進出するまでにどんな経緯があったのか。金町一家のすぐそばにホテルをかまえる田中成佳が解説する。

「このあたりは金町一家の宇賀神《うがじん》一家が仕切っていたんです。ただ宇賀神さんは金町一家の総長じゃない。そのときの総長は橋場の佐藤（芳行、五代目総長）さん。そのあとが大城（弘久、六代目総長）さん。

その大城さんが韓国へ行って、博打で負けたりしてうんと借金をつくってきた。それで借金を工藤（和義）さんに付け替えて総長の座を工藤さんにゆずった。そういうことだったと思うんですよ。工藤さんは金竜組の親分でしたから、カネはあったんでしょうね。真面目にやっていればカネはどんどん入ってくるんですから。その当時はまだ景気はよかったからノミ屋も儲かったろうしね。

工藤さんは一回しか見たことがないですね。刑務所から出てきたあと、たまたま海水浴で一緒になったんだけど、全身に刺青がある人でね、それ以外は見たことがない。三社祭《さんじゃまつり》（浅草神社の例大祭）で本社神輿《ほんじゃみこし》が来たときだけ工藤さんが後ろについて歩いていたらしいけど、こっちは顔を見慣れていないからよくわからなかった。

工藤さんは、どんな罪状かわからないけど懲役で長い空白がある。帰ってきて、ご苦労様で吉原の組をもらったというか、やっぱり工藤さんには留守を預かるしっかりした若い衆がいたんでしょうね。それで金竜組の親分になったんだから」

田中の記憶に限らず、工藤は地元住民に強い印象を残していない。またヤクザ界でも同様の印象が語られる。たとえば住吉会の慶弔委員長だった阿形充規《あがたみつのり》（右翼団体・大日本朱光会《しゅこうかい》の創設者でもある）はこう述べている。

「私は住吉会の慶弔委員長という立場上、各会では当代（現役組長）の人たちともよく話をしたんですけど、個人的に工藤さんと話したことはないんです。見るからに紳士的で温厚な方だなあ、という印象でしたけどね」

工藤はおおむねこうした印象で語られることが多い。しかし工藤は自分の長期不在をおぎなうしっかり者の子分を抱えており、ヤクザとして堅調に基礎を固めていたと見ていいだろう。

一方、先代の大城（金町一家六代目総長）はヤクザとしての豪快な顔を存分に見せつけていた。ヤクザは一種の人気商売であり、キャラクターの特異性も一つの武器にはなる。

「大城さんとはよく麻雀を打ったりしていましたね。だってむりやり引っ張り込むんだもの。子分はみんな逃げちゃうんだよ、ずるいから。上から目線でやられちゃって、みんなアガりたくてもアガれないしね。

レートは、大城さんとトビの親方とやるときだけ高かった。大城さんと親方は七万円か八万円の差しウマでやって、こっちは一万円くらいの差しウマだから、おかげで一人勝ちですよ。二人は俺から当たっても儲からないから、その隙を狙ってね。そんな馬鹿なこともやったけどね。

なにしろ大城さんは面白い人ですよ。愚連隊上がりの韓国人で、自慢話が柏戸《かしわど》（大鵬《たいほう》とともに柏鵬《はくほう》時代を築いた横綱）を一発でぶっ飛ばしたという話でね。柏戸が元気盛りの関脇だったころ浅草でぶっ飛ばしたらしい。博打が好きでしょうがないから、麻雀屋でもわれわれ素人を引っ張り込んでやるしね」

金町一家は日本国粋会のなかでも伝統ある一家である。ただしバブル以前の地域ヤクザは大半が貧乏ヤクザであり、カネや財産にこだわらない俠気も一部に残っていた。しかし、高度成長期からバブルにかけて、ヤクザの活動も経済重視に流れていく。

「すぐそこに金町一家の本部がありますよね。あれは蔦野《つたの》さんという人の家だったんですよ。蔦野さんは宇賀神一家のナンバーツー、代貸《だいがし》（カシラ）みたいなもんですね。蔦野さんはあそこの自分の土地に家を建てたんです。蔦野さんの下には会長だとか社長だとか呼び合う人たちがいてね。その連中はほとんど刺青もしていないし、懲役にも行かないんですよ。それでテコを使っている。テコというのは若い衆（盃を交わした子分）じゃないんです。遊んでいる連中を手なずけて、とりあえず仕事をやらせている。使っているほうは兄貴風を吹かすというか、いつも怒鳴り散らしてね。怒鳴られるほうも平気だよ。しょっちゅう怒鳴られているんだから。

蔦野さんは本格的なヤクザです。だけど大城さんの時代に、金町一家に自分の家をゆずって自分は引退した。大城さんは橋場に事務所があったけど、そのときにここへ来たんですよ。それで金町一家の総長になった。

蔦野さんはヤクザを引退したかったわけですね。長野の有名なスキー場にロッジを持っていて、食うには困らないから。それで総長になった大城さんが借金をつくって、その借金を肩代わりした工藤さんが金町一家の後を継いだ、ということでしょうね」

金町一家の本部についてはもう一つ話がある。現本部が建っている場所にかつて共同長屋があり、その一世帯に金町一家組員の家族が住んでいたというのである。ことによれば、蔦野がその長屋の持ち主だったか、あるいはあとで蔦野が買い上げたのかもしれない。そういう時代の移り変わりを経て、西戸組が手配師業に乗り出したのは、たんにヤクザの本能的な収奪行為というだけではないようだ。

「西戸組が争議団とぶつかったのは、要するに西戸さんが人夫出しを商売にしようと思ったからでしょう。それまで西戸組は手配師関係をほとんどやっていなかったと思うからね。

でもその前に別の問題があったんですよ。金町一家のノミ屋は中央競馬と地方競馬と競輪をあつかっていたわけです。それに対して西戸さんは競艇を始めたんですね。それでけっこうもめた。競馬、競輪、競艇って、一日に三つもやったら、いままでのノミ屋は自分の売り上げが減っちゃうでしょう。それでもめたんですね」

金町一家の内部でも、傘下組織によってシノギの事情は違う。せまい山谷でノミ屋の利害が対立すれば、それまで手掛けていない分野へ進出せざるを得ない。西戸組が手配師業に乗り出した理由の一端がかいま見える。

さらに田中はこんな見方を示す。

「争議団は手配師からカネを取ったわけですよ、ショバ代（他人のシマの使用料）みたいに。要するに募金（カンパ）ですよね、争議団に言わせれば。それで金町一家の西戸さんが怒った。金町一家というのは博徒で、手配師は義人党ですよね。あとは住吉会系とか松葉会系とかいろいろいるわけですけど。

金町一家は競馬、競輪のノミ屋をやっていて、手配師はそれに付き合ってカネを賭けるわけです。だから別に手配師からカネ（ショバ代）を取る必要はない。どっちもおたがいさまだから。だけど自分たちがもらっていなかったカネを争議団が横から取り始めた。それならこっちもカネを取るよ、という話です」

争議団としては聞き捨てならない話だろう。三枝は「労働者からはカンパをもらったけど、手配師からカンパをもらったことは一度もありません」と明言する。この件は西戸組の誤解だったにせよ、カンパはあくまでも自主的に差し出されたカネであり、強制的に上納させられるショバ代とは違う。しかし、たんにヤクザの言いがかりとかたづけてしまうわけにもいかない。ヤクザがシマ（縄張り）、あるいはショバ代というものをどう解釈しているのか、左翼のカンパ（募金）という行為をどうとらえているのか。金町戦を語るに当たって根本的な問題もふくまれているのだ。たとえば、金町戦の勃発直後、西戸組が出した殺人予告のビラには次のようなくだりがある。

「これを機に我々は弱い労働者の後でカスリを取っている争議団の（1）M・Y（2）U・T（3）M・M他七名の絶滅をスル」

西戸組は争議団のカンパ活動に対し「カスリを取る」という表現を使っている。〝カスリ〟という言葉は広義に解釈できるが、ヤクザ用語で用心棒代、あいさつ料などの意味もふくまれる。またヤクザの理屈で言えば、カスリを取る権利は自分の〝シマ内《うち》〟でしか発生しない。したがって争議団のカンパ活動は〝シマ荒らし〟ということになる。もちろんヤクザの一方的な理屈ではあるが、金町一家が争議団を堅気とは見ていなかったことも事実である。これらの問題については、時系列にそってのちほど検討を加えたい。

さらに田中の話を続ける。

「皇誠会といっても、西戸組が街宣車をつくっておっぱじめただけなんだよね。金町一家でも、手配師関係じゃなくてノミ屋とか博打をやっている連中にとっては大きなお世話ということ。西戸さんが若い衆を食わせるためにカスリを増やさなきゃいけないから、それで始めたことだと思う。ただ争議団には怒っていたからね。日の丸をつけた街宣車をつくって、壊されないように窓やなんかをガードして、泪橋のバス停があるんですけど、その近くに街宣車をつくった店があって、そこを出て、泪橋の交差点でひっくり返されて、ぶっ壊されて、それでおしまい」

金町戦が勃発した当日の午前中までは、まさに田中が話すとおりの展開だった。

第七章　金町戦　皇誠会登場

西戸組皇誠会

皇誠会の登場は、山谷争議団に対する金町一家の宣戦布告であると同時に、抗争への誘い水だった可能性が高い。これまで述べてきたように、ヤクザの右翼結社化は珍しいことではない。しかし、金町一家と争議団の対立がまだ決定的ではなかったこの時期、西戸組があえて右翼結社を創設し、もっとも人目が多い朝の寄せ場で新造の街宣車を見せつけたのだ。なにごとか起こらないほうが不思議な状況がつくり出されたのである。これを金町一家の意図的な挑発と解釈すれば、抗争状態を誘発し、争議団を一気にひねりつぶそうという意図が見えてくる。安田弁護士は金町一家と警察の連携説（後述）をとなえるが、その可能性も決して否定できない。

ともあれ、寄せ場の支配権をめぐる激闘の火ぶたは切られた。

まず、「皇誠会戦裁判」の資料をもとに、金町一家の規模と動向を検察官の陳述で示しておこう。

「日本国粋会金町一家は、東京都台東区清川──中略──に『金町企画』名義で事務所を設け、構成員約四十五名を擁する組織で、山谷地区一帯を縄張りとしており、傘下に、西戸組や金竜組など五組を有している。

右西戸組は、西戸こと松浦孝之を組長とし、構成員約十五名を擁する組織で、同都荒川区南千住──中略──に『西戸興業』名義で事務所を設け、山谷の汐入地区を縄張りとしてパチンコの景品買いによる収入などを資金源としている。——中略——

西戸組幹部の大島銀次こと大島正幸は、山谷争議団こそ山谷地区の秩序を乱しているとして、山谷争議団に対抗するため、昭和五十八年（筆者追記・一九八三年）十月ころから『山谷地区の環境改善』などを目的とした政治結社『皇誠会』の結成を企画し、同年十一月二日には、『皇誠会』の名前入街頭宣伝車を用意し、翌三日早朝から山谷一帯において街頭宣伝活動を開始した——」（十一月四日逮捕・起訴された争議団メンバーに対する検察官の冒頭陳述、「山谷　やられたらやりかえせ」）

なお山岡はこの陳述において、金町一家が「ノミ行為や手配師、業者からの不当なピンハネを収入源にしていること」（前掲書）を検察官は故意に隠した、と付け加えている。

皇誠会戦——山谷争議団資料年表より（以下同）

1983年

・10月　金町一家西戸組、寄せ場に顔を出し、山谷争議団メンバーの「面割り」を始める。

・11月2日　西戸組、「皇誠会」を結成。争議団を挑発。

・11月3日　皇誠会、朝の寄せ場（泪橋）に登場、争議団に武装襲撃。一千人の労働者が反撃。皇誠会の情宣車炎上、争議団7名が不当逮捕される。

・11月4日　「凶器準備集合罪」をデッチ上げての大弾圧、山岡ら32名が不当逮捕。争議団メンバー1名が西戸組により拉致・監禁され17時間にわたりリンチをうける。西戸組、「実名入りテロ宣言」ビラを撒く。このなかで「昔の渡世人は日本刀で殺したが、現代の渡世人はその様な形はとらない」と宣言。

・11月9日　レーガン来日に抗議。
・11月19日　国粋青年隊（全国愛国団体連絡協議会・関東協議会加盟）が宣伝カー21台を動員。争議団、防衛拠点を堅持し、一歩も寄せつけず。
・12月1日　国粋青年隊が再び10台の宣伝カーで登場。争議団、これを寄せつけず。
・12月29日　越年闘争に突入（玉姫公園）。（山統労とは分裂開催）

1984年

・4月12日　皇誠会、事務所を山谷外に移転。
・4月23日　皇誠会追撃戦「勝利」ビラ配布。

街宣車炎上

一九八三年十一月三日、朝の寄せ場はいつもどおり日雇い労働者と手配師でごった返していた。しかしこの日に限り、泪橋交差点には皇誠会の街宣車が停車し、黒い制服姿の若い隊員たち十四、五人の姿が見られた。その背後には迷彩服を着込んだ男たちもひかえている。それぞれ腰のベルトには特殊警棒が装着され、のちに判明することだが、催涙スプレーもポケットに準備されていた。

皇誠会の指揮官と思われる男はマンモス交番で私服刑事と言葉を交わしていたが、集まってきた争議団メンバーの姿を見つけ、両者のにらみ合いが始まった。

三枝によれば、戦いの前兆は一ヵ月ほど前にあったという。

「山岡さんと南さんがたまたま職安の前を通りかかったとき、志和組（金町一家）の組員が労働者相手に路上博打をやっていて、その現場を二人が発見したんですね。山谷ではとくにめずらしい光景でもないんですが、酒に酔っていた南さんが『こんなところで博打なんかやっているんじゃねえ』っていう感じでまくし立てて、組員を追い払ったんです。言ってみれば〝賭場荒らし〟みたいな感じになっちゃったかもしれませんね」

元大阪府警の南は典型的なイケイケで、柔道の猛者としても鳴らしていた。思索派の山岡とは現闘時代からよく一緒に行動しており、松倉は二人をデコボコ・コンビと呼んでいた。

「だいたい最初に突っかけるのは南さん。あの人がアクションして、それで引っ張られてみんながやっちゃう、みたいな」（キムチ）

志和組にとってはシマ内でアヤをつけられたかたちである。ヤクザの常道で言えば争議団に殴り込んでも不思議ではない。ところが、志和組はまったく予想外の行動に出た。

「志和が池尾荘（争議団事務所）を訪ねてきたらしいんですよ。組長がみずから『南の親分に会いたい』と言ってね。向こうから和解をもちかけてきたかたちになりますよね。

ただ、その行動は金町一家のなかで反発を食らったかもしれません。西戸組や金竜組は、すでに争議団に対して、ことをかまえようとしていたかもしれないしね」（三枝）

「俺もそういう判断をしている」（キムチ）

浅草警察署の留置場で、金竜組の近藤雅仁が争議団の情報収集にあたっていたことを考えれば、すでに対決姿勢は固まっていたことだろう。西戸組にしても、相応の時間をかけて寄せ場進出を準備していたに違いない。したがって、金町一家のなかで志和組の和解路線がすんなり受け入れられたとは考えにくい。もちろん志和組がたんに弱腰だったとも思えず、なんらかの策略があったのかもしれない。しかしこれ以降、西戸組や金竜組にくらべ、金町戦における志和組の影は薄かった。

十一月三日に話を戻そう。

「そのころの争議団は、押しかけ団交もマンネリ化してたるんでいたんですよ。労働者の苦情を聞いて現場へ押しかけて、それで勝つには勝ったけど、活動家がみずから現場で働いて闘争を起こす、という本来の方式には発展しない。山谷みたいな場所では、日雇手帳に貼る闇印紙なんかはいろいろなルートで手に入ったんですよ。闇印紙でアブレ手当をもらえば働かずにすむわけです。一部にはそういうメンバーもいただろうし、全体的に僕らは楽をしていたんですね。会議をやってもみんな出てこないし、いちばん真面目な党派活動家だった松倉さんなんかは嘆いていたらしい。

それでもたまには仕事に行ったり職安でアブレ手当をもらう都合もあったから、朝の寄せ場には顔を出していたわけです。そうしたらやつら（皇誠会）が登場しているというので、池尾荘や

職安の二階で寝泊まりしていたメンバーも集まってきて、にらみ合いになったんですよ」（三枝）

争議団と皇誠会のにらみ合いが続くなか、そのあいだに私服刑事が分け入り、皇誠会をなだめる態度に出た。しかし集まってきた労働者が見守るなかで、両者の間合いはじりじりとせばまっていく。皇誠会の隊員は特殊警棒をベルトから外して臨戦態勢に入った。

「僕の記憶では、にらみ合いになったときに、いろいろ言い合いになってね。とにかく相手は右翼の格好で登場しているから、たぶん金町系だな、ということはわかったんですよ。それでちょっともみ合いが始まって、そうしたら空手を得意とする松倉さんが次々に相手をローキックで蹴っ飛ばしてね。意外に弱いんですよ、相手が。バタバタ倒れちゃう。

皇誠会のやつらは大半が若造だったんですよね、二十歳にも満たないような。指揮者はヤクザの顔をした男だったけど、そいつはそのあと見かけていない。

仲介に私服が入ってきて、その刑事は関根っていう目立ちたがり屋の名物刑事なんですけど、やつらが催涙スプレーをシューシューかけてきたもんだから、関根もそれを食らってね。『なにやってんだー、バカヤロー』なんて、涙を流しながら怒鳴っていましたよ。

労働者の加勢でこっちが押し気味になって、相手の指揮官がもう負けたっていう感じで『退けーっ』て叫んで、みんなあわてて退却していったんです。ふつうだったら街宣車に乗って逃げるだろうけど、それも路上に置いたまんまでね。あとはすることがないから、街宣車をひっくり返して、燃やして、ワーワー大騒ぎして。これは労働者がやったことですけど」（三枝）

「それにしても退くのが早すぎる。本来のヤクザじゃないな」（キムチ）

「集められたのは地元の悪ガキ。あとで取り調べ中に黙秘していたら、刑事が『彼らは弱々しくてみんなしゃべっている。君らが本気で相手にするようなやつらじゃないよ』って言っていた。だからにわかに悪ガキを集めて制服を着せただけで、皇誠会といっても実体はなかったんでしょう」（三枝）

皇誠会が本格的な右翼組織でなかったことは明白だが、街宣車を燃やされたことは西戸組にとって敗北の象徴となったに違いない。

「皇誠会戦以降、僕が記憶している限りでは車が三回燃えているんです。あとの二台は暴動を盛り上げるために、左翼の仲間から借りた車を燃やしたりしてね。僕なんかはそんなことをする気はないけど、誰かがやるんですよ、盛り上げようと思って。そうなったら『やめろ』という話にはならない。暴動のときは、やったやつに乗っかってみんながワーワーやるだけだから。逆に言えば、暴動は活動家が意図的に起こそうと思っても、なかなか起こせるものじゃないですけどね」（三枝）

西戸組の屈辱感は半端なものではなかったはずだ。ヤクザは喧嘩に勝てばシノギ（カネ）が湧いてくるが、負ければ見下されるうえにシノギも失う。西戸組は組織の命運を懸けて反撃する必要があった。

「翌日（四日）の昼、近藤（雅仁、金竜組）が右翼の服を着た組員五、六名を率いて池尾荘に襲来したんですよ。事務所は二階にあるんですけど、彼らは外側から壁をよじ登って来ました。近藤ってけっこう勇気があるんですよ。若い者にやらせるんじゃなくて、自分が先頭に立つんで

燃やされた街宣車

す。ちょうど事務所にゴルフクラブがあって、それで上から近藤たちをたたき落とそうとしたんです。でもゴルフクラブというのは強そうに見えてなかが空洞だから弱いんです。みんな折れ曲がっちゃって。なんとか撃退はしたんですけどね」（三枝）

争議団の本部になっていた池尾荘は泪橋から徒歩三分ほどの場所にあった。労働センターとはほぼ隣接している。金町一家の本部は吉野通り（旧都電通り）をはさんで池尾荘の反対側に位置しているが、両者の事務所の距離は一キロにも満たない。

池尾荘は木造アパートで、争議団本部は二階の四畳半の一室である。本部事務所というイメージにはほど遠いものの、この四畳半が山谷における左翼陣営の拠点だった。

凶器準備集合罪

一方、西戸組は争議団若手メンバーの冬樹を拉致したうえで監禁し、十七時間にわたってリンチを加えた。冬樹は殴る蹴るの暴行を受けたあとガムテープでぐるぐる巻きにされ、「足をバラバラに切りきざむ」「コンクリート詰めにして東京湾に沈める」などと徹底的に脅されている。その執拗さに西戸組の激昂ぶりが伝わってくる。なお、このとき冬樹は西戸組にカメラを奪われているが、その持ち主は、山谷でも活動した女性戦場カメラマン・南條直子（後述）のものだったともいわれる。また西戸組は逮捕された争議団メンバーのアパートにも押し入り、そこにあった文書類、越冬闘争の記録フィルム、映写機を強奪した。これらの行為はたんなる乱暴狼藉というより、意識的に争議団所有の写真・映像を狙ったものと解釈できる。

金町戦勃発の要因を、三枝が体験したもう一つのエピソードで確認しておこう。

「僕らも相手を拉致したことはあるんですよ。皇誠会登場のあと、喫茶店に金町一家の組員が一人でいるのを見つけて誘拐したんです。そのまま車に閉じ込めて、目隠しをして倉庫へ連れ込みました。ここは港の大きな倉庫だから誰も来ないぞ、とか事実とはまったく違うんだけど適当なことを言って、そこにあった工具で部屋のあちこちをガンガンたたいて脅したんです。そうしたら相手はすっかりビビッちゃってね。いろいろ聞き出したんですけど、その組員は博打にかかわっていて、要するに、米びつに手を突っ込まれるようなことをされたから黙っちゃおれん、それで皇誠会として出たんだ、というようなことを言っていましたね」

〝米びつ〟うんぬんはヤクザの常套句であり、実際シノギに関する妨害行為に対して、ヤクザは堅気の予想をはるかに超えて敏感に反応する。南の賭場荒らしは、末端の組員にまで怒りが伝わるほどのことだったのである。

西戸組が「殺人予告」のビラ（序章掲載）を出したのは、街宣車が燃やされた直後のことである。三枝は「ビラについてはちょっと記憶がない」と振り返るが、ある争議団メンバーはこう見ていた。

「あのビラは衝撃なんか全然なかった。名指しされたメンバーのなかには、運動にあまり関係がない純粋な労働者もふくまれていて、争議団の実態をあまり知らないな、という感じ。実際にまだ情報がなかったんだろうな」

西戸組の情報が不足していたにせよ、公然と殺人を予告した意味は重い。しかもビラは手書きであり、警察が捜査すればこの予告だけで立件しても不思議ではない。警察は殺人予告を無視あるいは黙認したことになる。しかし、争議団が警察をあてにすることはもちろんなかった。

「十一月四日になんで争議団側が三二名も逮捕されたか、という問題があるんですよ。近藤を撃退したあと、金町一家が襲撃してくるぞ、という情報が入っていたんだろうと思います。釜ヶ崎からの派遣部隊やほかの応援も来ていて、みんなで竹竿とか棒を手にして労働センターの前で気勢を上げていたわけです。でも、そのときはもう機動隊に取り囲まれていたんですね。金町一家に対抗しようという気持ちだけで、警察の動きまで見えなかった。それで凶器準備集合罪でやられたんです。

山さんは、『この戦いは早く終わらせないとまずい』と言っていたんですけど、その直後に逮捕されてしまった。要するに、それまで労働組織がヤクザと正面切って対決したことはないんでね。山さんは直感的に危険を察知したんだと思いますよ」（三枝）

「寿町の塩島組闘争もそうだった。南さんが塩島組（双愛会系、横浜）のヤクザを相手の事務所で締め上げちゃったけど、そのあとわれわれは逃亡したよね。これも現実的な判断だったと思う。ヤクザが事務所でやられるというのは屈辱的なことだからね。簡単な労働争議というレベルじゃない。俺らがヤクザと闘争してもらちが明かないし、寿（横浜）のほかの組合にも迷惑をかける。だからそれ以降、われわれは塩島組に一切関知しないということでね」（キムチ）

「鈴木組闘争（釜ヶ崎）だって、悪質業者の親玉としての鈴木組が相手だった。だから悪質業者を謝らせればそれでいいし、向こうが謝らなくても労働者が勝った、という立場がつくれたらそれで解決する。鈴木組にも左翼組織をつぶそうという意図はないしね。

だけど『11・3』というのは組織と組織の全面対決でしょう。おたがいに相手の組織を殲滅《せんめつ》するという構造になっているのはまずい、と山さんは感じたんでしょう」（三枝）

ヤクザとの正面対決を回避したかった山岡は収監され、現場は「赤旗か日の丸か」「反天皇制ファシズム」「金町一家解体」の戦闘モード一色に包まれていく。争議団の闘争ではすべて現場にいた者が指揮を執り、他者の指図を受けない。それが現闘時代から続くルールである。したがって山岡の意図が現場で反映されることはあり得ず、そもそも山岡が全体の正式な指揮者であるわけでもない。要するに、指揮系統を持たない左翼の徒党集団が、ヤクザ組織と正面衝突したのである。

テロ対策

警察はひとまず争議団の主要幹部と見なしたメンバーを翌年春まで勾留し、現場から引き離した。しかし、彼らが不在だからといって争議団の活動が鈍ることはない。警察にとっては、やりづらい事態が続いた。

「レーガン（米国大統領）の来日に抗議（十一月九日）という関連でいくと、警察はレーガン来日時に暴動が起きることを警戒していたんだね。その予防策で争議団の大量逮捕、大量起訴にもっていったと思う。レーガン警備に人員を取られて、もし山谷で暴動が起きたらまわせる人数がきつくなるからね。当時、警察はそういう問題として見ていたと思う。

俺は海外から帰ってきた直後に逮捕されているんだよね。争議団が大量逮捕された三日後だった。もう一人、山谷の人間がその一ヵ月くらい前に逮捕されているんだけど、二人とも日本赤軍の関係者だと思われたんだろうな。俺は海外渡航歴があるし、帰国しても住所不定でどこにいるかわからないという状態だったしね。だから俺の逮捕はいわゆるテロ対策だったと思う。警察が言うには、俺の逮捕では公安の外事二課を中心として二〇〇人以上が動いたらしい。それで俺は身柄を警視庁本庁に持っていかれて、調べは検事が直接来た。だからけっこう危機感を持っていたんじゃないかな。容疑としてはハイジャック関連のようなことをちらつかせていたけど、向こうも表向きにはなにも発表していないし調書にも取られていない。裁判だって資料としてはなにも提出されなかった。ただそういう危機的な認識があったから、山谷の大量起訴は暴動対策であると同時にテロ対策でもあったと思う。公安的な見方だけどね」（キムチ）

「新左翼に対して警察はまだ脅威と見ていたと思いますよ。いまは中核派なんかも軍事部門の活動はしないけど、当時はまだけっこうありましたからね」（三枝）

「俺はこう判断している。連合赤軍の浅間山荘事件（一九七二）のあと、新左翼は全体的に武装闘争を清算（作戦として放棄）する傾向で、非合法な運動では『反日』（東アジア反日武装戦線）、中核派（一九八六、迎賓館ロケット弾事件に関与）、社青同解放派（日本社会主義青年同盟解放派、複数の内ゲバ殺人に関与）だけが目立つかたちになっていた。そのほかの山谷に関係する党派は大衆運動に取り組む姿勢だったよね。当時の赤軍派にしても大衆路線になっている。日本国内に拠点をつくる必要があって、国内における武装闘争はあり得ない、という考え方。ある意味では労働組合という持続的な運動をやろうということだよね、赤軍派は。公安は各党派が総括した内容をよく研究しているから、特別な脅威は感じていなかったと思う。

　ただいちばん恐いのは、日本赤軍がなにをするかわからないという点。ハイジャックは清算しているけど、むかしのいろいろな人間が各地に潜行していたから、そういった意味での警戒はしていたと思う」（キムチ）

土建屋とヤクザ

　争議団と金町一家の攻防が緊迫度を高めるなか、十一月十九日に国粋青年隊が二十一台の街宣車を連ねて山谷に登場した。山谷で左翼が活動を始めて以来、右翼の大量動員は、はじめてのことである。
「国粋青年隊の登場は、国粋会が全体重をかけてきた感じでしたね。西戸組とか金町一家とか、そういうレベルじゃなくて『一段上がった』とこちらも感じたと思う」（三枝）
　ここで日本国粋会と国粋青年隊の歴史を簡単に振り返っておく。
　日本国粋会の歴史は古く、一九一九年、原敬首相の意向を受けて結成された大日本国粋会を源流としている。大日本国粋会は、時の政権与党である政友会の「院外団」だった。明治の自由民権運動の時代、政党が政府の弾圧から身を守るために設けた実力部隊が院外団である。しかしやがてその実態は、示威行為や対立党派に対する攻撃など、暴力行為を請け負う半非合法部隊の様相を呈していく。

大日本国粋会は関東・関西の博徒の親分一〇〇名を中心に組織されたが、政友会をはじめとする政治家、軍人、右翼の大物を相談役や顧問に置き、全国の土建業者も糾合する右翼団体になっていった。最盛期には会員総数六〇万人と称している。

政友会系の大日本国粋会に対し、野党である民政党系の院外団は大和民労会だった。彼らが実際に行った活動は、「労働争議や小作争議、被差別部落民による差別撤廃運動などの社会運動に対する介入と攻撃」(「近代ヤクザ肯定論」)だった。

ここで注目すべきは、博徒と土建業者の関係である。大日本国粋会の成り立ちもふくめ、なぜ両者の結びつきは深いのか。以下、猪野健治の「やくざと日本人」の記述にそって関係性を確認しておく。

博徒の伝統的な業態に「労働力供給業」がある。戦後で言えば「手配師」がそれに当たるが、戦前はたんに労働者を労働現場へ送り込むだけでなく、みずからも労働現場で「飯場」を経営した。大正、昭和の炭鉱、鉱山、工事現場、沖仲仕等の「タコ部屋」「労働監獄」は、そのあくどさの典型であった。

明治以降、土建業発展の先鞭をつけたのは、官庁、軍の大口工事の継続的な発注であった。当時の官庁は、特権意識の牙城で、工事契約もきわめて一方的なものとなり、発注者の官庁側の義務や危険負担については、一切うたわれていなかった。業者のほうにも、それを当然とする気風があり、「出血受注」はザラで、無理を承知でそれを引き受けることを誇りとする風潮さえあった。

一方、明治二十二年（一八八九年）から実施された競争入札制は、業界を熾烈な競争に追い込んだ。その結果、業者と発注係との癒着や、談合、工事過程での手ぬき、奴隷的な労働の強要などが発生したのである。

日本の土建業の特徴は、中小零細企業が圧倒的に多いことである。

工事の構造は、大規模な工事ともなると、元請け―名義人―大世話役―世話役―親方―世話人―棒心―職人（労務者）というように複雑な関係が入り組んでくる。たとえば再下請けの段階でも、すべての工程を自社でやるわけではなく、うま味のうすい部分を再々下請けにまわす。この工事請負の構造は、元請けの危険分散、利益確保を保証するための機構であった。

この上意下達を当然とする意識は、土建業の下請け機構の成立基盤である親方制度のなかに求めることができる。労働現場における労働統括者としての親方は、一労働者から叩きあげた者であり、元請け以下の関係は、他産業のように単なるビジネスにとどまらず、「身内」「同族」「一族」的なつながりが濃厚に認められるからである。

これは博徒組織における上下関係に類似するものであり、元請け以下の関係が親分子分的になるのは当然であろう。この親方制度はもともと、発生的につながりの深かった博徒と土建業者の関係を決定的なものとした。

明治、大正における土方の「仁義」がやくざのそれと、ほとんど同じであったことは、よく知られているところであり、「一宿一飯」の「渡り」の「仁義」が、親方制度のもとで増幅され、やくざ社会との密着性をより強めていったのである。

日本の俠客の元祖とも言われる幡随院長兵衛も、江戸の浅草・花川戸で「口入れ屋」（さまざまな職業を斡旋する手配師）を営んでいたとされる。とはいえ、猪野が論じている博徒を現代ヤクザのイメージに重ねるのは難しいかもしれない。現代ヤクザのシノギはあまりにも多様化してしまったからだ。ただし、裸一貫の人間が成り上がっていく過程で親分子分の強固な関係が生まれ、やがて組織や業界の構造に組み込まれていく流れは、ヤクザも、土建屋も、土方も、基本的に変わりがなかったと言えるのだろう。

日本国粋会の変遷

戦後、政府は共産党の台頭を抑えるため、さまざまな構想を立てた。博徒やテキヤ二〇万人を結集する「反共抜刀隊構想」もその一つであった。現在の感覚では滑稽とも思えるほどの警戒ぶりだが、当時の共産主義勢力は、政府をおびやかすに十分な勢いだったと言える。反共抜刀隊構想は吉田茂首相の反対に遭って頓挫したが、その過程で、戦後解散していた大日本国粋会の再建計画が持ち上がった。大日本国粋会・元理事長の梅津勘兵衛が法務総裁・木村篤太郎の要請を受けて再建に着手することになるが、しかし梅津はすぐに再建工作を引き受けたわけではない。なぜなら梅津は、政治家は必ずヤクザの暴力を使い捨てにする、と承知していたからである。そこで木村は梅津に条件を出した。その条件は、「刑法を改正して賭博事犯は非現行犯なら逮捕しない」というものだった。これでようやく再建計画は進み始めたが、ほどなく梅津が病死し、最終的に計画を実現させたのが森田政治（生井《なまい》一家八代目総長）である。森田は私財を投げ打って五八年の日本国粋会結成にこぎ着け、創立式典には生井一家、幸平一家、田甫《たんぼ》一家、小金井一家、落合一家などとならんで金町一家も参加している。再建なった日本国粋会では、自民党の重鎮・大野伴睦を会長や参与にかつぎ出す構想もあったと言われる。

日本国粋会は六〇年安保闘争でさっそく左翼のデモ対策に動員された。岸信介首相の訪米や帰国に当たっては、他の右翼系組織や博徒組織とともに二〇〇〇人以上の援護部隊を形成している。しかし、右翼組織としての見せ場がそう多くあったわけではない。第一次頂上作戦（一九六四）で解散後、六九年に再び日本国粋会として復活するが、次第に政治色を薄め、たんなる博徒組織へと変貌した。日本国粋会としては、もはや政治色を維持する必要もなければ、政治色を期待されることもなかったということだろう。九四年には暴対法にもとづいて指定暴力団になった。なお国粋青年隊は六八年、日本国粋会の別動隊として八木沢由雄により創設された。

右翼の見方

新左翼の動きがまだ活発だった七七年、阿形充規は右翼団体・大日本朱光会を創設した。阿形は右翼としての日本国粋会をどう評価していたのか。

「やっぱり当時は巨大組織だったですよね、国粋会は。全愛会議（全日本愛國者團體會議）、青思会（青年思想研究会）とならぶ感じの存在でした。

当時の金町一家の状況として、傘下に右翼結社（皇誠会）を抱える事情はなにかあったんでしょうね。隠れミノというかねえ、戦前のそうそうたる面々が名を連ねた右翼団体だって、ヤクザとのつながりは必ずあったわけですよ。シノギとの関係も水面下ではいろいろありますからね。

住吉会は、ヤクザはあんまり政治活動にかかわるもんじゃないっていう考え方。川口（喨史、日野四代目）も、西口（茂男、住吉会六代目会長）も、右翼が任俠界と一体になることをあまり好まなかった。ただ個人的に右翼組織を立ち上げた人はいるんですよ。小林楠扶《くすお》（小林会会長）さんの日本青年社がいちばん大きかったですよね。

私は全愛会議の議長もつとめたし、いまでも最高顧問をやっていますから、右翼団体に関しては任俠の道とは別である、という方針で活動しています」

阿形は慎重に言葉を選ぶが、第一次頂上作戦を機に、任俠団体が政治結社へ衣替えしたように見られる状況があった。野村秋介《しゅうすけ》（戦後新右翼の論客）の薫陶を受けた阿形にとっては不本意な現象だったに違いない。

右翼と過激派の戦いはもちろん山谷以外でも展開された。実際にはどのような場面が見られたのか。

「大日本朱光会を立ち上げたころは過激派が皇居に向けてロケット弾をぶち込んだりしていた時代です。国粋青年隊の八木沢さんと、日本青年社の小林さんと、私の三人は過激派に狙われたんですよ。三大右翼を殲滅するって宣言されて。それで私の事務所なんかもドアに鉄板を張って、私の身辺にも三人くらい警護がついて、それが一ヵ月くらい続きましたね。

左翼っていうのは役所関係にもコネクションがあるから、私の自宅の電話番号まで調べられて、嫌がらせの電話がきたりしてね。女房がしばらくノイローゼになるくらいでしたよ。ビラまで配られちゃってね。極左集団のやつらがそういうことをやったから、われわれは蕨《わらび》（埼玉県）にあった相手の本部へ襲撃を試みたりしたんです。過激派にはずいぶん狙われたんですよ。

国粋青年隊の八代（和剣、のちに国粋青年隊総裁）さんと戦旗派の本部を攻めたときは全部で三〇〇人くらいそろったかな。警察がバリケードをつくって真ん中に入っていますからね。おたがいにガンガン罵声を浴びせて、石を投げたりなんかしたけど、それ以上はね。

われわれの本部（東京都立川市）を防御する武器は、鉄製の洗濯竿だとか、石灰を紙袋につめた紙爆弾とかね。紙爆弾は相手が来たら投げつけて石灰が顔にかかるようにするわけです。いつ警察が来るかわからないから物騒なものは置いておけませんからね。

右翼の車というのは装甲車と同じですよ。実際に石やビールびんを投げられたりするから、窓には全部金網を張って、国防色に塗ってね。過激派もそういう車を持っていて移動していましたから、あのころは出るたびにどこかでやつらと遭遇したんですよ。だけど実際に向こうは車から絶対に降りてはこないね。うちのやつらは降りて行って相手の車をぶったたいたりなんかするけどもね。われわれみたいに正体を現して戦う精神を過激派は持っていない」

大韓航空機撃墜事件

過激派にとって恐るべき敵は、右翼以上に警察である。そのため活動家は素顔をさらすことを極端に嫌った。警察に一定の親和性を持つ右翼とは事情が違う。警察および検察は、左翼と右翼に対しどのような立場を取ったのか。

「ソ連の戦闘機が大韓航空機を撃墜(八三年九月一日)したときは、大日本朱光会の隊員二人が桶川の飛行場からセスナ機をチャーターして、ソ連大使館の上空で抗議のビラをまいたんです。そうしたら雇っていたパイロットがハイジャック対策用の緊急ボタンを押しちゃって、大騒ぎになりました。こっちはなにも知らずに大使館の前で抗議活動をやっていましてね。そうしたら急に機動隊がわれわれの団体を取り囲んだんです。ハイジャックの緊急発信は自動的に世界中へ伝わりますからね。それで機動隊に指令がきたんでしょう。

隊員の二人は着陸してすぐに現行犯逮捕です。ハイジャック防止法では懲役七年以上の罰則ですよね。二人はもちろん腹をくくっていたわけです。前日に事務所へ来て、物騒なものを置いておかないように、とさりげなく私に伝えていたぐらいですからね。

ところが驚いたことに、逮捕されて二十日で出てきちゃった。本人たちだってびっくりしていましたけど、検事は事前にこう言っていたらしいです。大韓航空機の撃墜で大勢の人が亡くなった、心情的に理解し得る部分はある、とね。それで二十日で帰してくれた。異例中の異例でしょうね。

　日教組の本部を占拠（八六年九月五日）したときも、うちの隊員五人が日本刀を持っていってやりましたからね。銃刀法（違反）のほかに相当な罪名がついて、それでも全員が懲役一年くらいだったんじゃないかな。だから軽いんですよ、あのころはまだ。日教組も当時は組織率が八〇パーセントくらいあったでしょう。いまは三〇パーセントですから、そういう問題もある。左がガンガンやっていたころは、右のほうには公安もけっこうゆるかったです。いろいろ問題があっても、その日のうちに始末書を書いて終わったことがずいぶんあったんですよね。

　いまは逆ですよ。左翼が鳴りをひそめちゃったから、われわれに対してすごいですよ、取り締まりが。過激派対策でどうしようもなくなって警官を増やしたじゃないですか。だけど、一度増やした警官は二度と削減しないですよね。だから警官は手持ちぶさたになっちゃっているわけですよ。以前は二月七日（北方領土の日）や、八月九日（反ソ連デー）にソ連大使館の前でガンガンやっても警備はせいぜい一〇〇人いるかいないかでした。でもいまは数百人ですよ。機動隊のバスがズラーッとならんじゃって、反ソ連デーなんか八月の暑いときに防弾チョッキまで着てね」（阿形）

　国粋青年隊が山谷の左翼陣営に直接的な攻撃をかけることはなかったが、少なからず脅威を与えたことは間違いない。右翼とヤクザの連携はどうなっているのか。

「大日本朱光会がほかの一家や団体と共闘したときを考えても、大日本国民協議会（のちに国民協議会）をつくって連合体にしたわけですよ。大日本朱光会も国民協議会に加盟しているというかたちですね。だから右翼の場合、ヤクザと違って上部団体の絶対的な指揮権というものはないんです。運動やなんかは協力するけど、ほかの団体のトラブルには関与しないですね。ヤクザの組織じゃないですからね、右翼団体は」（阿形）

ヤクザ組織において、二次団体はそれぞれ味方でもありライバルでもある。日本国粋会の二次組織である金町一家も事情は変わらない。国粋青年隊の隊長・八木沢由雄は、同じく二次団体である生井一家に近く、国粋青年隊が金町一家を助けるべきとくべつの義理はない。仮に本家である日本国粋会が金町一家への応援を呼びかけたにせよ、日本国粋会は連合体的な色合いが強く、本家の意向は各二次団体にも、まして右翼別動隊の国粋青年隊にも反映されにくい。したがって国粋青年隊は金町一家からの直接的な応援要請にこたえたのであり、工藤和義（金町一家総長）と八木沢由雄の個人的な関係がきわめて良好だったか、あるいは工藤が八木沢に相応の見返りを提供したものと解釈すべきだろう。ちなみに、金町戦において日本国粋会では金町一家以外の二次団体が正式に参戦することはなかった。金町一家もほぼ自力で活路を切り拓くしかなかったのである。こうした体験も、のちに工藤が日本国粋会を権力集中型の組織に改編する一因になったと考えていいだろう。

停戦の呼びかけ

寄せ場支配を狙う金町一家にとって、金町戦の序盤は筋が悪い戦いだった。

ヤクザ同士の抗争であれば、武力戦と経済戦の合わせ技で勝負が決まる。攻撃側は敵の幹部を襲って人的戦力を奪い、同時に敵の戦意を失わせる。次には敵のシノギを奪ってカネづまりに追い込む。頃合いを見て仲介者を送り込み、カネと面子の両面で十分に満足できる条件を引き出す。そのうえで手打ちとなれば攻撃側の勝利が確定する。もちろん実際の抗争は複雑多岐なのだが、いちおうこういったパターンが考えられる。

ところが金町戦はこうしたセオリーを一切当てはめられない。まず西戸組が緒戦で手痛い敗北を喫し、争議団側を勢いづかせてしまった。そのあと争議団幹部が長期不在にもかかわらず、なぜか争議団の勢いは落ちない。争議団側の人的戦力と資金（カンパ）は左翼陣営から随時補充され、ヤクザと過激派を仲介できるような人物もいない。そうかといって現状維持では、負けてももともとの争議団と違い、金町一家はヤクザとして敗北者と見られる。

こうした状況で工藤はどういう手を打ったのか。かつて右翼運動に関わり、工藤とも親しかった実業家・桐島一生（仮名）が証言する。

「工藤さんは山谷争議団に停戦を呼びかけたらしいよ、もちろん内々でね。そうしたら争議団は金町一家に対して、手配師や人夫出しにかかわる仕事から手を引くように、という意味の要求をしたようだね。その条件を工藤さんが呑んで、この喧嘩は『おたがいに勝った』ということにしようじゃないかと提案した。そのあと皇誠会は事務所を山谷から撤去したので、そのことも手打ちの条件に入っていたかもしれない。ほかにもいろいろ話はしたはずだけど、まず工藤さんとしては『おたがいに勝った』というかたちをつくろうとしたんだろうね。あのまま意地で喧嘩を続けたって、どちらも得はしないから。俺はもしかしたら警察の入れ知恵じゃないかとにらんでいるけどね」

事実関係がこうした流れだったとすれば、工藤の提案はヤクザとして理にかなったものと思われる。ヤクザはじつのところ面子で飯を食っているわけではない。面子は組を維持するための手段であり看板である。山岡が言うように、最終的にヤクザは「徹底した金銭的合理主義」(「山谷やられたらやりかえせ」)をつらぬいて生き延びているのだ。ゆえに、左翼流に言えば「労働過程に手を出さない」という条件で争議団の顔を立て、消耗戦の実質的な「痛み分け」を工藤は提案したのだろう。しかし金町一家はそれでよしとしても、「反天皇制ファシズム」「金町一家解体」を叫んでいた争議団はどう対応したのか。再び桐島が語る。

「結局、金町一家と争議団はおたがいに『勝った』というビラをまいたんだよ。でも、ご承知だろうけど左翼は理屈が勝つ集団だからね。最後まで妥協を嫌う一派もいただろう。金町一家にしても若い衆はシノギがかかっているから、そう簡単に手を引く気にはならないよね。それにヤクザ流に考えれば、自分たちのシマでやることに争議団から注文をつけられる理由はないしね。工藤さんはいちおう手打ちのかたちをつくって、ひと呼吸入れた感じだと思う。仮に警察の入れ知恵だったなら、そっちの顔も立てなきゃいけないし、もしそのまままうまく収まればそれに越したことはなかったはずだしね」

左からものを言う

この一連の動きは争議団関係者にも明確に伝えられていたわけではない。桐島の話を前提として、三枝はこう語る。

「停戦の話があったとすれば、結果としてそのときが戦いをやめる唯一のチャンスだったんじゃないかと思いますよ。左翼は原理原則でいこうとするけど、ヤクザ組織を解体するとか、そういう組織戦になったらもう労働運動じゃなくなりますからね。『半タコ・ケタオチ戦』をやることなんかできなくなって、寄せ場に張りついて毎日が闘争じゃないですか。でも左翼って左からものを言ったほうが勝つんですよ。とくに新左翼は原則を言ったほうに引っ張られていく。

それにまだ当時は、殺される、というようなことを考えていませんから。なんとなく突っ張っていけばヤクザに勝てる、という感じでね。鈴木組闘争もいちおう勝ったし、山谷では義人党の飯場に平気で押しかけていたから、ヤクザが恐いという認識はないわけです。ヤクザをその程度のものとしか考えていない。業者としてのヤクザと、組織としてのヤクザの違いはわからなかったんですよ、当時の僕らには。

加えて『反天皇制ファシズム』と『金町一家解体』がリンクして政治的な錦の御旗がついていれば、新左翼の世界ではハクもつきますしね。そういったこともあって、やめどきを失った感じでしょう」

三枝の証言は、のちに死者が出たことを踏まえての発言である。ただし結果論としてではなく、三枝が当初から金町一家との全面対決に懐疑的だったことはたしかである。山岡が逮捕直前にもらした言葉も全面対決への危惧だった。また新左翼に特有の原理主義的な思考が状況判断を誤らせることも警戒していたはずである。とはいえ、おそらく争議団メンバーの大半が表向きの発言として左翼の建て前を崩さなかったことも事実だろう。一人一党の無党派活動家であっても、集団の束縛から完全に逃れることは難しい。それが政治運動なのだろう。

ヤクザの死守り

ここでヤクザの論理も再考しておくべきである。

暴対法では、ヤクザの縄張りを「正当な権原がないにもかかわらず自己の権益の対象範囲として設定していると認められる区域」と定義している。

もともと博徒は一家が支配する縄張りを「シマ」「火場所」「費場所」などと呼ぶ。親分は自分のシマ内で賭場の支配権を持ち、「テラ銭」（賭場の主催者が得る利益）を徴収していた。シマは一家の占有で他組織の侵害は決して許さない。また「ショバ代」はテキヤの用語で、「庭場《にわば》」と呼ぶ自分の縄張りにおいて、露天商に営業させる権利金を指す。

博徒にせよテキヤにせよ、縄張りが広がれば組織は経済的に恵まれ、親分の業界における権威も上がる。もちろん配下の生活も豊かになる。逆に縄張りを奪取する動きがあれば「死守《しも》り」といって、組織の全力を挙げてこれを阻止する。これもまた当然の対応である。

西戸組が出したビラによれば、「弱い労働者の後ろでカスリを取っている争議団」とされている。この場合のカスリは争議団の募金活動（カンパ）を指すものと思われるが、西戸組をふくめ金町一家がこのような認識に立っていたとすれば、争議団に対して「死守り」の態勢を取ることは当然だろう。あえて言えば、金町一家にとっての争議団は、意見を異にする堅気の集団ではなく、シマ破りのヤクザ組織と同じだったのである。金町戦の直前には争議団の南が志和組の路上賭博をつぶし、いわば賭場荒らしをやったわけである。この行為によって、金町一家は争議団を堅気と見なす必要がなくなり、ヤクザ業界で争議団つぶしの大義名分を得たことになったはずである。

第八章　金町戦　互助組合の策謀

互助組合

形式的に手打ちが成立し、皇誠会が山谷から撤収したあと、以下に示すとおり金町一家の動きは一気に激化していく。静観ムードはほんのいっときで吹き飛び、寄せ場は暴力と策謀の季節に入った。

この時期のもっとも重要な動きは、西戸組が「互助組合」を立ち上げたことである。西戸組は手配師たちを入会金五万円、月会費三万円で互助組合に加入させ、そのうえで手配師たちが所有する建設業者のリストを提出させた。互助組合の趣旨は「争議団の労働争議に巻き込まれないように守ってやる」ということになるだろう。もちろんそのほかに互助組合は、仕事の受け渡しを通じて中間マージンも得られる。西戸組はリストアップされた建設業者にも勧誘の手を広げ、その数は一五〇社にのぼった。金町一家が承諾したとされる「労働市場に手を出さない」という協定は完全に無視されたのである。

争議団は互助組合に加わった手配師を糾弾し、リストアップされた建設業者に対し互助組合との関係を断つように要求書を出した。さらに争議団は要求書への対応を確認する作業に入っている。一方、西戸組は互助組合の加入者を集める過程でかなり手荒な勧誘を行い、恐喝で五名の逮捕者を出すほどだった。

山谷互助組合戦

1984年

・4月末　西戸組「互助会」策動を始める。
・8月　「互助組合」の調査。多くの手配師、業者が強制的に加盟させられていることが発覚。
・9月1日　「互助組合」解体闘争に着手。連日「互助組合」傘下の業者、手配師を大衆的に追及。「互助組合」事務所閉鎖。
・9月5日　西戸組筒井らが鉄パイプテロ。
・9月21日　西戸組ナチス棒テロ。
・9月26日　西戸組の井上（皇誠会社主）ら5名、「互助組合」策動を「恐喝」として浅草警察署に逮捕される。
・10月4日　西戸組組長松浦を先頭に、ナイフ、模擬刀、鉄パイプ等で争議団メンバーを襲撃。西戸組組員3名、争議団メンバー3名逮捕される。
・10月5日　金町一家金竜組、志和組らの組員が朝の寄せ場に登場し、争議団の宣伝カーを襲う。金町一家金竜組が若頭補佐（当時）近藤正人（雅仁）の指揮のもとに部隊登場。「互助組合」事務所再開。以後、朝の寄せ場での対峙続く。
・11月1日　金町一家、本格的部隊で朝の寄せ場に登場し対峙。
・11月3日　金町一家全員デストロイヤーマスクで登場。公安・浅草署の争議団への検束攻撃強まる（10月以降、逮捕者7名）。

・11月5日　対峙—検束—連行先の隅田公園で浅草署は山岡強一ひとりを拉致し、金竜組の近藤に「面割り」をさせる。一方で筒井らがテロ策動。

・11月6日　金町一家、朝の寄せ場に45名勢揃いする。以後、「互助組合」事務所放棄。金町一家は、朝の寄せ場にも姿をあらわさなくなる。

協定破り

「互助組合」を語る前に、金町一家はなぜ「労働過程に手を出さない」という協定を破ったのか、あるいは協定の意味をどうとらえていたのか、という疑問が残る。

「金町一家は、それまで手配師や人夫出しには手を出していなかった。義人党とか住吉会系はやっていましたけどね。だけど互助組合の動きは、どう見ても労働過程に手を出す行為ですよね。だから対抗せざるを得ない」（三枝）

「金町一家としては、ほかの組がやっている手配師業を自分たちだけがやれない、という意味では納得しづらいだろうね。ヤクザと討論したって最後までかみ合わない。それに、実質的には飯場とか手配師の関係はそのまま温存しているわけだよ。だから目に見えるかたちで争議団と敵対していない限り仕事はできるんだよね」（キムチ）

金町一家との協定には「労働過程に手を出さない」という合意のほかに、もう一つ大きな要素があった。つまり「おたがいに勝った」という認識の共有である。この二つの要素のうち、どちらを重視するかによって、その後の動きが決まってくる。金町一家が後者の要素、つまり「おたがいに勝った」という認識を重視し、ビラまきで「おたがいに顔が立った」と解釈したのなら、ヤクザの理屈としては通る。しかし左翼の理屈としては通らない。このあたりのすれ違いは考えられる。

もちろん工藤が空手形を切った可能性も高い。争議団の言い分を若い衆に納得させるのは至難の業だからだ。桐島が言うように「ひと呼吸入れる」ことに力点があったのなら、最初から協定は成り立っていなかったことになる。

支援部隊

ともかく、金町一家は猛烈な勢いで動き出した。

「このころは朝の寄せ場に出るとやつらが何人かで登場していることがあって、小競り合いはあったよ。俺は金町のやつにナイフで切られたのか、ガードレールにぶつけたのかわからないけど、足に怪我をしてずいぶん出血したんだよね。そうしたらタイチョー（釜共時代からの古い活動家）が救急車を呼んじゃって、病院で治療中に浅警が来て逮捕されちゃった。出てきてから山さんにえらく批判されたけどね、なんで救急車を呼んだのかって。

当時、山谷では救急車なんか呼ばなかったんだよ。警察に伝わっちゃうから。東大病院に連れて行ったり、ほかの病院に行くにしても自分たちで連れて行ったからね」（キムチ）

「九月、十月、十一月あたりは、いちばん緊迫していた時期ですね。十月に近藤（雅仁、金竜組）の指揮のもとにやつらが集結したのは覚えている。鉢巻きをしめた争議団支援の労働者に近藤が思いっきりパンチを食らってひっくり返った。もみ合いになったら誰がやったかわからないですよ。争議団だけだったら仕返しがくるけど、労働者がワーッといるわけだから、やつらだって対抗できないですよ」（三枝）

「（十一月三日）やつらがデストロイヤーマスクで登場してきたのは完全に記憶している。近藤はそういうことが好きなんだろうね。向こうも人数が多かったし、こっちも支援が多かったよな。ただこのときはずっと対峙（にらみ合い）していただけ」（キムチ）

近藤雅仁は金町戦で最も名前を売ったヤクザである。後日、三枝が留置場で出会った浅草界隈の事情通は近藤の名前を挙げ、「争議団を相手にいま売り出し中の近藤さんね」としたり顔で語っていたという。

「こちらの部隊は、毎日登場するといったら一〇人から二〇人。なにかことをかまえる場合は三〇人くらい」（三枝）

「当時の争議団のメンバーが十五、六人。釜ヶ崎からの派遣団はそれより多い二〇人くらい。支援では有志の会とか三多摩の支援グループに、蜂起派、赫旗派、解放派（社青同解放派）とか、党派の人間も来ていたね」（キムチ）

「要するにドンパチをやっているわけじゃないですか。なんだかんだ言って、あれってけっこう面白いんですよ。活劇映画みたいな世界に参加できるということでね。なかにはすごく恐がる人もいたけど、僕らはそんな感覚が麻痺していましたからね」（三枝）

寄せ場の運動家は、「当該《とうがい》」と「支援」に分けられる。当該は寄せ場に住み込んで働きながら活動する者、支援は文字どおり外部から来た支援活動家で、金町戦において支援はあらゆる場面で重要戦力となった。支援には各支援団体に属する者、各党派の活動家などもいたが、異色の存在は劇団関係者である。

「劇団関係者が来るようになった契機はあったんだよ。火事になった暴動（一九六七年、第十次山谷暴動。マンモス交番が放火された）があったでしょ。あのときに支援集会があって、大島渚（映画監督）たちの文化人グループや岡林信康（フォークシンガー）なんかも来ているんだよね。

そのなかにアングラ劇団のグループがいて、船本（洲治）の死を題材にした芝居をやっているんだね。その流れのなかに曲馬館という劇団があって、隅田川のそばでテント芝居をやったときに俺と山岡さんで観に行っている。そのとき劇団と面識はなかったんだけど、いろいろ関係ができていってね。それで皇誠会戦のあたりから劇団関係者が顔を出してきた。

テント芝居の内容は、在日朝鮮人、強制連行、アジアの連帯、といったことを題材にふくめたものが多かった。寄せ場には在日朝鮮人も多かったから関連するよね。それに船本は皇太子の沖縄訪問阻止を叫んで自決したでしょ。だから船本の生き様は芝居で取り上げたくなる題材だったんだろうね。テント芝居は、いまでは台湾や韓国や中国のメンバーと共同で、海外や日本で公演している。山さんなんか生きていたら彼らと一緒に行動していたんじゃないか、俺はそう思ったりするけどね」（キムチ）

警察の仲介

十一月五日、警察はデモ行進中の山岡を単独で隅田公園へ連行し、金竜組の近藤と対面させた。金町一家では西戸組・金竜組を主体とする連合軍が形成されており、近藤はその行動隊長だった。金町戦収束の目途が立てられない警察は、強引に両者の手打ちを演出したのである。こうした動きを見ると、工藤の争議団側への呼びかけも警察の示唆によるものだった可能性は否定できない。ただし左翼陣営には、警察が争議団の実質的なリーダーである山岡の顔を近藤に覚えさせ、山岡を狙うように仕向けた、という警察陰謀論もあった。

「警察も本音として〝ボス交〟を勧めたんじゃないかと思う。金町一家はそれまで山さんがトップであることを知らなかったんだよな」（キムチ）

「山さんがトップであることを金町一家はまるで知らない。山さんは目立たない人だったから。でも警察は山さんの影響力を十分に知っている。手打ちをさせようと思ったら、山さんを連れてくるしかないと思ってやったことで、それが結果的に山さんの立場を知らせることになった」（三枝）

「山さんは、その場で近藤と一切話をしなかったんだよな。後ろを向いたままで、対面もしていないんじゃないかな。警察に一人だけ包囲されている状態で、ボス交なんかできないよ。山さんは、その日のうちにみんなに報告している」（キムチ）

「山さん自身も自分が指導者である感覚はまるで持っていない。理論的な指導者だという立場はある程度自覚していたと思うけど、山さんが運動全体を指揮することはできないし、まして手打ちなんかできるはずがない。拉致されてびっくりしたと思う。なぜ俺なんだって」

山谷争議団という組織は、警察にしても金町一家にしても、まるで雲をつかむような存在だったに違いない。どこまでいっても正体が見えないのだ。

近藤と山岡の対面がなんの意味もなく終わり、翌六日、金町一家は互助組合の事務所を放棄した。金町一家は攻撃と対話の両面作戦を意図したが結果を出せず、方針を水面下の工作に切り替えたものと思われる。以降、山谷は一時的に小康状態が保たれた。

地域住民の動き

山岡は金町一家の動向を見すえると同時に、警察、地域住民の動きも警戒していた。以下、十一月十六日の発言である。

「それではなぜ、西戸組―互助会は、最近出てこなくなったのだろうか。その理由として考えられる第一は、警察の動きです。警察としても、地域住民の支持を取りつけたい、というのが、課題になっているようなんです」(『山谷　やられたらやりかえせ』)

山岡がつかんでいた警察と地域住民の動きを具体的に追ってみよう。

この山岡発言の五ヵ月前に当たる十一月六日、勉強屋グループ・オーナー、佐藤博道の名前で台東区議会に陳情書が出され、それを受けて区議会では自民党議員から質問がなされた。

「労働者による路上での酒盛りや賭博行為、あたり構わずの用便、軒下でのたき火が行われ、空瓶、空缶、雑誌、たばこの吸いがら等のごみの山。婦女子への冷やかしや奇声、罵声。早朝からの右翼、左翼のマイク合戦。騒音と悪臭に悩まされ、一種の無法地帯の感すらあり、——中略——同じ区民でありながら、近隣の住民の迷惑ははかり知れないものがあります」

「これらの問題は、町ぐるみ、区、都、国が一体となって解決すべきと思うが、——中略——当面の措置として清掃の倍増と散水車による水まきを実施されたい」（前掲書、「区議会だより」「速記録」より）

台東区議会での発言に対し、山岡は次のような警戒感を抱いた。

「公安警察は、今いったような住民や区議会の動きの上に乗っかって、地域住民の代表者として治安を維持する、というところを狙っている。ヤクザも過激派も、つまり〝右〟も〝左〟も、とにかく押さえるのが警察で、住民の味方です——そういう形をつくり上げようとしている」（前掲書）

当時の山谷の混乱状況を考えれば、地域住民が区議会に陳情するのは当然のことに思える。しかし、ここでは過激派とヤクザの対立、その背後にある違法手配師の問題など、核心にふれる問題は提起されていない。あくまでも環境改善が課題とされているのだ。キムチによれば、そうした動きにこそ山岡の危機感があったという。

「金町戦の問題について山さんは、商店街やドヤ主の人たちが陳情をして動きを見せた、ということにいちばん危機感を持っていた。ヤクザが右翼の政治結社をつくるなんていうのは、別に危機感でもなんでもない。その時代では日常的なことだよ。皇誠会は完全な右翼組織ではない、ということもわかっていたしね。ただ、住民がじわじわと労働者を包囲して締めつけてくる。そういう動きに対してどう反撃しなければならないか。このことが最大の課題としてあった。逆に言えば、金町戦についての核心的な問題としては、そのことくらいしか山さんは言っていないんじゃないか。勝つためになんとかしろっていうことじゃないからね」

次のような事件も山岡の危機感の背景にあった。

八四年三月、玉姫職安の横で青カンをしていた労働者が、地域住民からたき火の問題でなぐり殺されるという事件があった。その後にも、職安の近くの住民が棒を持って労働者を追い散らすという事件があった。山岡はそういった事件に直面し、労働者に対する住民の敵意を敏感に感じ取ったのである。

三枝が歴史的な経緯をもとに解説する。

「関東大震災ではなんの罪もない大勢の朝鮮人がデマ情報で虐殺された。その事件には地域の自警団が深く関与していますよね。戦時中でも自治会のような組織が朝鮮人を迫害したでしょう。

そういう例を日本的なファシズムの構造として見るところがあるんですよ。地域住民が一体となって労働運動つぶしみたいなことをすると、ファシズムみたいな感じを受けるんですよね」

関東大震災の渦中では「朝鮮人の暴徒が集団で日本人を襲っている」「朝鮮人が井戸に毒を入れた」などの噂が盛んに流された。政府や一部マスコミもデマ情報に踊らされ、その結果、多くの朝鮮人が民間の自警団によって殺された。また、朝鮮人や中国人を扇動したとして無政府主義者や社会主義者も殺されたり検挙されたりしている。そうした史実にのっとれば、皇誠会が掲げる天皇制ファシズムより、住民からの圧迫に左翼や労働者が脅威を感じることは理解できる。しかしその一方で、住民の環境改善にかかわる正当な訴えを無視することはできない。そして結局のところ、「地元住民」対「日雇い労働者」、あるいは「地元住民」対「左翼」、という潜在的な対立は、寄せ場が完全に衰退することによってしか解決しなかったのである。

支配者の交代

弁護士の安田好弘は、労働者と地域住民、およびヤクザの関係を次のように見ている。

「時期の変遷というのかなあ、ドヤがどんどん建て替えられて、いわゆるビジネスホテルが多くなっていく過程（七〇年代後半から八〇年代中盤）で、労働者と地域の関係は変わっていく。そのころから地域浄化運動があって、労働者がだんだん住みづらくなっていったのはたしかだと思いますね。

実際に飲み屋とか安い食堂が少しずつなくなっていく時期でもあった。それから白手帳（日雇手帳）の印紙が簡単に入手できなくなって、全体的な日常の行動が変わってくる。日雇い労働者が生きていけないような環境になってきて、山谷のなかの圧力というか、地域住民との関係が変わってきたなあ、という感じはありましたね。その変化については山さんもけっこう言っていましたけどね。

ただそれだけではなくて、僕らの感覚では地域が変わっていくなかで寄せ場が壊されつつあると見ていたわけです。日雇い労働市場に、日本以外からもっと安い労働力が入ってきた問題があり、たとえば元請けのゼネコンがどんどん下請けを整理していくという問題もあったりして、次第に労働者もふくめて人夫出し業者も食いづらくなってくる。そういう視点からすると運動のしづらさというのはありましたね」

日雇い労働者が街にカネを落とさなくなれば、地域住民にとってお客様ではなくなる。それどころか排除の対象にしかならなくなるのだ。山谷のメカニズムは確実に変化しつつあった。

「それから西戸組についてはちょっと違うとらえ方をしています。警察が暴力団と結託して、暴力団が実質的な警察権を握っていくという構図です。つまり警察権を握った暴力団が、労働者が好きなように暮らせる自治権的なものを奪っていくということです。暴力団は新しく入り込んできた一種の自警団というか、治安部隊というか、そんな存在として僕らは当時とらえていましたね。だから暴力団は警察と事実上一体化して、組と喧嘩をすれば必ずこちらがやられると。暴力団が退却して追いかけて行ったら、警察があいだに入ってこちらをパクるとかね。そういうふうに僕らは見ていて、山さんも争議団の闘争を同じように見ていたと思うんですよね。金町一家に対する警察の肩入れということにもなりますが、そのあたりは、トップ中のトップのあいだで話が進んで、連携して動いていたような気がします」

西戸組が張り出した殺人予告のビラを再度検討しておこう。ビラには次の一節がある。

「弱者の労働者諸君を我々はケガをさせまいとして又警察の注告を守ったのだ！」（原文ママ）

つまり西戸組は、争議団以外の労働者に危害を加えるつもりはなく、その方針は警察の忠告によるものだった、というのである。金町一家と警察のあいだには、事前になんらかの合意があったと見ていい。

七〇年代まで寄せ場の支配者だった義人党が力を失い、左翼勢力が伸長していくなかで、警察が金町一家を次なる支配者と認定しても不思議ではない。少なくとも警察自体が寄せ場を仕切るわけにはいかず、職安や労働センターは混乱を力で抑え込めない。現実的に寄せ場の機能を維持できる候補を探せば、答えは一つしかなかったからである。

山口組の労働運動

ところで、山岡はヤクザについてどういう考えを持っていたのだろうか。山岡は労働運動を進めるに当たり、山口組の歴史を研究している。以下、山岡の講演録を紹介する（カッコ内は筆者追記）。

「山口組なんかは四九年に神戸港の荷役業者を集めて親睦団体を作っていく。（田岡一雄・三代目組長は）そこの会長におさまっていくわけです。――中略――（朝鮮戦争後、）第二次下請けに依拠して自分たちの下請けのつながっているところをずっと集めて、一五〇人から一四〇人くらいの人（労働者）を集めて、労働組合を結成していくわけです。そして（第二次下請けの）労働組合を結成した時、山口組は何を言ったかというと、当時の全港湾の神戸支部に対して、あれは第一次下請けに依拠しているから殿様組合だと言った。そういう形で攻撃をしながら、働く労働者からの信頼を獲得して、どんどん勢力を広げてのし上がっていったということだと思います。ヤクザと下層労働者の関係については、下層労働者というのはヤクザに対してシンパシーを持っている人がとても多いんじゃないかなと思うのです。だいたい普通の社会で、なんともうだつが上がらず展望のない人が、ああいう力の世界に夢を見たいと思うのは人情で、そういう意味でシンパシーを持ってるわけです。それを山口組は巧妙につかんでいく。そして山口組の田岡自身も、『親も見放したどうしようもない奴を、誰が面倒みるんだ』と見得を切るわけですね。実際、ほんとに労働組合でも、労働団体でも、そのくらい言えるようになったら強い組織になれるんじゃないかなと思うんですけどね」（「山谷　やられたらやりかえせ」）

山岡はヤクザの社会的な存在理由を理解する一方で、ヤクザは「秩序の補完物、体制の非合法部隊としての御墨付を要求している」（前掲書）と断じている。つまり山岡は、同じ下層出身であるヤクザと左翼労働者の違いは、体制に寄宿するか体制と闘うかの差、だと見ていたわけである。しかしながら、左翼は田岡のような経済力や問答無用の力強さを持てず、そこに左翼の引け目があったことはたしかだろう。なぜなら下層労働者の大半が、飯より闘争、というわけにはいかないからだ。

左翼の山口組コンプレックスは、全共闘世代にも共通していたようである。山岡が山口組研究の課題書にしたと思われる「血と抗争　山口組三代目」（溝口敦・著）の文庫版まえがきには次のような記述がある。

「『朝日新聞』は昭和四十五年十月二十一日付社会面のコラム記事『全共闘の秋』でこう本書に触れている。

『新宿の映画館で。ヤクザ映画の休憩時間に、暴力団山口組を描いた「血と抗争」を読みふける元全共闘の学生。「オレたちは負けた。暴力団の山口組にもかなわなかった。ザンキ、ザンキ」。オキテと団結の戦いが受けてか「血と抗争」は全共闘学生の間でベストセラーである』」

全共闘が結果を残せず敗退したのに対し、山口組は労働運動を通じて一時的にせよ神戸港を支配した。あえて言えば、両者の差は目的設定にあったと見ることができるだろう。全共闘運動の目的は総じて反権力・反体制にあった。つまり観念的なものである。対して山口組の目的はシノギであり、きわめて明確な現実性をおびている。ゆえに、ヤクザはことに当たって一致結束し、観念的な内ゲバはほとんど起こさない。ヤクザにも内部抗争はつきものだが、おおむねカネと権力の争いであって勝敗がわかりやすい。ヤクザは典型的なゲマインシャフト（運命共同体）に見えて、じつは多分にゲゼルシャフト（機能体組織）の要素が強いのである。革命という共同幻想を追う新左翼とは対極的と言ってもいい。

「血と抗争」で溝口は、ヤクザは「単に私たちと生活感情を同じくする隣人だけでもないし、また最も憎むべき悪党でもないはずである」としたうえで、神戸港における山口組躍進の裏側をこう描いている。

「山口組の過去の輝かしい記憶、港運法の改正にそなえて二十九年（筆者注・一九五四）にはじまる二次から一次下請への昇格運動も、実際は元請による、一次下請の二次下請への格下げにすぎなかった。—中略—田岡の率いる二次下請は一次の下に雌伏して荷役技能の全てを修得し、また労働者を低賃金に追い落として資金的にもかなり肥大していた。元請と田岡の利益は完全に重なりあい、両者は一次下請の頭ごしに手を結んだ。—中略—元請と二次下請による一次への挟撃（元請は一次への業務発注をストップさえした）であり、全港湾の袋だたきだった。この熾烈な資本攻勢によって一次下請は二次の隊列に転落し、全港湾に加盟していた労働者は、つかみ銭に目の色をかえる餓鬼道《がきどう》に落ちたのだった」

田岡は元請けと組んで一次下請けを二次下請けに引きずり落とし、山口組の支配力を高めたものの、結果として一次下請けの労働者が損をしただけに終わった。

ヤクザの本質として、配下への利益配分は第三者からの収奪によってまかなわれる。そして収奪する相手は強者よりも弱者である場合が圧倒的に多い。神戸港では、最終的に一次下請けの労働者が山口組に搾取されたわけである。全共闘学生がどんな視点で山口組に着目したかは興味深いが、いずれの時代も、ヤクザの経済力が下層の人々全体を潤わせることはないのである。

「血と抗争」は前記した朝日新聞に限らず、多くのメディアで全共闘との関連を取り上げられた。その現象について著者・溝口敦はこう語る。

「この本について、全共闘の学生から僕が直接感想を聞かされたことは一度もないんですよ。会いたいと言われたこともありませんしね。当時としてはかなり突っ込んだ内容だったので、僕も刊行直後は山口組の反応が読めなかった。だからあまり表に出ないようにしていたこともあるんですけどね。

ただ、『血と抗争』（三一書房版）の刊行は六八年八月で、翌年から全共闘が敗退を続けていきます。彼らとしてはなにか挽回策を考えなければいけなかった時期でしょうね。

戦後、田岡は弱体化していた山口組を盛り返す方策として、神戸港の荷役に目をつけた。そしてアンコと呼ばれる日雇い労働者をたばねて、全港湾を攻撃しながら伸《の》し上がっていくわけです。神戸から今度は横浜にも手を伸ばして次々に新しい利権を獲得していく。それにつれて組織を拡大させて港湾支配をもくろむわけです。

当時出版されていたヤクザ本は、古い伝承にもとづいた人情劇が大半でした。それに対して僕は意図的に組織論としてのヤクザを書こうと思った。だから全共闘が組織の再構築を考えていくうえで、なんらかの示唆をあたえた可能性はありますね。それに、ヤクザにあるべき突破者としての精神を、全共闘の学生が自分に重ね合わせて、作者である僕をよき理解者だと思ったかもしれない。

田岡が支配した神戸港でも、クイックディスパッチ（本船速発体制）といって、さまざまな合理化が進んでいきます。荷役もコンテナの導入で急速に機械化されるわけです。そうなるとアンコは不要になって組合つぶしにつながる。そんな先行きを全共闘の学生や労働運動の関係者に予感させたかもしれません。

これは余談に近いんですけど、全学連の幹部が運動に行きづまったあと、田岡の食客のようなかたちで面倒を見てもらっていた時期がありますよね。僕は『血と抗争』の最初の原稿で、そのことをかなり批判的に書いたわけです。そうしたら三一書房の担当編集者で僕の友人でもあった岸優《きしまさる》という男が、その箇所の削除を要請してきましてね。僕もじゃあ外すか、ということで応じたんですけど、岸としては全共闘世代への売れ行きを考えたんでしょう。要するに、『血と抗争』は全共闘学生に受けるはずだと岸は判断していて、あえて左翼運動の批判を外した。そんなことも思い出しますね」

「血と抗争」は、ヤクザを真正面から組織論的に見すえた初のノンフィクションである。したがって山口組の暗部も容赦なくえぐり出しているのだが、かといってヤクザへの嫌悪を深めるわけではない。結局、そこにつらぬかれる図太い抵抗の精神には、全共闘も左翼の活動家も、一目置かざるを得なかったのである。

全学連の幹部が田岡の食客になっていた件を追記しておく。

六〇年安保闘争で多数の逮捕者を出し、保釈金に窮した全学連は、財政部長・東原吉伸らが、シンパの著名人たちに資金援助を依頼した。その依頼先の一人に、戦前の日本共産党中央委員長だった田中清玄《きよはる》（通称・セイゲン）がいた。田中は獄中で右翼に転向し、戦後は児玉誉士夫とならぶフィクサーと目されていた。田中は全学連書記局長・島成朗の援助要請に応じ、以降、全学連幹部と親交を深めていく。一方、児玉とそりが合わなかった田岡は、山口組の関東進出をきっかけに、田中と盟友関係をきずいた。田岡は田中の依頼により、就職先のなかった全学連中央執行委員・篠原浩一郎を、自分が経営する甲陽運輸で働かせた。また、全学連委員長・唐牛《からうじ》健太郎と東原は田中が面倒を見ている。左翼と右翼の癒着というよりも、一種のパトロン活動と見ていい。しかし、この一連の動きはマスコミの知るところとなり、全学連は一部で強い批判をあびることになった。

第九章 金町戦 撮影現場の悲劇

佐藤満夫暗殺

ドキュメンタリー映画「山谷　やられたらやりかえせ」の冒頭、道路で仰向けに横たわった男が映し出される。ほんの数秒のシーンだが、男の顔から生気を感じ取ることはできない。ただ路面の冷え冷えとした感触が伝わってくるばかりである。

次のシーンでは、病院の廊下を走るストレッチャーが映し出される。医師も看護師も走っている。運ばれているのは道路に横たわっていた男に違いない。緊迫した動きをカメラは追う——。

一九八四年十二月二十二日早朝、職安の二階で寝ていたキムチは電話で起こされた。

「佐藤さんが桜井パン屋の前で刺された」

まだ眠りから覚め切っていないキムチの頭に南の声が響く。

「いま日医大に向かっている」

受話器を置いたキムチは部屋を飛び出し日医大（日本医科大学付属病院）に向かう。なにが起きたのか詳しいことはわからない。ただし、南の声には不吉な響きがあった。キムチは最悪の事態を予想して思わず舌打ちした。

佐藤の死が確認されるまでにあまり時間はかからなかった。佐藤の妻は遺体との対面を許されたが、つめかけていた関係者は放っておかれた。争議団幹部の松倉が「俺は慶應の医学部出身だ」と担当医に食い下がる声が聞こえた。松倉らしい交渉術だな、とキムチは思ったが、いまだ

1984年12月22日、佐藤監督の死を受けて暴動が起きた

に松倉の出身学部を確認したことはない。はっきりしていることは、キムチが争議団映画班として撮影をともにしてきた佐藤満夫監督が、この世からいなくなったことである。
この日、病院を出たキムチがやったことは、刺殺犯が勾留されている浅草警察署前での抗議デモと、佐藤の遺族への対応である。その夜に起きた暴動には残念ながら参加することができなかった。

金町一家戦（佐藤満夫暗殺）
1984年
・12月　初旬から佐藤満夫、山谷の撮影に入る。
・12月22日　午前6時25分、西戸組（筒井栄二）、佐藤満夫を背後から刺殺、マンモス交番に逃げ込む。夜、怒りの反撃暴動（逮捕者12名）。

1985年

・2月3日　「佐藤満夫さん虐殺弾劾！　右翼テロ一掃！　山谷と全国を結ぶ人民葬」開催。千名が参列。

・2月21日　筒井栄一第一回公判（求刑15年）。金町一家・西戸組登場できず（以後の公判も）。

・4月7日　西戸組事務所南千住二丁目（泪橋そば）より撤収（金町本家あずかり）。筒井、西戸組の幹部となる。

・8月15日　中曽根の靖国公式参拝阻止闘争に山谷から合流。「映画制作上映委」靖国ロケ。

・9月15日　船本洲治遺稿集『黙って野たれ死ぬな』刊行。この間、山岡さんを中心に映画撮影がすすむ。

初の死者

金町戦開始から一年あまりが経過し、ついに死者が出る事態となった。

犠牲者は、山谷でドキュメンタリー映画を撮っていた佐藤満夫監督である。佐藤は争議団の一部メンバーとともに二週間あまり撮影を続けていたが、十二月二十二日午前六時二十五分、金町一家西戸組組員・筒井栄一の柳刃包丁を背後から受け、ほぼ即死状態で絶命した。

山谷争議団と金町一家の戦いは、左右の政治対決から組織のつぶし合いに発展し、ここにとむらい合戦の要素も加わることになった。

佐藤が山谷でドキュメンタリー映画の撮影に入ったのは十二月五日のことである。その時点で、佐藤は撮影に相当な危険がともなうことを承知していたはずである。なぜなら佐藤は、自分の生命に多額の保険をかけて山谷へ乗り込んでいたからである。

佐藤満夫、一九四七年生まれ。高校三年で郷里の新潟から上京し、全共闘運動に出会った。六九年には東大闘争に参加し逮捕されている。その後、小栗康平（「泥の河」などの映画監督）のもとで助監督をつとめ、八三年、「反日」（東アジア反日武装戦線）の支援集会に参加して争議団との付き合いが始まった。

作家の立松和平は自作品の映画化を佐藤に申し込まれ、一度だけ対面している。その当時、佐藤は宇都宮の飯場で働いていた。立松は佐藤が持参したジャックダニエルをなかば強引に受け取らされ、「生きる上で自分の態度を頑なまでに貫く男なのだ」（「世紀末通りの人びと」）という印象を持った。

佐藤は撮影開始にあたり、「映画で腹は膨れないが、敵への憎悪をかきたてることはできる」と題した文章を山谷の労働者に向けて記している。

「―略―特権階級が権力を恣しいままにし、日雇労働者に野垂れ死にを強制することまで許そうとは思いません。我々は、律儀で純朴な労働者として彼等の仕打ちに返礼しなければなりません。

——中略——

けっして半端な気持で皆さんにカメラを向けているわけではありません。映画屋にも羞恥心がありますので偉そうな理屈は省略させて頂いて個人的な事情を述べますと、この映画に取り組むことによって、十五年つづけた稼業の垢を洗い落し、生まれ変りたいわけです」

佐藤が映画屋稼業でため込んだ鬱屈したエネルギーを、山谷で一気に解き放とうとしていたのは間違いない。そのうえで佐藤の文章を素直に読めば、敵は〝特権階級〟である。しかし佐藤の言う特権階級が誰を指すのか、なにゆえに敵なのか、その文章からは浮かび上がってこない。そして結果として、敵にまわしたのは金町一家だった。

佐藤の山谷争議団への協力要請について、山岡はこう発言している。

「彼としては、とにかく一年間寄せ場に関わって、その一年間寄せ場に関わった自信をもって、寄せ場の人間と映画を一緒に撮ってみたい、というのがあったんだろうけど。だからといって呼びかけの文章が最初にあったわけではなくて、シナリオをいきなりもってきたんで、提起されたほうは最初ビックリしたという感じだったと思うね。——中略——問題は、討論は争議団でほとんど深まってなかった。その過程で、ずいぶん苛立っていたんじゃないかな。それで殺されるわけでしょ」（映画「山谷　やられたらやりかえせ」）

撮影についてはは佐藤の意気込みだけが先行し、争議団との意思疎通は必ずしもうまくいっていなかった。そこに金町一家がつけこむ隙は十分にあったのである。

無防備な撮影

山谷争議団の映画班だったキムチは、撮影開始前の状況とその後のいきさつを次のように語る。

「佐藤さんが亡くなる直前くらいは、朝の寄せ場に金町一家が顔を出していたことはちょくちょくある。(金竜組の)近藤たちがパレスの前に現れたりしてね。そうなれば俺らとぶつかって殴り合いみたいになる。ひどい怪我人が出たわけじゃないけど、この時期は寄せ場がいちばん緊迫していた。金町一家も必死になっていたころだね。

佐藤さんが寄せ場に参加し始めたのは八三年の越冬時期。どちらかというと『反日』の支援にかかわっていて、それで山谷に興味を持って参加してきた。佐藤さんのシナリオをあとから読んでみると、『反日』の関係で三菱重工ビルの撮影だとか、強制連行された中国人が飯場で闘った大船渡の撮影だとか、そういった部分が中心になっているんだよね。『反日』への思い入れが強いんだよ、佐藤さんの場合は。それがわかっていれば『反日』の話をもっとしておくべきだった。俺は『反日』のメンバーが獄中で書いて毎週送ってくる三十枚ほどの手紙を、七六年から七九年にかけてすべて読んでいる。それに宇賀神(寿一、『さそり』のメンバー)の弟と黒川君の弟も山岡さんの勉強会に参加していたからね。

俺が佐藤さんとはじめて会ったのは八四年の秋。いちおう争議団の映画班担当ということになっていたから、個別に撮影の面倒を見るようなかたちで、佐藤さんが死ぬまで付き合った。作品としては『灰とダイヤモンド』とか『アルジェの戦い』のような発想の映画にしたいと佐藤さんは言っていたね。だけど俺らも映画にはそんなに理解がないし、対応も中途半端だったと思う。佐藤さんは、争議団が非協力的だ、と不満をもらしていたらしい。

その当時の映画屋っていうのは洒落者が多くてね。飲む酒がジャックダニエルで、牡蠣《かき》パーティーをやると言って、でかい缶に入った牡蠣を丸ごと買ってきたりしていた。ちょっと俺たちとは感覚が違う。そういった部分で溝があったのかもしれない。

ふつう撮影では周囲を防衛するようなことを考えるんだけど、あの人自身がどんな場所でも平気でボンボン入っていくような気質だったからね。こちらで周囲を固めるような発想にならなかった」

三枝も初期段階から佐藤の撮影に付き合っている。争議団の記録を映像に残すことが重要だと考えていたのである。

「佐藤さんとは話す機会が多かったんです。彼は当時コマーシャル専門の映像作家という立場でしたが、山谷の映画を撮ってみたらどうか、とまわりの何人かが言っていましてね。本人がその気になって僕にも話をしてきたので、いいねって勧めたんですよ。

その前に越冬闘争なんかのドキュメンタリーは争議団が独自に撮っていましたけど、そのフィルムは皇誠会戦のときに争議団のメンバーのアパートから金町一家に盗まれたんです。そんなことがあったから、映像を残しておくのは大切だと思っていました。佐藤さんが撮影をやってくれるというので、僕なんかは最初からけっこう協力したんですよ。ドヤの映像を撮るときに交渉して頼み込んだり、洗濯物の干場に地下足袋を用意して絵になるように場面づくりをしたり。でも山さんなんかは協力的ではなかったですね。佐藤さんが勝手にやっていて、何人かが個人的に協力しているなあ、という感じで。だから組織的にはなにもやっていないし、佐藤さんを防衛する部隊もなかった」

誤殺の論理

佐藤が襲われた場所は泪橋に近い桜井パン屋の店先だった。佐藤は朝食のパンを買うために店へ入り、出てきた瞬間に背後から狙われた。西戸組の筒井栄一は鋭利な柳刃包丁のひと突きで佐藤の肺に致命傷を与え、そのまま五十メートルほどの距離にあるマンモス交番へ駆け込んだ。佐藤に連れ添っていたカメラマン・田中篤夫（仮名）は本能的にカメラを回し、地面に横たわった佐藤をフィルムに焼き付けた。

浅草警察署に送られた筒井は、争議団の幹部・松倉泰之を狙った犯行だった、と自供した。松倉は赫旗派に所属し、党派の活動家として争議団では高い実務能力を発揮していた。周囲からは指導者と目され、西戸組の殺人予告ビラでも標的のトップに名を挙げられている。また松倉の自宅には複数の脅迫状も投げこまれており、狙われる根拠は十分にあった。

争議団の内部でも誤認殺人ではないか、と見る意見が多かったという。以下、三枝の証言である。

「佐藤さんを刺した筒井は松倉さんと勘違いしてやったと証言しているんですけど、僕は実際にそうだったんじゃないかと思っています。ただ佐藤さんは撮影を現場で指揮しているから、向こうから見たら指導者に見えちゃうんですよ。それに佐藤さん自身が非常に過激な人でね、撮る場面を自分でつくり込もうとして相手を挑発するようなところがある。だからすごく目立つんですよ。それで松倉さんとごっちゃになった可能性はありますよね。

僕が佐藤さんの撮影で覚えているのは年末の一時金が出たときですね。職安は活動家たちが勝手に入れないようにバリケードをつくっているんですが、佐藤さんは動きがないからと言って、それをバーンと蹴っ飛ばして入っていくんですよ。何回かそういうことをして、過激な場面をつくろうとしていましたね。あとは玉姫公園でカメラマンが撮影しているときですけどね。アングルが悪い、と言って佐藤さんがカメラマンの襟首だか腰のあたりをつかんで、ズルズル引きずり回してね。いやすごいなあ、なんだろうこれは、と思って見ていましたよ。動きがとにかく目立つんですよね、佐藤さんの場合は」

この意見に対し、キムチは別の角度から分析する。

「あの事件は誤認殺人という証言になっているけど、俺はどうも腑に落ちない。もしかしたら金町一家（西戸組）に対して公安のちょっとしたサジェスチョンがあったんじゃないか、そういう印象を俺は持っているんだけどね。

筒井は佐藤さんを刺して、直接マンモスに駆け込んだでしょ。そのうえで人違いだと言っているわけだ。そんなヤクザがいるかっていうの。交番に行けば自首というかたちになるから減刑狙いかもしれないけど、やり口があまりにもヤクザっぽくないでしょ。佐藤さんを背後から狙って、よく確かめもせずに刺した、ということもふくめてね。

俺は若いころから公安の取り調べを受けてきたし、現闘のあとで横浜に住んでいたころも尾行なんかは日常的にあった。だから公安に対しては、常にあいつらがどう思考するかということを考えてきた。そこでちょっとした推測なんだけどね。

浅警ではなくて警視庁の公安的な見方では松倉が運動のリーダーだと認識していたと思う。なぜなら、公安は学歴の高い人間をリーダーと見なす傾向があるからね。実際には違うんだけれど、まわりにいる労働者にもそう見えたかもしれない。松倉と佐藤さんは二人とも眼鏡をかけているし体型も似ている。だから筒井は松倉と間違えて佐藤さんをやった、という解釈は成り立つだろう。

だけど、佐藤さんはやられる半月以上前から山谷でカメラを回しているし、労働者にもインタビューしている。佐藤さんが映画をつくるということはもうほとんど知れわたっていたよね。そうすると、山谷の実態が映画というかたちで暴かれることについて、危機感を持ったとすれば警視庁本庁の公安なんだよ。山谷の労働者が映画に刺激されて暴れ出せば治安が大きく乱れる。ただでさえ公安が日本赤軍がらみのテロを警戒していたのは、俺の強引な逮捕でもわかる。そのうえレーガン来日のときには争議団幹部を大量起訴して暴動を抑えようとしていた。要するに公安は山谷が荒れることを非常に警戒していたわけだ。

あと映画で困るのは金町一家だよね。やつらの実態も暴かれるからね。映画の大衆的な影響というのは強いから、公開されればヤバイことになるよって、本庁の公安がなんらかのかたちで金町一家にサジェスチョンした可能性もある、という推測だよね。

それに映画監督を狙って殺したということになれば、表現の自由だとか思想の問題で裁判が面倒なことになる。そして金町戦そのものがマスコミにクローズアップされてしまう。公安としては問題を表面化させたくないわけだから、好ましくない展開だよね」

キムチの推測をまとめれば、以下のような筋書きになる。公安が金町一家にサジェスチョンをあたえて佐藤監督を狙わせ、映画撮影の進行をさまたげようとした。その理由は映画の影響で労働者が騒ぎ出すことを防ぐためであり、なおかつ金町戦が社会問題としてクローズアップされることを防ぐためだった。金町一家は映画で自分たちの実態を暴かれないよう公安の話に乗り、そのうえで筒井には松倉との人違いだったと証言させた。公安は佐藤殺しを抗争における単純な殺人事件として処理し、裁判でさまざまな波紋を呼ばぬよう仕向けた。——以上のような推測をキムチは示したのだ。

もちろんこれは推測の域を出ない話であり、ありがちな警察陰謀論かもしれない。だがここで思い出されることは、金町一家が映像記録に対して非常に神経をとがらせていたことである。皇誠会戦勃発の当日、西戸組は争議団の冬樹を拉致しカメラを奪った。また同日に争議団メンバーのアパートから越冬闘争の記録フィルムや映写機を奪っている。

金町一家がなぜここまで写真・映像記録の存在を嫌うのかといえば、自分たちの後ろ暗い行為の決定的な証拠になりかねないからだろう。元来、スネに傷を持つ者は写真も映像も撮られたがらない。しかもヤクザは合法と違法の境目を日常的に行ったり来たりしている。したがって、敵の手に写真・映像を握られていれば致命傷につながりかねない。

このような観点から判断すると、この事件は敵対組織のリーダー殺しが主な目的ではなく、映画撮影の阻止に重点があった、と考えても不自然ではない。

山岡裁き

争議団内部で誤殺論が定説になりかけたころ、山岡はまったく別の角度から判断を下した。山岡は誤殺論を退け、「佐藤が狙われた」と断言したのである。そして「倒れた者の人格をおしてしか、(金町一家に)やり返すことはできない」「倒れた者の人格を尊重しなければ、(金町一家に)やり返す意味がない」と結論づけたのである。そうでなければ、今後の闘いはたんなる殺し合いになると――。

言い方を換えれば、誤殺論を受け入れることは殺された佐藤の人格をおとしめ、争議団が金町一家に立ち向かう大義名分を薄れさせる、という意味になる。

たしかに誤殺論の真偽を問い続けても争議団にとって前向きな答えには行きつかず、士気も高まらない。しかも死んだ佐藤が決して生き返らない以上、その死を誤殺と決めつけて無駄死にの印象を残すべきではない。さらに言えば、佐藤を身代わりにしてしまったと目される松倉も、誤殺論を退けることで気持ちが救われることになる。そう考えていくと、じつに味わい深い裁定なのである。この山岡裁きによって、争議団は先行きのない議論に終止符を打った。

山岡が下した結論とは別に、佐藤殺害についてはいくつか注目すべき点がある。

四月四日、筒井の裁判が懲役十三年で結審した直後、筒井は傍聴席にいた松倉を指さし、「次はお前だ、と叫んだ」(三枝)というのである。これは、「自分は間違えたが次は本命のお前だ」という意味なのか、あるいは「佐藤は自分がやったから次の順番はお前だ」という意味なのか。四月七日、西戸組事務所が撤収し、金町一家の本家預かりになっている。通常、本家預かりというのは、なんらかのペナルティーを指す場合が多い。しかし同日、筒井は西戸組幹部に昇格している。

このあたりは謎が多いものの、筒井の昇格という事実に即して言えば、筒井は課せられた使命を果たしたと言えるのだろう。これは佐藤殺害が誤殺か否《いな》かにかかわらず、争議団にダメージを与えたことへの評価と見ていいだろう。ヤクザの世界で堅気殺しは基本的にタブー視される。佐藤殺害が評価されたのならば、ヤクザ同士の出入りと同じ基準であり、西戸組は争議団を堅気あつかいしていないことになる。その場合、事務所の撤収はペナルティーではなく、一時的な〝熱さまし〟だったのかもしれない。

二人目の監督

争議団にとって、残る問題は監督を失った映画の行方だった。八五年一月には佐藤の遺志を継ぐべく制作上映委員会が立ち上がっていたものの、ほぼ白紙状態からの再出発になった。争議団の映画班だったキムチの苦心がここから始まる。

「佐藤さんがやられたあと、じゃあ映画をどうするか、ということがいちばんの課題になった。

（八五年）一月の初旬、俺の住宅に上映委員会のメンバーと、佐藤さんの奥さんが集まって話をしたことがある。

このときには具体的な提案は出なかったと思うけど、そのあともカメラマンの田中さんが継続的に撮影をしていたわけ。俺と録音の人も加わってね。

それに対して上映委員のなかで危機感を持つ人が出てきた。佐藤夫人もその一人だよね。田中さんは撮影をどんどん前のめりで進めていたけど評判があまりよくない。そのうえ、越冬闘争と金町一家を空撮するためにヘリコプターを飛ばした。これが一回につき五〇万円かかるんだよね。そのことで、俺はある委員に呼び出された。

みんなでラッシュフィルムを見たら映像にヒゲ（チリ）が出ていた。これは基本的に管理ができていない映像だということで、プロ的な発想の指摘をされるわけ。そう言われても俺はどうすべきかわからない。撮影の進行には関与しているけど、映像を撮る技術的なことには関心がない。ただ協力するというかたちでやっていたからね。だけど上映委員会のほうは田中さんが一人で動きまわっていることについて危機感を深めたんだね。関係者をふくめて会議を何回かやっているうちに、今度は田中さんが佐藤夫人を仲間に引き入れた。佐藤夫人を監督にして映画製作を続行する、というかたちで提案が出た。

これには俺も反対したよ。基本的に争議団はカネを出しているわけじゃなくて、佐藤さんの高額な保険金でまかなっていた。だいたい映画上映までには二〇〇〇万円かかるっていうから、そんなカネは誰も持っていない。夫人にオンブするしかないわけ。俺の考えでは、カネを持っていない人間はあまり発言すべきじゃない。それに映画製作というのは監督のワンマンな作業だからね。そこにどれだけまわりが口をはさむか、という問題もある。

けれども佐藤夫人を監督に据えるかたちにして、俺らが実質的に田中さんの方針に従うということには断固反対した。まわりの人間もすごく反発してね。そのあと四月か五月くらいでしょ、上映委員会が山さんに話を持って行ったのは。それで山さんが上映委員会に本格的に顔を出し始めたのが七月くらい。八月に靖国神社で撮影しているけど、あのときが映画に関する山さんの初仕事だよね」(キムチ)

九月十五日、船本洲治の遺稿集「黙って野たれ死ぬな」(れんが書房新社版)が刊行され、長らく編纂作業にたずさわっていた山岡は、肩の荷を下ろした気分だったに違いない。船本の言葉は山岡の活動家人生をなかばみちびき、なかば支配してきたからである。山岡は五月中におおよそ編纂作業を終えていたようである。ひと区切りついた山岡が、佐藤の遺志を継いで映画製作に打ち込むにはちょうどいい時機だったと思われる。

「山さんが映画製作に本格的に乗り出すようになって、ようやく映画を運動全体で進めていくという方向になっていったわけです」(三枝)

防衛戦

「ただし、金町一家に対するかまえは変わりましたね。まさか死人が出るとは思っていなかったから、一つの転機になりました。勝つか負けるか、本当の決戦という感じが強まった。誰でも考えることだけど、やられたらやり返せで、当然ながら金町一家への報復に気持ちがいきますよね。そういうレベルの戦いになって、それぞれがどのように気持ちを切り替えるか、悩んだと思いますよ。

争議団の活動はだんだん防衛戦になっていきました。それまでも金町一家にメンバーが拉致されるようなことは何度もあったし、情宣カーが襲われることもあった。でも朝なんか争議団のメンバーはバラバラに出て行ったりしていたんですよ。佐藤さんの事件以降は部隊活動が中心になって、単独行動は駄目、というかたちになっていく。そうなるとゲリラ戦ではなくて表舞台での正規戦になるから警察にも動きが見え見えになる。だから逮捕されるリスクがつねにあるわけです。警察の介入を避ける意味でも、こちらから仕掛ける攻撃的な戦いではなくて、防衛的な戦いになっていったんです」（三枝）

佐藤の死で金町戦は外部の左翼陣営からも注目を集めることになった。しかし争議団は各党派の動きをつねに警戒していた。

「二月三日の人民葬というのはサンパール荒川（荒川区民会館）でやったんだけど、けっこう大勢の人が集まったんですよ。若松孝二（映画監督）さんから人民葬を撮りたいという申し込みがあったし、小栗康平さんが来てあいさつをしてくれたり。争議団を代表してあいさつしたのは三ちゃん（三枝）だよね。

党派では三里塚の代表も来た。第一（北原派）のほうは代表が意見を述べて、第二（熱田派）のほうは赫旗派の人間がメッセージを読むはずだったけど、あまり党派色が出るのはよくないから俺が代読した。基本的に三里塚のほうも山谷の関係ではいつも声明を出して人間も送ってくるけど、それは第一のほうだけで、第二のほうから人間は派遣してこない。現場で一緒になっちゃったら大変だからね」（キムチ）

「僕はどっちも来なきゃそれでいいと思っていた。三里塚の分裂が山谷に持ち込まれることが嫌だった」（三枝）

三里塚闘争

三里塚闘争（成田国際空港建設反対闘争）は一九六六年六月に「三里塚新国際空港反対同盟」が組織された時点で始まった。七〇年安保闘争をひかえ、学生運動が盛り上がりを見せる時期と重なっていた。反対強硬派は革新政党（社会党、共産党）の妥協と裏切りに失望し、新左翼の各党派に対し「支援団体は党派を問わず受け入れる」という姿勢を打ち出した。学生運動（新左翼運動）がまだ一般市民のシンパシーをいくらか得られる時代だったのである。

新左翼党派と反対派の農民たちは空港建設用地の強制収用や建設工事に激しい抵抗を続け、工期は大幅に延長された。しかし七八年五月、政府はやっとの思いで成田空港の一部開港にこぎつける。以降、反対派は「空港廃港、二期工事阻止」に方針転換するものの、八三年当時は各党派の主導権争いが表面化し、反対同盟は未買収地の「一坪再共有化運動」をめぐって北原派（北原鉱治事務局長を中心とする共有化反対派）と熱田派（熱田一行動隊長を中心とする共有化推進派）に分裂する。

三里塚闘争は、新国際空港建設という国家プロジェクトにかかわる闘争であり、日本中がそのなりゆきに注目した。しかも各党派が闘う相手は日本政府である。彼らが持てる勢力の多くを三里塚に集中させたのは当然である。こうした事情もあって、山谷における左翼とヤクザの攻防戦は、その特殊な経緯にもかかわらず、マスコミに見過ごされていたのである。

「山谷で死者が出るまで闘っている事実は重いし、殺されたのが映画監督だったことも影響して左翼全体の注目は集まったと思う。マスコミもそうでしょうね」（三枝）

しかし、各党派の動向は争議団にも影響した。現闘の時代から無党派中心の活動を矜持としてきた争議団は、党派の主導権争いからいかに離れ、なおかつ左翼陣営の総合戦力をいかに維持するか、難しいかじ取りを迫られていたのである。佐藤の人民葬はその一例にすぎないが、左翼陣営のなかで、無党派が無党派をつらぬくことは、そうそう楽なことではなかったのである。

祝福と挫折

金町戦が転機を迎えたころ、キムチの人生も重大な局面に差し掛かっていた。八四年の春、キムチは結婚したのである。相手の丈子は東大病院の精神科に勤務する看護師で、山岡の妻・照子の同僚である。丈子は山岡家に何度か遊びに来ており、キムチとは顔見知りだった。とはいえ、二人の交際は喫茶店で一、二度会話を交わした程度である。

結婚は丈子の一言で決まった。ある日、山岡家で一緒に時間を過ごしたあと、丈子がキムチに向かって「今夜からうちに来なさいよ」とおごそかに命じたのである。キムチにも従わない理由はなく、二人はそのまま夫婦になった。

新婚生活は荒れ模様だった。丈子は精神科の看護師という仕事に疲れ、自分自身も精神安定剤に頼るようになっていた。キムチは、はじめて丈子の仕事の苛酷さを思い知ることになったのである。

日常生活でとまどうなか、七月にキムチは仕事上の過失責任を問われ五〇万円の弁済義務を負うことになってしまった。キムチにとっては言い訳のできない過失であり、労働に対する慢心の結果だと思うしかなかった。しかも弁済は急を要した。キムチに話を聞いた丈子は、なにも言わずに友人から借金して五〇万円を用立て、二ヵ月間にわたる長期の泊まり込み看護で借金を返済した。

キムチの生活は丈子に事情を告げた翌日から変わった。朝六時に仕事へ出て、夜六時に家へ帰る生活が続いた。山岡の自宅を訪ね、争議団離脱を伝えた以外は誰にも会わなかった。キムチとしては自分の重大な過失で仕事仲間に迷惑をかけた以上、もう活動家のふりはできないと思っていた。自分に見切りをつけたというよりも、社会的活動をになっていく資格が自分にはもうないという気持ちが強くあった。

「寄せ場の運動のなかで失敗した場合は、すぐ仕事に行けとか、飯場へ行けとか、昔からのならわしで言われているんだよ。それがケジメなんだよね」（キムチ）

この間、キムチの印象に強く残ったのは、争議団離脱を告げたさいの山岡の言葉だった。山岡は挑発的な言動で人を奮い立たせることにたけていたが、このときは違っていた。キムチに向かって「高田馬場で一からやり直そうか」としみじみ語ったり、「頭はマルクス主義、体はアナーキスト（意識は組織性と理論重視なのに、やっていることは混乱を巻き起こしただけ）」と自嘲してみたり、いつもとはだいぶ調子が違っていた。そしてキムチが山岡の言葉を聞く機会はこれが最後になった。

第十章

金町戦　襲い来る銃弾

撮影続行

山岡が映画「山谷　やられたらやりかえせ」の監督を引き受け、完成させるまでには幾多の曲折を経なければならなかった。佐藤は約四十時間分の映像を撮り終えていたが、その製作意図を理解している者は制作上映委員会にもいなかった。監督不在のまま、カメラマン主導の性急な撮影が続行される。

こうした状況で事態を収拾できるのは、やはり山岡しかいなかった。山岡に監督としての技術的な裏付けや経験があったわけではない。だが映画プロジェクトの人格的な象徴という意味で、山岡以外に適任者はいなかったのである。

一方、この動きを金町一家は黙って見すごしはしなかった。

1985年

・9月30日　山岡氏ら「映画制作上映委」筑豊ロケへ。

・12月20日　映画『山谷　やられたらやりかえせ』完成。

1986年（山岡強一暗殺）

・1月2日　金町一家事務所開き阻止行動。

・1月3日　玉姫公園で『山谷　やられたらやりかえせ』上映。

・1月13日　午前6時5分、金町一家金竜組組員（保科勉）、山岡強一を射殺、逃亡。山谷は

・1月16日　厳戒態勢。怒りの暴動的決起（逮捕者6名）。
・1月21日　同志・山岡強一追悼・山谷人民葬（玉姫公園）。この間連日、山谷争議団、日雇全協、支援の部隊が寄せ場を制圧。
・3月1日　金竜組組員保科、新宿署に出頭、逮捕。
・4月3日　争議団メンバー1名が金町一家に拉致・監禁され、9時間にわたり暴行を受ける。
・4月11日　朝の寄せ場で二千人の労働者によって金町一家が実力糾弾される。背後からの襲撃も撃退（喫茶「グリーン」前攻防）。
・6月17日　早朝、金町一家のテロ部隊、2名の労働者・支援を襲撃、頭蓋骨陥没の重傷。
　山岡さんを殺害した保科に判決懲役15年。

難航するプロジェクト

映画製作の紛糾ぶりを、制作委員会の赤松陽構造《ひこぞう》は次のように報告している。（映画「山谷―やられたらやりかえせ」「山谷」制作委員会）

「山さんを中心とした構成案の作成は難航。その間、撮影現場優先を主張するカメラマンにより、山谷争議団の闘争スケジュールを追っての撮影が続行された」

田中カメラマンと佐藤夫人は「映画の早期完成」と「配給資本ルートでの上映」を主張した。

二人はさらに「映画は映画屋でなくてはつくれない」というプロ意識を前面に出したため、制作上映委員会との溝を深めていった。要するに田中は商業映画を目指したわけだが、プロパガンダ（政治的な広報活動）を意識する上映委員会と相いれないのは当然だろう。ただし、田中に代わる主導者の山岡は映画に関してズブの素人である。「製作運営体制の具体的展望もないまま現状容認。カメラはいたずらに回りつづける」という状況になったのは致し方なかったのである。

五月に完成したプロモーションフィルムは「映画的な手法が優先し、写された事実に対して向き合う視点が明確に表現されず、抽象的な印象に終わる」という手厳しい評価を受けた。このいかにも左翼的な批判が妥当なものだったのかどうか定かではないが、いかんせん田中の映像が好意をもって迎えられる条件はなかったのである。

六月に入って山岡は「筑豊へとのびる線」という概念を打ち出し、ここから上映委員会のペースに切り替わった。山岡の監督としての初仕事は「反靖国闘争撮影」（八月十五日）だったが、田中カメラマンとの呼吸が合わなかったのか、あるいは田中の意図的な抵抗だったのか、肝心の中曽根首相参拝シーンの撮影は失敗に終わった。

八月下旬、「筑豊・玄界灘ロケ」を主軸とした構成案を山岡が提出。「筑豊ロケでは、カメラマンも替わり、山さんの監督としての視座が撮影現場においても定着。スクリーンに映し出された筑豊の風景は、この映画にたいする確信を各メンバーに抱かせるのに充分であった」という評価を受ける。ここに至って田中カメラマンは姿を消した。

十一月初旬、山谷での撮影を終えた山岡は編集作業に集中し、「映画は徐々にその姿を現し始めた」のであった。

十二月二十日、映画完成、初号試写。

十二月二十二日、佐藤満夫一周忌、初上映。

「永かった佐藤さんのお通夜が、やっと終わった気がする……」と山岡は映画完成のあいさつを述べた。

暴力と権力

上映委員会における田中カメラマンの評価はさんざんだが、先述したとおり、田中が〝暴走中〟に争議団映画班として付き添ったのはキムチである。板ばさみ状態のキムチはとまどいながらも複数の劇団関係者に相談したが、たしかな助言を得られないまま、争議団を離脱することになってしまった。しかし、キムチや三枝の撮影協力はいくつかの印象的なシーンに活かされており、さらに二人とも重要な被写体として登場している。

この映画は佐藤と山岡の共同監督という見方が適切だろう。二人が指揮を執った撮影シーンは明らかに違いがある。したがって完成度の高い映像作品とは言い難いが、しかし、そのアンバランスによって映画は不思議な吸引力を持つことになった。言い換えれば、観客は観終わったあとのなんとも言えぬ違和感によって、この作品を忘れ難くさせられるのである。

山岡はある関係者への手紙に映画の構成を提示している。そこでは山岡自身の思想と歴史観が語られているが、どうやら左翼の文章作法に〝わかりやすさ〟という価値判断はなさそうなのである。かなり難解な文章ではあるが、ここに一部を紹介しておく。

「―略―まず、（筆者追記・佐藤満夫が刺殺された）一九八四年十二月二十二日の朝と夜があって、労働市場としての山谷が描かれ、その労働市場にピンハネ強化と天皇制下への統合を狙って登場した日本国粋会金町一家西戸組（大日本皇誠会―山谷互助組合）との闘い、そして、この社会的に非道の暴力が社会化する戦後における視点として一九四六年七月の新橋事件（ヤミ市から台湾系中国人を排斥するために松田組というテキヤが武装襲撃した）について林歳徳さんに語ってもらう」

一読してわかるように、山岡は佐藤の映像素材を活かしつつも、独自の左翼的な視点で作品をつくり直したのである。皇誠会戦を語るため、三十年以上もさかのぼって戦後混乱期の新橋事件に言及し、さらに被害者とされる無名の台湾系中国人を登場させている。皇誠会戦とのつながりを理解できる観客はほとんどいないだろうが、山岡はそれでかまわないのである。

「そして、保安処分と労働（―就労）問題と闘い、夏祭り、その最終日の八月十五日の靖国神社を、一九八五年の状況を象徴するものとして入れ、―中略―筑豊の打ち捨てられた炭鉱・炭住へと転回し、無人の風景から人の居る風景へと展開させます」

この、山谷から筑豊への展開が上映委員会では高く評価されたのである。

「意図はこうです――鉄が産業の米であり、国家であるとの謂《いい》の通り、その鉄を作るエネルギーとして筑豊の石炭が掘られ、そのために全国から労働者・労務者が集中して、一大『炭鉱都市』圏が生み出され、遠賀川をその交通（―運搬）の要所として、それを仕切る暴力構造を生み、筑豊と戸畑・八幡を結び、その行政府として博多が位置した。―中略―山谷・釜ヶ崎といった具合に労務者支配の実相を照らし出すと共に、その究極として、更にはその最も普遍的なものとして強制連行の労務者に到ります」

朝鮮人の強制連行に話が至って、おおよそ山岡の歴史観がイメージできるかもしれない。つまり、国家に支配される労務者の究極的な被害が強制連行だ、と言いたいのだろう。しかし、その意図を映画から具体的にくみ取るのは、文章の読解と同じように難しい。むしろ映画の印象として強く残るのは、争議団が手配師を吊し上げるラストシーンであろう。そこに映し出されるのはまさに暴力であり、争議団が寄せ場の闘争で獲得した権力そのものである。良くも悪しくも、争議団が金町一家と正面衝突に至らざるを得なかった根拠が、そこに映し出されているのである。

殺しの暗示

映画完成後の一九八六年一月十二日夜、上映委員会メンバーによって座談会が催された。そのなかに次のような暗示的な発言がある（前掲書、ルビは筆者）。

「『映画を武器とする』というのは単なる譬《たとえ》じゃなくて、具体的な意味をもってくる可能性は今だってあるわけですよ。というのは、『日本国粋会・金町一家―西戸組』という名前がポンと出てきて、悪党あつかいされているわけさ。まぁ、悪党なんだけど（笑い）。全国的にこの映画が反響を呼ぶほど、彼らの面子はまるつぶれなわけでしょ。ただ単なる文化活動として黙っているかどうかわからない問題なわけね。―略―」（平井玄）

「さっきカメラというものは、銃口に等しいものだといったけれど、―中略―あるときはやさしい目線を送ってくれた労働者もいるし、暴力的に『なにすんだ』という労働者もいたし、或《あ》るいは西戸組みたいにカメラに対して逆にドスを突きつけていくという返し方をしている。―略―」（神田十吾）

上映委員会もカメラが突きつける暴力性を十分に意識していたわけである。結果としてその警戒感は杞憂に終わらなかった。すでにこの時点で金町一家は周到な山岡襲撃計画を練り上げていたのである。そして、この座談会に参加していた山岡の身に異変が起きたのは、散会して十時間後のことだった。

立松和平は、山岡に関する取材記事の入稿直前に事件を知り、輪転機の横でペンを走らせた。

「佐藤の死後、実質的に監督を引き継いだ山谷争議団の山岡強一もまた、新宿の路上で射殺されてしまったのだ。私は寒い空に走りぬけた戦慄的なニュースを伝える新聞を傍らに置き、原稿用紙に向かう。

一九八六年一月十三日（月）午前六時五分頃、山岡は友人と新宿区の戸山ハイツの自宅をでて、アブレ金をもらうため新宿職業安定所（筆者注・高田馬場の職安）に向かっていた。その時、道路脇に駐車してある車から若い男が一人でてきて、行く手をふさぐかたちで前に立った。男は山岡と友人にピストルを向けたのだ。咄嗟《とっさ》に二人は背中を向けて逃げた。四発が発射され、山岡は後頭部と胸に銃弾を受けた。頭部に受けた弾のために山岡はほとんど即死状態だった。連れの友人に怪我はない。目撃者によると、犯人は赤い上着を着てパンチパーマをかけていたという。現場から西へ約一キロの北新宿の路上に、白いクラウンが乗り捨てられていた」（「世紀末通りの人びと」）

山谷争議団の主任弁護士だった安田好弘もすぐに事件を知った。

「連絡を受けて山さんの遺体を引き取りに行きました。遺体はきれいに整えられていて、すぐに葬儀ができるような状態になっていました。ただ、ほっぺたには弾丸が通過したあとの穴が開いていました。そこだけは隠せませんよね」

悲報

十三日早朝、キムチはまたもや南からの電話で悲報に接した。

「山さんがピストルで殺された」

久々に聞く南の声。しかしその内容は、キムチが山谷を離れていた半年の空白を一気に埋めてしまうほど衝撃的なものだった。

すぐに仕事をキャンセルしたキムチは戸山の山岡宅に向かった。仲間たちが新宿署に駆けつけているのは知っていたが、山岡の子供たちの顔が脳裏に浮かんできたのだ。子供たちがまだ帰宅していないことを知ったキムチは山谷に向かい、池尾荘に着いたのは昼ごろである。トイレの前には泣きながら立ちすくむ、「栄ちゃん」の姿があった。栄ちゃんは純粋な人格者で、だれもが一目置く無党派活動家である。当たり前のことだが、みんなひどく動揺している。このままではまずいことになる。悲しみにひたるいとまもなく、キムチは争議団の危機を直感した。

急報を受けた瀬尾が釜ヶ崎から駆けつけてきた。クリスチャンにしてアナーキストでもある瀬尾は部屋に入るなり黙々と仕事着に着替え始めた。瀬尾はすでに戦闘態勢に入っているのだ。キムチは「さすが元カマキョーだ」と素直に感心した。

当時、争議団の指導者は守健《もりけん》だった。キムチは守健の指示を受け、支援部隊のまとめ役にまわ

新宿区大久保の路上、山岡氏の射殺現場

った。キムチはあとで知ったことだが、アナーキストの早川たちは事前に火炎瓶を用意していたという。この日の夜の暴動で使われたはずである。

支援部隊は三十名ほどで、日大銀ヘル（文理学部闘争委員会）を率いる女性リーダーも参加していた。キムチが率いる部隊は情宣を展開するべく吉野通りに向かう。しかし、すぐさま機動隊に包囲され、南千住駅前の一角に押し込められるかたちになった。警察としては、暴動が起きるのは必至と見て左翼勢力を分断したわけである。キムチがあまり得意でないのを承知で必死にシュプレヒコールを上げていると、次々に集まってきた支援者たちが駅前の歩道橋の上から声援を送った。彼らはこの歩道橋を渡って泪橋の暴動に参加するのだ。

キムチの部隊は暴動の熱気をすぐそこに感じながら、午後八時ごろまで機動隊に包囲され続けた。おかげでキムチはまた暴動に参加する機会を逃したものの、率いた部隊から逮捕者が出る事態は避けられた。機動隊と群衆の攻防は泪橋から二キロほど離れた吉原方面まで広がり、六名の逮捕者が出たことをキムチはあとで知ることになった。

キムチが新宿・戸山にある都営団地の集会室に顔を出したのは午後九時過ぎのことである。五〇名ほどの関係者が重苦しい空気に包まれるなか、キムチは山岡の遺体に向き合った。

だれよりもいいかげんで、だれよりも信頼を集めた男の顔がそこにあった。キムチにとって山岡は父であり、兄であり、かけがえのない友人だった。人の死に臨んで泣いたことなどないキムチだったが、山岡の顔を見るなり体の底から涙が湧いてきた。石田が差し出してくれたハンカチは少しだけ悲しみをぬぐい取ってくれたが、キムチの心は泣き続けた。

山岡の妻・照子は気丈にふるまっていた。夫の体に四発もの銃弾を撃ち込まれた妻がどんな気持ちになるのか、キムチには想像がつかなかった。キムチの視線に気づいた照子がつとめて落ち着いた様子で声をかけてきた。

「キムチがいるから大丈夫――」

キムチはどう返事をしていいかわからなかった。


翌十四日、山谷の教会で催された通夜には、およそ一〇〇名の関係者が集まった。酔っぱらったトビちゃんが場にそぐわない大声を上げている。キムチは、広島からやって来た中山に注意するようながされたが、どうしてもトビちゃんを制止することはできなかった。トビちゃんの気持ちは痛いほどわかるし、山岡ならトビちゃんの醜態を笑って許してくれると思った。

キムチは山岡が殺されてからの二日間、丈子とゆっくり言葉を交わす機会がなかった。半年前、キムチは山谷の活動から完全に退くと約束していた。だが今回の事件でキムチが山谷に復帰するしかないことを、丈子は無言のうちに承知してくれた様子だった。キムチとしては心置きなく緊急事態に対処できることになったのだ。しかし、南が放った不用意な一言が丈子の心を傷つけた。南は丈子に向かい「照子さんみたいにキムチを支えるように」と口を出したのだ。もちろん南に悪意はない。しかし丈子としては、なにも知らない南が夫婦間に口をはさむことも、ましてや照子と自分を比較することも、とうてい許せなかったに違いない。キムチは南に反論しなかったが、心のなかで丈子に謝罪した。以降、丈子が南と口を利くことはなかった。

十六日には山谷で人民葬が行われ、葬儀のあと、山岡の家族を先頭に抗議のデモが行われた。警察は厳戒態勢を敷き、山岡の遺影を持って先頭を歩いていた十六歳の長男に、警官への投石の嫌疑をかけて拘束した。家裁は無実を認め、非行事実なしとして釈放した。

明かされた事実

山岡暗殺については、のちに明かされる重大な事実があった。

「山さんも山谷の運動に少し行きづまった感じで映画の製作に没頭していました。山谷の知り合いには、映画を持って全国を回るから一年くらいは帰ってこないよって、言っていたちょうどその日に殺されたらしいんです。だから自分が狙われていることは、まったくわからなかったんですよね。

じつは山さんが殺される直前に、争議団側で金町一家の看板をたたき落とした人間がいたらしいんです。ヤクザにとって看板を落とされるのは大変な屈辱でしょう。それで激怒した金町一家に山さんは殺されたんじゃないかっていう推測もあるんです」(三枝)

この看板たたき落とし事件は、およそ十年後に関係者が発表した記事で明らかになった。たしかに、金町一家が敵方のリーダーに殺意を抱くには十分な事件であり、実際に山岡を殺すだけの大義名分を金町一家に与えたかもしれない。後日、キムチが確認したところによれば、看板たたき落としの実行者は当時の指導部に報告し、よくやった、とほめられたようである。

ただし、金町一家はこの事件よりだいぶ前から山岡を狙っていた形跡がある。金町一家に近い関係者が語る。

「金町一家はだいぶ前から左翼を警戒して情報収集していましたよ。成田闘争で当時の過激派の連中が山谷に流れ込んできたでしょう。だけど、役所の人間にも左翼シンパは大勢いるし、関西から来て労働運動をやっているやつもいて、誰が誰だかわからない。だから金町一家はいろいろな人間を尾行していたらしい。大阪の連中が争議団の応援に来たら、アパートでふつうの服に着替えさせて、六本木かなんかで接待するという話も聞いた。これは金町一家が山岡を殺すためにマークして、つけ回していたからわかったこと。警察も尾行はやっているとは思うけどね」

この証言は、金町一家が相当の時間をかけて山岡暗殺を計画した根拠になる。したがって、八六年の年頭（一月二日）と思われる看板たたき落とし事件だけが、山岡暗殺の動機になった可能性は低いだろう。問題は別のところにあったのだ。

対峙防衛

キムチは金町一家への対応策として「やり返す」ことが優先ではなく、「事態を落ち着かせる」ことがまず必要だと考えた。キムチは緊急事態になると体も心もうまく回転すると自己評価しており、全力で使命を果たす決意だった。

そのキムチが本領を発揮する場面はすぐに訪れた。

「通夜の二、三日後のことだと思う。金町一家の五人組が池尾荘に殴り込みをかけてきた。ちょうど俺と竜さんと深田が池尾荘の前にいたんだよね。二人は池尾荘へ逃げ込もうとしたんだけど、俺は逃げないで戦うことにした。俺たちは三人とも体がでかいし喧嘩も強い。相手を見たらたいしたことはなさそうだった。とっさに戦う判断をして、二人に呼びかけて立ち向かおうとしたんだよ。そうしたら、ちょうどそのタイミングで機動隊が介入してきてね。結局はなにも起こらなかった。でも、その件がきっかけで、竜さんと深田が俺に戦闘隊長をやれ、と言ったので任務につくことになった。それ以降、現場では俺と深田で行動方針を決め、対外的には俺と竜さんで支援団体との調整をしていくことになった」(キムチ)

キムチが戦闘隊長として打ち出した方針は「対峙防衛」だった。つまり、みずからは攻めず、相手の攻めには退かず、という現実的な戦略である。とはいえ「専守防衛」よりは攻撃的な意味合いが強く自軍の士気が落ちることはない。

キムチの真意は、新たな犠牲者を出さないことであり、無駄な逮捕者を出さないことだった。左翼陣営が「反天皇制ファシズム」「金町一家解体」のスローガンに過度に振り回され、われを忘れてしまう事態をキムチは警戒したのである。

そもそもキムチの状況判断としては、労働組織とヤクザは目指すゴールが違い、たがいに戦うべき相手ではないのだ。さらに山谷に機動隊が常駐している以上、争議団と金町一家は戦争状態には至っていないのである。

「戦争というのは、おたがいにやり尽くすという状態でしょう。そこには誰も介入してこない。

機動隊は国連監視団みたいなものだよね。ぶつかりそうになると、さっと介入してくる。そういう体制ができあがっているのだから、これは戦争じゃない。警察に管理された左翼とヤクザの攻防だよね。そう認識したわけだ。だからそんなに危機感は持っていなかった。実際にはね」（キムチ）

兵士の本質

キムチがこういう認識を抱いた背景には、海外遊学の影響があったという。

「俺は台湾、インド、タイ、ヨーロッパに行っている。パリには六ヵ月いた。パリには軍事博物館があって、そこで第二次世界大戦中のレニングラード攻防戦のフィルムを観た。ソ連が製作した映画だよね。ソ連の兵士っていうのは厳寒のなかでみんなボロボロの格好をしてならんでいる。日本で言えば、山谷にいる労働者やホームレスみたいな人たちが兵士になっているんだ。あれを観てね、末端の人間はいつもこうなんだなあ、とつくづく思ったよ。

日本でもそうでしょう。司馬遼太郎が書いた日露戦争の旅順の戦いなんか、ロシアの要塞を目がけて山を登っていく日本兵がどんどん殺されちゃう。その兵士だって農村の末端の人間でしょう。ほとんど虫けらのように殺されていくんだよね。そのくせ司令官はいつも生き残って歴史を偽造するんだよ。

それとね、パリにはフランス語を学ぶための語学学校があるの。学生になると学食で飯が食える。学食は安くてね、まあ一食で何百円だよ。それが俺の主食だった。その学校にはアフリカの人間も来ているし、スリランカやバングラデッシュなんかのアジアの人や、中東のイラン人もいっぱい集まっているわけ。なかには学校に行ったことがないような人もいるけど、みんな同じ教室で勉強するんだよね。言葉がよくしゃべれるわけではないんだけど、そういう連中に話を聞いてみると、戦争を経験している人間が多いんだよ。要するに兵士になっている。兵士という立場は、彼らにとっては一つの職業なわけ。給料をもらえるんだよ。給料をもらえるから兵士になっている人が多いよね。

国軍の兵士だけじゃないよ。パレスチナあたりへ支援に行っているイスラム圏の人なんかも、ほとんどカネが出るから行くわけ。ほかに仕事がないんだよね。日本人が考える戦争の概念とはかけはなれているし、左翼が考える軍事論とも全然違うんだよ。そういった認識は持ったよね。それに、パリに行ったらイスラムの人たちが住んでいる街もあって、周囲とは文化も生活方針も違う。いろいろな国の人と会って、それまでとは違った視野で問題意識を持った。そういう部分が大きいよね」(キムチ)

キムチが海外での経験をもとに金町戦を見ていたことはたしかだろう。労働者とヤクザの戦いが、末端の下層同士の争いだと見なしていたことも理解できる。それならば、金町戦の意義はどこにあるのか。

「基本的には佐藤さんが殺されて、山さんが殺されたあと、なにもしないで放置することはできない。建て前でもいいから、こちらのプライドを示さなければいけない。ヤクザが右翼の看板を掲げて労働運動を攻撃する時代状況があって、山谷の日雇い労働者がいかに正々堂々と闘っているかを一般の人に広く知ってもらうことが重要だった。これは山さんも言っていたことだしね。だから具体的に勝ったとか負けたじゃなくて、闘いを維持していくことを目指したんだよ」（キムチ）

キムチの発言には、中曽根康弘政権の登場（一九八二）という時代背景がある。中曽根は国鉄分割民営化を強力に推進し、同時に国労（国鉄労働組合）をはじめとする労働組合を一気に弱体化させていった。また中曽根は内閣総理大臣として八月十五日の靖国神社公式参拝を果たし、憲法改正もとなえている。当時の認識としてはきわめて右寄りの首相だった。こうした中曽根政権の施政方針に左翼陣営は危機感を強めていたのである。

過激派の教訓

とはいえ、山谷の左翼がキムチとは別の観点から「金町一家解体」を叫んでいたことも事実である。左翼特有の、左からものを言うほうが強い、という原理はどう働いたのだろうか。

「金町一家に報復しなければいけない、という強硬論が絶対に出てくるはずだったけど、意外に周囲の活動家にはそういう傾向がなかった。暗黒の新左翼時代を経験して、内ゲバとか武装闘争の悪い教訓を総括してきた人間が多かったから、そういった過激な主張は少なかった。ただ、若い連中や一部の党派が強硬論を主張していたから、彼らに対する警戒心があった。その一派は抑えなきゃいけないんだよ。

ただし、俺はどこかのグループが暴走したとしても、その人間たちは認めたうえで守る、という前提だった。だけど自分からは誰もやらないんだよな。単独で威勢のいいことを言っていても、現場の人間たちを焚《た》きつけるだけのような言い方だから、それについては無視した。栄ちゃんなんかも、毛沢東の遊撃戦理論とか人民戦争論とか口に出していたけど、ちょっと時代が違うよね。党派の岩田（仮名）には、もっとはっきりしたやり返し方をしなければいけない、と言われたけど、それもほとんど無視した。純平が拉致された（後述）ときには岩田に協力を仰いだけど、結局はなにもしない。そういうことがあって、もう完全に見切っていたよな。自分個人で判断できなくて、上司にうかがわなきゃいけないようなやつは当てにできないわけよ。だからほとんど評価はしていなかった。

アナーキストのグループは口だけで、たいしたことはやれない連中だとわかっていた。これをやる、あれをやる、という話は俺に全部入ってきて、やっていいこと、やってはいけないことは判断していた。でも、なにも起きないんじゃないかとは思っていた」（キムチ）

キムチは自軍の状況を的確につかんでいたと言えるだろう。しかし、争議団の組織性のなさと、即製の左翼連合軍ならではの問題も抱えていた。

「キムチと深田の指揮も部隊があるときの効力で、全体を把握できるわけではないんです。要するに全体の指揮官がいないんですよ。誰かがワーッと状況をつくっちゃったら、もうそれに従うしかないという感じでね」（三枝）

キムチと深田は、組織全体の指揮系統がない前提で金町戦に臨まなければならなかった。そのうえで打ち出された方針が「対峙防衛」であり、あえて過激な行動は避け、地道な戦いに徹することで二人の意見は一致した。
「あれは苦肉の策だった。支援の人が多くてね、彼らも一緒に動くので無用な逮捕者を出したくない。だから『突っ込め』という指示は出したことがない。『止まれ』と『進め』それだけ。
日常活動としては、朝の梯団《ていだん》行動が終わったあと、池尾荘の前に支援もふくめて二、三十人で集まって集約会議をやるわけ。その日の行動提起とか、どんな集会があるのかを確認する。各支援団体が発言して、一日の行動を十五分くらいでまとめる」（キムチ）
梯団行動というのは、アブレ金（失業手当）の受け取り手続きをかねて、毎朝、池尾荘と職安を往復する隊列行動である。そのさいに「反天皇制ファシズム」「金町一家解体」などのスローガンを唱和する。いわば左翼としての儀式的な行動だが、一時期は機動隊が隊列の脇に張りついて移動することもあったという。なお、左翼内部には梯団行動を「カンパニア的」と見る批判もあった。本来、カンパニアは「政治的な目的で組織された大衆行動」（大辞泉）という意味であるが、批判的な解釈としては「見せかけ」の大衆行動という意味になる。こうした左翼特有の論点については、あらためて後述する。

日常と非日常

「集約会議のあと、みんなで朝飯を食う。卵入りの納豆にご飯とみそ汁で一食一〇〇円。食べ終わったら机出し（労務相談）がある。昼くらいまでいろいろな人が来て、たとえば支援で未経験の人がいたらレクチャーする人がいたり、絵がうまい人には看板の絵を描いてもらったり、タイチョーみたいに立て看づくりがうまい人には字を書いてもらったりする。

春闘のときは机出しで業者の賃金が妥当かどうかみんなで検討する。それで問題のある手配師なんかを呼んでくると、朝、センターに集まる労働者が山のように参加してくる。

池尾荘に通じる道は三本くらいあった。俺が指揮して最初の二、三ヵ月は、そこに機動隊がいつも入っていた。金町一家の事務所も表側と裏側に機動隊が配置されていて、多いときはゆうに一〇〇人以上はいたよね。機動隊がいなくなったあと、今度は角々に一人くらいずつ見張りを立てたけど、それも銀ヘルだよね。銀ヘルは日大闘争で有名だったんだけど、金町戦のころのリーダーは三十代の女性でね。卒業したあと、勉強と修行をかねて若い子を連れて山谷にやって来た。その子たちがヘルメットかぶってマスクしてさ。本当に戦争状態だったら、そんなことは危険すぎてできない。だけど労働者たちがいちばん真剣に話をしていたのは支援の女の子たちだと思うよ。

一緒に指揮を執っていた深田っていうやつは赫旗派の人間だけど、赫旗派は赤軍の流れをくんでいる。だから、いままでの粛清の問題だとか派手な戦争の総括を踏まえてきている。このとき赫旗派は大衆的な地盤をどうつくるかを主要課題としていた。やっぱり過去に馬鹿なことをやってきているメンバーが多いんだよね、赤軍関係は。それでも少しは大人になって無駄に派手なことはやらなかったんだよ。だから金町戦みたいなときに落ち着いて闘えたのは、日常的に地味にやってきたことが財産になったんだろうと俺は思う。

俺と深田がそんな感じだからね。一日の行動が終わったあと、支援なんかは喫茶店へ行ってコーヒーを飲んだりしていた。だから、ぎすぎすした緊張感はそんなになかったという印象があるんだよ。年配の支援の人が下駄を履いてきたことがあってね。若いやつなんかは、戦争状態なのに、とか文句を言うのもいたけど、みんな気楽に入ってこられるような場はつくってあった」

なにやら牧歌的な雰囲気さえただよってくるが、これは百戦錬磨のキムチならではの感想であり、金町戦の一面にすぎないだろう。戦争とは言わずとも、現に二人の死者を出した抗争は続いていたのである。

「記憶にあるのは竹竿部隊。竹竿は旗を巻いてカモフラージュしているけど護衛上の武器になる。この竹竿を持って金町一家に押しかけて行って、もちろん機動隊はいるんだけど、向こうの連中とぶつかり合ったことが何度もあった。やつらがワーッと出てきたら、フジヤンがそこらに置いてある労働者の自転車を積み上げてバリケードにしちゃうんだよね。

あとは金町一家の詰め所のドアをこじ開けて爆竹をバンバン鳴らしたりね。すごく煙が出るから、やつらは火をつけられたと思ったんだろうね。上の方の窓から顔を出して、かなり焦って怒鳴っていたよね」(三枝)

「キューちゃんたちは形式的な梯団行動に不満を持っていた。そういう元釜共の人間たちなんかは、金町一家のやつが一人で歩いていたりしたら捕まえて殴ったりしていたからね。

ヤクザ同士だって抗争になれば看板に拳銃で撃ち込んだりするわけだよね。だから池尾荘の階段の下からやつらが拳銃を突きつけてきたり、階段を上がって本格的に侵入しようとしたこともあったけど、そのときは石やんがやつらを突き落として、そのまま帰らせたよね。だけどびっくりするよ。池尾荘の窓から見ていると、やつらは一〇人くらいで隊列を組んで襲ってくるんだから。まあ、パフォーマンスだよね」（キムチ）

「池尾荘には金町一家から嫌がらせの電話が毎日かかってくる。その対応がまたすごかったね」（三枝）

「釜ヶ崎から来た派遣団の藤井さんがもろに関西弁でね。演説もうまいんだけど、その話し方といったらヤクザ的でねえ。ヤクザの脅し以上に脅しをかける」（キムチ）

二人の話しぶりに深刻さは感じ取れない。しかし現実としてヤクザとの殴り合いが展開され、実物の拳銃まで向けられていたのである。二人は目撃していないが、池尾荘に火炎瓶が投げ込まれたこともあったという。もちろん労働争議とはまったく異質の緊張を強いられたわけである。

「まあ、そのレベルのやり合いではこちらのほうが人数も多いし、命知らずはいっぱいいるから五分以上に戦えるわけです。でも本格的に『殺す』という行為になると、僕らはそこまではやれないですよ」（三枝）

たしかに「殺す」か「殺さない」か、その一線の差は大きい。しかしどう考えてみても、事態はつねにぎりぎりのところまで緊迫していたはずである。つまり、いつ誰が殺されても不思議ではなかったに違いないのだ。

「いちばんショックだったのは、釜ヶ崎から来た支援のハルさんがやられたことだよね。ハルさんは支援の仲間たちと何人かでマンションを借りていた。俺たちも泊まり込んでいたところだけどね。ハルさんが外へ出たときに、車で乗りつけた金町一家のやつらが、おそらくバットで襲ったんだろうね。ハルさんは頭をやられて、それがかなり重傷（頭蓋骨陥没）だった。俺はすごくショックを受けたよ。

それから一年くらい経ってからかな。京大の支援の集会に行ったら、ハルさんが出て発言していた。『襲撃を受けてハルはもう駄目だと言われたけど、このとおり元気になりました』とみんなに報告してね。そのときは本当に感動した」（キムチ）

左翼が労働運動の枠内で「殺さない」意識を持ったとしても、ヤクザは「殺す」あるいは「殺してもいい」意識で来る。そうでなければヤクザは抗争を勝ちぬけない。もし仮に左翼が「殺す」意識を持つとすれば、むりやりにでも武装闘争や暴力革命の理論に結びつけるしかなくなるだろう。左翼として無原則に「やられたらやり返せ」を実行するわけにはいかないのだ。もちろんそんな理屈をこね回しても意味があるとは思えないが、結果としてヤクザと左翼の正面衝突は、金町戦勃発時に山岡が指摘した「早く終わらせなければ大変なことになる」という状況をまさに現実としてつくりだしていたのである。

カンパニア

さて、ここで「カンパニア」の問題を検討しておこう。先述したように、カンパニアは「政治的な目的で組織された大衆行動」を指す。ただし「カンパニア的」という批判的な解釈ではかなり意味合いが変わってくる。

「難しいニュアンスですよね。船本（洲治）がよく新左翼の運動を〝カンパニア的〟だって批判していましたよ。簡単に言うと、新左翼がよく使う〝粉砕〟という掛け声がありますよね。粉砕は粉々にすることですから〝反対〟よりはきつい言い方です。新左翼はそういう過激な言葉を使うけれども実際にはなにもやらない。実際にやったら、つぶされることがわかっていますからね。要するに、そんなものは〝見せかけ〟の闘いだという意味ですね」(三枝)

「意味としてはそのとおり。だけど、たとえば梯団行動のような日常的な運動をカンパニア的と言ったらよくないと思うよね。金町戦の渦中でも、毎日こつこつと同じことをくり返すしかない、ということなんだよ。当時の傾向は、反ファシスト戦だ、金町戦争だ、という派手な盛り上げ方だったけど、地道に運動を継続することが基本なんだよ」(キムチ)

「新左翼党派の武装闘争でも、大使館かなんかに鉄の球をポーンと撃ったら、ロケット弾で攻撃したとか言うじゃないですか。だけど、ただ鉄の球を飛ばしただけですよね」(三枝)

「鉄の球がどこかに落ちただけ」(キムチ)

「それを、ロケット弾を撃った、とか言うから宣伝のほうが過剰になる。やるんだったら黙ってもっとすごいことをやれよ、という感じが寄せ場の闘いにはあったんですよ。われわれは新左翼のそういう宣伝過剰な闘いとは違うよ、実質的な闘いをやるんだよ、という意味でね」(三枝)

新左翼運動を観察するうえで、じつに興味深い指摘である。新左翼が好む過激な言葉使いは社会から浮き上がる要因となり、場合によっては失笑さえ買う。しかし一方において組織の高揚感をもたらす効果はあるのだろう。たとえばアジビラの常套句で「鉄槌を下す」という表現がある。これは「強く批判する」というほどの意味で、もちろん実際に鉄のハンマーを振り下ろしたりはしない。こういう過剰な表現そのものが、いわば新左翼の業界用語である。その結果として得た高揚感が臨界点を超えれば、理性を押しのけて狂信性につながる。少なくとも一般社会の目にはそう映る。

ただし、当然ながら他の業界にも業界用語はある。周知のとおりヤクザにしても多分にカンパニア的な表現を用いる。わかりやすい例では「夜、一人で歩けなくしてやる」という脅し文句がある。しかし、この脅しは少なからず実行されるから、ヤクザはヤクザでいられる。あるいは「血のバランスシート」という表現がある。これは抗争で敵方に必ず自軍と同じ殺傷被害を与える、という意味である。一見してカンパニア的ではあっても、この原則は現在でも抗争の掟《おきて》として実践されている。革命は幻想だとしても抗争は現実なのである。そういった現実に対する左翼の無自覚を、寄せ場で闘う活動家は感じざるを得なかったのだろう。

拉致には拉致で

事態が平行線をたどるなかで、今度は純平拉致事件が起こった。

「玉姫で情宣をやったとき、少し離れた角に純平というメンバーを警備で立たせておいた。そうしたら車で乗りつけた金町一家のやつらにさらわれたんだよ。純平が拉致されたことがわかって、とりあえず池尾荘の前でドラム缶に火を焚いて一〇人くらいが待機した。このときは金町一家の事務所の前にマスコミも来ていたね。

こちらとしてはどういった対抗措置を取るか、そこが考えどころだった。それで俺は、拉致には拉致で対抗しようと決めたわけだ。金町一家を引退したあと近所に住んでいる元幹部がいて、その住まいを把握していたから、おたがいに拉致し合おうと決めた。

その決死隊のメンバーは俺が指示して集めた。党派の関係者に話すと面倒だから外して、労働者連中でも簡単にケツに乗っかるようなやつは駄目だから、そういう任務に耐えられるようなやつしか選ばなかった。俺の判断で入れたメンバーの一人は、途中で不安になったと言うからすぐに帰した。なんの問題も残さずにね。とにかく強制的にやらせることがいちばんよくないんだよ。だから後腐れのない人間だけにしぼった。もうどうなってもかまわない、という人間はいるからね。

俺だっていつもはつまらんことしかやっていないけど、こういうときはやらなきゃいけない。ただ組織的な問題には一切しなかったんだよ。あの当時、ふつうにカンパニア（梯団行動など）をやっていても、攻撃したいとか言い出すやつはいっぱいいたんだよ。勝手にやればいいのにさ、言ってくるんだよ、俺のところに。これをやっていいかどうかって。

俺は許容範囲の提言にはオーケーを出しておいて、あとで評価もなにもしない。やばいと思うやつには駄目出しをするけど、問題ないやつには暗黙の了解というかたちでゴーサインを出した。これが俺と竜さん、二人だけの確認事項だったね。

ところが、この拉致計画を進めている途中で電話があって、純平が解放されたというんだ。池尾荘に行ったら、純平と安田弁護士がいてね。流れとしては、松倉が安田さんに純平の拉致を伝えて、安田さんが警視庁本庁の管理官あたりに電話したんじゃないかな。そして本庁から金町一家の工藤に、このままじゃ大変なことになる、というような連絡がいったと思う。それで工藤から解放命令が出されたんじゃないか。だから、なにも被害はなかったわけだ。俺はそう理解した。なるほど、こういうやり方もあるんだと思って感心したよ。このあたりは松倉の頭のよさだよね。

結局、純平が拉致されたときに決死隊はなにもできなかったけど、やつらの車を十台くらいはつぶしたんだよ。次の日に、マンモスの前につぶれた車がずらっと置いてあったからね」（キムチ）

四畳半の本部

金町戦が長引くなか、左翼陣営としては終わりのない闘いを覚悟し始めていたと思われる。戦闘員のモチベーションはどう保たれていたのだろうか。

「生活の支えとしては、俺たちをこころよく雇ってくれる親方もいたし、その親方にたりない印紙を工面してもらったりして職安でアブレを取ったり。ほかには差し入れなんかもときどきあって、共同炊事もしていたから単身者はなんとかなった。だけど、子供のいる家族持ちは大変だったと思うよ。

ただ、支援で梯団行動に参加していない人でも、いろいろ協力してくれたからね。釜共出身の鈴木さんという鉄筋屋は毎日酒ばかり飲んでいたけど、いつも俺たちに寿司を買ってきてくれたしね。同じく釜共で竜さんの相棒だったカムイってやつは、ずっと行方不明だったのに、突然、山谷で声をかけられたんだよ。俺たちが山谷で闘っていると知って来てくれたんだね。カムイは金町一家周辺を詳しく調査してくれた。実際、むかしの仲間がいろいろ参加してくれたよね。俺が高校時代に一緒に運動していた相棒は、会社をつくって社長になっていた。俺が発言している場面がテレビに映ったことがあって、その相棒からも援助金が来たよ。おまけに電気ショック（スタンガン）までくれてね。でもそれは武器としてはやばいから人に預けておいた。高校時代の仲間からはほかにもかなり援助があったよね」（キムチ）

「池尾荘は一部屋にキッチンが付いたようなむかしふうの木造アパート。そこに大勢で寝泊まりしていたんです。あとは玉姫職安の二階が都営住宅になっていて、そこに生活保護のおじいさんが住んでいたんですけど、その人から部屋を借り受けるかたちで僕らが使っていた。そこでも何十人かがザコ寝しながら生活していたわけです。釜ヶ崎の派遣団は常時二〇人くらいはいまして、その人たちは別に部屋を借りていました。

事務所があった池尾荘の二階は四住戸くらいありましたから、ほかの住人もいました。僕らはなるべくあいさつするようにしていましたけど、まあ、迷惑はかけましたよね。彼らだって文句があっても言うに言えない感じでしょう。僕らが金町一家とワンサカやっている状況ではね。金町一家の襲撃のあとも住人たちはそのままいましたよ。

大家さんが社会党のシンパで、最初はものすごく文句を言ってきたんですけど、そのうちになにも言わなくなっちゃった。われわれの様子を見てそれどころじゃないと思ったんでしょう。部屋の防御はとくにしていませんでしたね。でも窓からつねに誰かが外を見張っている状態です。夜も交代で不寝番をやりましたから」（三枝）

ある争議団メンバーによれば、池尾荘の大家は、警察から争議団との賃貸契約解除を求められていたという。しかし大家はその要請を拒否したのだ。

「とくに俺の印象に残っているのは、一癖も二癖もある人間たちの混成軍団が喧嘩もしないでよく指示に従ってくれたこと。

ふだんはみんな仕事をしながら息抜きも自由にやっているわけだよね。でも金町戦の最中は仕事にもあまり行けないし、アブレ手当を職安へ取りに行くのだって集団行動だしね。

夜は四畳半一間に一〇人くらい泊まっていて、電気を点けっぱなしで誰かが見張っていたから、とてもゆっくり眠れる状態じゃないよね。それでもみんなが役割を守って、暴挙に出る人間もいなかった」

物質的な援助に加え、思わぬ精神的な応援も得たキムチは、自軍をほどよい手綱さばきで統率し、対峙防衛をつらぬいた。

奪われたカメラ

山岡殺害以降、金町戦における一つの山場は喫茶「グリーン」前の攻防だった。

きっかけになったのはカメラである。金町戦では、たびたび写真・映像が事件につながったとは記憶しておくべきだろう。カメラの持ち主は南條直子。アフガン戦争で現地への潜入を果たした初の女性カメラマンである。

「山谷への回廊　写真家・南條直子の記憶　1979‐1988」（編・著　織田忍）によれ

ば、南條は磯江事件の翌一九八〇年、二十四歳のときから山谷に住み着き、数千枚におよぶ寄せ場の写真を残している。三里塚闘争に参加した経験を持つ南條は、山谷争議団とも密接な関係にあった。

あくまでも余談であるが、当時の男女意識をうかがわせる手がかりとして、次のエピソードを紹介しておこう。

「南條さんは争議団メンバーの孝太郎（仮名）という若いアナーキストと付き合っていて、その縁で山谷に写真を撮りに来ていました。孝太郎は南條さんに、下層女性の真実を知るためには吉原のトルコ（ソープランド）で働け、というようなことを言ったらしいんですよ。南條さんは実際に吉原で働くべきかどうか思い悩んだ。でも、やっぱりそれは女性差別だ、と反発して山さんに話をした。それから孝太郎に対して女性差別の糾弾が始まったんです」（三枝）

「孝太郎は俺が争議団に連れてきたんだけど、それまで山谷で女性差別糾弾なんて一切なかったわけよ。女性問題なんてはじめてだよね」（キムチ）

もちろん孝太郎が当時の男の意識を代表しているわけではない。そもそも、孝太郎のブラックジョークか、ちょっとした男女間の痴話喧嘩だったかもしれない。しかし男だらけの山谷でも、ようやく性差別が糾弾の対象になり始めた時代なのである。

金町一家の拠点になっていた喫茶「グリーン」は、吉野通りに面する寄せ場のど真ん中にあった。当時、左翼の情宣に対して「グリーン」に集まった金町一家の組員が罵声を浴びせ、警戒を強める機動隊が早朝から出動する日々が続いていた。

四月三日、機動隊と労働者が寄せ場を埋めつくすなかで南條は朝から撮影を始めた。南條が「グリーン」の正面に立ってシャッターを切ると、迷彩服を着た金町一家の組員が足早に近づいた。組員が南條のカメラを奪い、南條が大声を上げて抵抗する。

この光景を見ていた労働者の一人が石を投げた。この一投が呼び水となって寄せ場は人の濁流と化した。そこから暴動へ発展するまでに時間はかからなかった。発端はあくまでも南條の個人的な行為だったものの、寄せ場にはいつ暴動が起きてもおかしくない負《ふ》のエネルギーがみなぎっていたのである。そのエネルギーのぶつけ先は、この日に限って言えば金町一家だった。労働者たちの激しい投石は金町一家を窮地に追い込んだ。「グリーン」に立てこもった金町一家組員は、シュガーポットやコーヒーカップを投げ返し、ついには民家の屋根に登り瓦《かわら》をはがして投げつけるような状態だった。争議団の資料によれば、この日の暴動に加わった労働者は二〇〇〇人におよんでいる。

「『グリーン』はそんなにむかしからあった喫茶店ではないんですよ。金町一家の関係者というか、要するに幹部の彼女にやらせていたみたいですね。ヤクザが経営する喫茶店には特徴があって、知っている人が見ると、おしぼりなんかでわかるらしい。店の表は防弾ガラスを使っていて、竜さんなんか暴動のときにさんざん石を投げても割れなかったそうです」（三枝）

「グリーン」の防弾ガラスは対立組織の襲撃への備えだったのかもしれない。しかし労働者の攻撃に虚を衝かれながら、思わぬところで役に立ったわけである。

ちなみに、この模様を写真週刊誌「フォーカス」（一九八六年四月十八日号）は、「山谷を揺がす『大抗争』――〝金町一家〟と〝争議団〟の3年越しの対立の果て」と題し、次のように報じた。

「その山谷でこの朝、迷彩服姿のコワモテの面々と、労務者スタイルのグループがにらみ合った末、空きビンや石などを投げ合う激しい衝突が起り、一帯はにわかに〝市街戦〟の場と化したのである」

「労働者の間から『最近ではいちばん盛り上がった』という声も聞かれたくらいこの日の衝突はハデだったわけだが―中略―争議団側が『暴力団の手配師追放』を旗印にしているのに対し、金町一家側は『争議団こそ労働者を食い物にしており、そのやり口は暴力団そのもの。近隣への迷惑は申し訳ないが一歩も退けぬ』と強く反発し、両者の対立はおそろしく根深いのである」

金町一家の言い分は抗争勃発時から変わっていないが、一方、左翼はこの大規模な暴動をどうとらえていたのか。

「この暴動には、梯団行動をする実働部隊は参加していない。そこから外れたグループは何人か行っていると思う。キューちゃんたちだよね。

『グリーン』のときにちゃんと闘っていれば、金町一家をもっと追い込めた、結果として左翼は敗北しなかった、という意見もある。だけど俺らが乗り出したって逮捕者が出るだけだよね。それに俺は敗北したなんて思っていない。具体的な攻防よりも、戦いを維持して大衆に知らしめる

ことが重要なわけ。それが大衆的な反撃なんだよ」（キムチ）

暴動に乗じて敵を倒す、という考え方は、左翼であれば当然浮かんでくるものと思われる。しかしキムチは勢いまかせの攻撃命令を下さなかった。この方針は慎重策でもなければ消極策でもない。キムチにとって「金町一家解体」は目指すべき勝利ではなかったからだ。キムチ個人の勇猛果敢と運動の本質は別物であり、対峙防衛の方針は最後までぶれることがなかった。

革命と暴動

この偶発的な暴動は別として、左翼は一万人近い労働者のうち、どのくらいの支持を集めていたのだろうか。

「梯団行動について言えば、池尾荘を朝スタートして職安から帰ってくるでしょう。そうするとドヤにいる人間から、うるさい、とかなんとか言われるわけ。だから、そんなに支持されていることではないという感覚は持っていた。センター前でやっている机出しには大勢の人が来ていたし、直接文句を言われたわけではないけどね。結局、ヤクザに対してなにもできないんだなあ、ということが労働者の実感としてはあったと思う。そんなに圧倒的に支持されていたという認識はないよね」（キムチ）

「全体として山谷の労働者は警察に対する反感は持っている。だから暴動状態になったときに労働者が警察とぶつかるのは当然だし、ヤクザともぶつかるんです。両方とも権力を持っているという意味では同じ感覚ですからね。たとえば一〇〇〇人の人間がいて、みんながいっせいに集まって来ても全員が同じ行動をするわけじゃないですよね。争議団の味方をする人もいれば傍観者もいる。ただ一〇〇〇人もいると、警察とかヤクザのほうから見れば、全員が自分たちに向かってくるという被害者感覚は持つと思いますよ。逆にわれわれとしては、みんな味方だなと思いやすい」（三枝）

「暴動のときに、まわりを囲んでいる人と、実際に暴れている人は、いっしょくたなんだよね。まわりで見ていて暴動に反感を持っている人はいないんだから。馬鹿なことをやっているなあ、と思うより、面白いことをやっているなあ、と思って見ているんだから。一種のお祭りというか、ハレの日だな。ふだんおとなしくしてなにも表現できない人間たちは、みんなが動けば加担するんだよ。すごく解放された気分になるんだよね。みんなが集団になって、なにが起きるかわからない状態だからね」（キムチ）

「だから暴動というのは立ち会ってみなければわからないと思うけど、不思議な空間だよね。一種、宗教的で神的な空間なんですよ。活動家は自分たちで暴動を起こしたと言いたがるけど、あれは目的意識を持って起こせるものじゃない。自然発生的に起きるものでね。革命もそうなんですよ。それをむりやり起こそうと思ったらスターリン主義になる」（三枝）

暴動が、労働者にも見物人にも、一瞬の解放感をもたらしたことは間違いないだろう。そして左翼が暴動を待ち望むのは、まさに革命状況を体感できるからにほかならない。そう考えれば、革命を夢見る左翼が寄せ場に結集するのは必然的な結果だろう。したがって、地元住民の受難も地政学的に運命づけられていたことになる。

嫌われ者

金町一家の本部近くで飲食店を経営していた田中成佳は、その地政学的な影響をもっとも強く受けた地元住民の一人である。

「うちはホテルの一画でスナックみたいな店をやっていたけど、八年でやめました。争議団に店をぶっ壊されたから。

山谷で映画を撮っていた監督が殺されて、その日は命日だったんですよ。それで争議団がみんな来て、このあたりをグルグル回っていました。そのときにちょうど志和（志和組組長）さんが店に来て飲んでいたんですよ。一緒に連れて来たのはテコでヤクザじゃないんですけどね。

そうしたら、争議団に入ってこられて喧嘩になっちゃった。お客は七、八人で争議団は五、六人いたと思うけどね。うちはせまくてカウンターくらいしかない店だから、争議団は入り口のところで交代しながら喧嘩している。喧嘩としてはほとんど一対一の状態だよね。やられたら嫌な客は奥のほうで椅子を持って構えているだけだから。それでも斬ったり斬られたりで怪我をしたやつが出て、そのうちに金町一家の若い衆がドーッと来たから、争議団は逃げたんだよね。

逃げたのはいいんだけど、そこに割って入ったのがマンモスだよ。それで警官が争議団に後ろからぶん殴られた。あいつら警官をやっちゃったんだよ。だから俺も翌日浅警に呼ばれて調書を取られたんですよ。だけど俺は目が悪いから、人相確認で白黒写真を見せられてもわからないんだよね。冬で帽子をかぶったりしていたから全然わからない。誰が来たかと言われたって、入り口のところで取っ組み合いをして、また違うのが入ってきたりしていたから、わからないよ。店にいてやられた人はわかっているよ。うちで飲んでいる客だからね。

そのときに看板なんかを壊されたんだよ。その被害の分は金町一家のほうで全部払ってくれたけど、店はもうやめちゃったよ。そんな状態だから、地元の人はもちろんヤクザより争議団を嫌うよね」

「暴動があったら、このへんの店は営業時間中でも入り口に柵をしたり、シャッターを閉めちゃったりする。でもその前に活動家が土足で入って来ちゃうこともあってね。警察のほうは、誰々があっちへ行ったぞって、名前を出して言うの。メンバーは全部わかっているんだね。

まあ、地元の人にとっては、右翼のヤクザも左翼の騒動屋も、どちらも迷惑な存在ですよ。騒ぎが起きればまた山谷のイメージが悪くなるとは思っても、あきらめの境地といった感じでしょうね」（帰山哲男）

左翼と警察

山谷の地元住民が不満を募らせるなか、左翼と警察の関係はどうなっていたのか。

「ヤクザとマル暴はけっこう個人的な関係ができたりすると思うんだけど、左翼は警察と馴れ合わないというのがポリシーだからね。パクられても理想とするのは完全黙秘。まあ雑談くらいは応じる人もいるけど、完黙がいちばんいいとされていて、刑事と個人的な関係はなかなかできないんです。僕なんかは完黙ですよ」（三枝）

「完黙はきついんだよ、すごく。あんなのできる人はすごく少ない。俺なんか完黙はしない。頭を使わないとね。ただ向こうはプロだからわかっちゃうんだよね、言葉の端々で。完黙でも、なんか言われたときはドキッとして態度が変わるもん。

警察は、左翼に対しては完全に指名逮捕なんだよね。寄せ場の活動家に対するやり方っていうのは、むかしから延々と変わらない。要するに中心メンバーを勾留させせちゃえってことだもん」（キムチ）

「左翼の当事者の立場からすれば、ヤクザと警察はつるんでいるように見える。客観的に見てはどうかわからないですけど、そういう気持ちはつねにありました。

ただ取り調べでは左翼だからといって、とくに差別的なあつかいを受けることはなかったですね。山谷関係じゃないところでは、党派の幹部が一日に十時間以上の取り調べで詰められることがあったようですけどね。山谷でそういうことはありませんでした」（三枝）

「現闘や釜共の時代（七〇年代前半）はマンモスに逮捕されて二階で殴られたり、本庁に連れていかれて道場でボンボン投げられたり、そういった話は聞いたよね。八〇年代に入ってからは聞かなくなった」（キムチ）

「暴動のときには警察の道場でよくやられたらしいんだけど、道場でボタウチ食らったときは釈放されるんだよね。逮捕できない腹いせにやるみたいで、逮捕できる人間にはやらない。だからもちろん正当な行為ではないですよ。要するに暴動では逮捕してもなかなか起訴できないんですね。警察も暴動では鎮圧するのが先決で証拠を固める余裕がないんです。だから逮捕するよりも

裏でボコボコに締める。そういうことはけっこうあったみたいですよ」(三枝)

「若いころは警官にツバをかけられたりしたら思わず手を出しちゃうでしょ。金町戦のときは、そういう役割の警官が一人いたんだよ。俺の目の前で挑発するわけ。ツバをかけるなんて平気でやるからね。ヤクザとやることは一緒だよ。ただ手を出したらやられちゃうことはもうわかっているから、絶対に気持ちを抑える。向こうも感情的になっているしね」(キムチ)

話の限りでは、警察の対応は過激派にもヤクザにも似たり寄ったりと言えるだろう。道場への連れ込みや警察署内での暴力行為は多くのヤクザが体験させられている。要するに過激派もヤクザも同様に、一般市民と見なされていないことになるだろう。

しかし、公安にとって過激派は特別な存在である。争議団に対する見方はどうだったのか。

「争議団には過激派の党派に属する人間もいたし、山さんとかキムチのように〝旅団派〟と言われる船本系列のグループもいたわけです。船本は沖縄で焼身決起したときに過激な檄文を残していますよね。その流れでいうと、争議団は大衆運動だけじゃない、という公安的な見方はしていました。取り調べでも公安が出てくることはよくありましたよ。僕なんかも旅団派だと誤解されていたようで、最後のころは公安ばかり出てきた。警察も情報が錯綜していたんじゃないですかね」(三枝)

「旅団派というのは、大衆運動、合法運動、非合法運動の三つの領域のなかで、非合法運動をになうというふうに見られていた。『旅友《りょゆう》』っていう過激思想の会報があったからそう呼ばれたんだけどね。『旅友』はどちらかと言えば、『さそり』の黒川君なんかにも共鳴している内容で、旅団派はそういう志向性を持ったグループだと思われていた。俺とか山さんとか竜さんなんかは旅団派だよな。三ちゃんは違うけどね」（キムチ）

暴力革命を否定している共産党に対して公安はマークを外していない。もちろん公表はされないが、公安はさまざまな諜報活動を共産党に対し行っているとも言われる。したがって新左翼が暴力革命路線を放棄しない以上、公安がマークするのは当然のことである。それよりもむしろ、暴対法、暴排条例によってヤクザが銀行口座すら持てず、部屋も借りられず、足抜けしても五年間は縛りが解けない現在の状況を、新左翼はどう考えるのか。ヤクザとその家族の人権を新左翼はどうとらえているのか。そこが気になるところではある。なぜなら暴対法も暴排条例も、既成左翼の共産党をふくむ全会一致で成立したからである。

この問題について、三枝は個人的な見解としてこう述べる。

「ヤクザもふくめ、すべての人間に人権があり、守られるべきだと思います。だけどヤクザが相手に暴力をふるうとき、相手の人権を尊重しているのか、という問題はあると思いますよね。ちなみに安田弁護士は、暴対法の反対運動をしていましたよ」

判決

「山谷争議団幹部殺しの保科に懲役15年　東京地裁判決

東京・山谷地区で労働者の支援活動をしている『山谷争議団』の幹部、山岡強一さん（当時四十五歳）を短銃で射殺、殺人罪などに問われた元暴力団日本国粋会金町一家金竜組幹部、保科勉被告（二九）に対する判決公判が十七日、東京地裁刑事二十部で開かれ、反町宏裁判長は『犯行は計画的、冷酷、残虐で悪質』と懲役十五年（求刑同二十年）の実刑判決を言い渡した。
判決によると、保科被告は山谷地区で対立していた『山谷争議団』の幹部だった山岡さんを殺そうと計画。今年一月十三日午前六時ごろ、新宿区大久保一の三の一四の路上で山岡さんの胸や頭に短銃の弾丸四発を発射して殺した」（毎日新聞一九八六年六月十八日）

金町一家の二人のヤクザは、佐藤と山岡の命をあっさり奪った。山岡はヤクザを流動的下層労働者と同じ階層だと考えていたが、弁護士の安田はこう分析する。

「ヤクザというのは分けて考えなくてはいけないんです。ヤクザの幹部グループと、アゴで使われているような若い衆とは全然違うんですよ。山岡さんが言っているのはヤクザの幹部じゃなくて、突破者として前に出てくる若い連中。そういう人たちはまさに下層労働者と同じです。

もっと言うと、山谷の活動家というのは全部インテリなわけですよ。ヤクザの現場にいる突破者とはまったく違うんです。現場のヤクザはやっぱり全国に散らばっていて、なおかつ少年院にいたとか、そういう人たちばかりなんですよ。しかし、山谷のいわゆる活動家と言われる人は大学出であったり、仮にそうでなくてもいろいろな本を読み込んでいて、少年院なんか行った経験がない。そういう人ばっかりなんですね。ですから階層的に見るとヤクザの突破者の人たちはもっと流動的で最下層ですよね。

ただ山谷で活動している人間に対して、ヤクザは本当に棍棒や鉄棒を持って追いかけてきますからね。彼らの暴力というのは半端じゃありません。レベルが違いますね。

山岡さんが言っているのは観念的な問題で、ヤクザ社会にある親子の盃の重みとか、疑似親子の関係の強さというものを僕たちは知らなかった。そこまでヤクザ社会を知らなかったんですよ。せいぜい映画で観るくらいの話でね。じつはヤクザというのはものすごく強くて、だから人を刺したり撃ったりするくらいのすごいことが起きるんですね。

そんなことを僕らは知らなかった。つまり本当にやむを得ない対立関係じゃなくても、平気で危害を加えてくるんですね。刑務所に十年行こうと十五年行こうと、それは彼らにとって勲章になる。服役しているあいだは組がちゃんと面倒を見てくれるし、帰ってくれば幹部の座が待っている。そういうことは当時、僕らは全然わからなかったんです。山さんも知らなかったしね。

とにかくあまりにも強すぎるんですよ、向こうが。山さんもはじめて実感として持ったと思うんですよ、ヤクザの強さに労働者の力はおよびもしなかったということを。ヤクザは半端じゃない、捨て身の闘いを平気でやってきますから」

安田が漠然と抱いていたヤクザ観は、金町戦に遭遇して衝撃的な変化をとげたようだ。現実の暴力は肉体ばかりでなく、それほど人の精神にも影響をおよぼすのである。視点を変えれば、なんの助けもなく、ヤクザの暴力をまともに受けてきた労働者の痛苦は、はかり知れない。それゆえに、争議団が果たした役割は再評価に値するのである。

第十一章　戦線離脱

闘いか家族か

佐藤満夫が殺害された八四年十二月以降、三枝はうつ病の予兆を自覚していた。そしてこの予兆が現実となって争議団を離脱することになった。

当時、三枝は寄せ場の運動で知り合った女性との付き合いを深めていた。彼女には別れた夫との間に二人の子供があり、三枝は町屋にあった彼女のマンションで家族同然の生活を送っていた。町屋での日々は三枝に安らぎと満足感をもたらすものだった。しかし佐藤に続いて山岡まで殺害されたことにより、うつ状態に入った三枝は葛藤が続くことになる。

「山さんが殺されて、やり返さなきゃいけない、という気持ちはあったんです。実際にできるかどうかは別にしても、相手を殺す覚悟を持つということですよね。そうなると長い刑務所生活を覚悟しなければならない。でもその時点で彼女と子供たちを失うことになる。どう考えるべきか、答えを出せずに悶々としていたわけです」(三枝)

この間の事情は、大筋を述べればよくある話におちいり、子細を述べれば遠回りに過ぎる。端的に言えば、闘いを取るか、家族を取るか、という二者択一を三枝は自分に突きつけたのである。それに加えて、三枝が金町一家との組織戦に展望を見出せなかったという事情もある。キムチには、日雇い労働者の闘いを継続して大衆に知らしめる、という目的があった。一方で三枝は、本来あるべき労働運動からの逸脱を強く危惧していた。ヤクザと正面衝突することに価値を認められなかったのだ。この相違点はこれまで述べてきたとおりである。

結果として三枝は、闘いも家族も取らなかった。八六年五月以降、争議団からも家族の前からも姿を消すことによって葛藤に結論を出したのである。三枝はその代償として活動家としてのキャリアと、安らぎある生活を差し出さなければならず、「赤穂の四十七士から脱落した」という喪失感を抱えながら、後半生に答えを持ち越すことになった。

「争議団に顔を出さなくなったあと、少しの間は彼女のマンションでくすぶっていました。でも職安にはアブレを取りに行ったりしていたんです。仲間に会わないように遅い時間に行ったりしてね。それでもたまには顔が合っちゃいますよね。彼女のマンションを出たあとはドヤ住まいをしていたこともあって、ドヤの仲間と朝から職安周辺で酒を飲んだりしていました。そこでものすごく親しかった仲間に見つかって『ウロウロして拉致されたらどうするんだ』って心配されたりしてね。こっちはヤケクソになっていたから、そんなもん関係ないわっていう感じでしたけど。あとは釜ヶ崎から来た人には『お前らがやってくれって言うから来たんじゃないか。なんで先にやめちゃうんだ』って糾弾されたり。それはいろいろありました。

そのころ山谷で山登りをする友達ができたんで、一緒に出かけて自然に接したり、バイクを買ってツーリングをしたり。とにかく戦線に戻る気はなかったし、政治的な問題から遠ざかろうとしていました。読み物も政治的なものは絶対に読みませんでした」（三枝）

無党派の誇り

キムチが山谷を去ったのは、三枝が争議団を離脱してから一年あまり経った八七年六月のことである。

「まだいくらか小競り合いはあったけどね。たとえば『9・11』(八六年)なんかは、集団で旗竿を持って金町一家の近くまで行ったんだけど、全員パクられているんだね。でもみんな十日の勾留で延長はされなかったと思う。梯団行動は毎朝、日曜日を除いてアブレが出ている日は必ず行っていたよね。

いまの労働者福祉会館の近くに金町一家が事務所を構えたことがあってね。俺が久しぶりに山谷へ顔を出したときのことなんだけど、やつらがマイク情宣をやっていて、俺の顔を見るなり『お前は小指がないから元ヤクザだろう』なんて挑発してきた。たしかに俺は怪我で小指の先が欠けているんだけどね。でも俺の記憶では攻防らしい攻防は減っていて、八七年になってからはもうほとんどなかったよね。

俺は結婚して仕事で失敗したときに活動家から足を洗っていた。だけど山さんが死んだから、やむを得ず山谷へ来ていたわけだ。最初から山谷にずっといようとは思っていなかったからね」(キムチ)

キムチは山岡亡きあとの争議団を混乱から守り、闘いに一定の落ち着きをもたらしたうえで山谷を去った。ただし懸念はあったという。

「争議団が党派にがんじがらめにされるのではないか、という心配があった。俺がやめたあとで支援の会の代表に会ったとき、いなくなったら困ると言われたよ。党派間のあつれきがあるから、俺がやめたら調整役は竜さんしかいなくなる。一人では大変だということは十分わかっていたんだけどね。
俺と竜さんがいたから調整できたけど、ほかには適役もいないし、そうなると党派に牛耳られちゃう。それでもよければいいんだけど、やっぱりよくない方向に流れちゃう。現闘・釜共の流れをくんだ人間たちが運動を形成してきたという自負があるからね。
ただ、俺はそこまで自己評価をしているわけでもない。寄せ場の運動というのは、誰かがいなくなっても、次にいつも代わりが出てきた。同じようなことができる人は必ずいるはずなんだよね」（キムチ）
「争議団のなかで、自分たちの組織の内ゲバを争議団に持ち込んで、運動をめちゃくちゃにする党派があったんですよ。金町戦が盛んなころから分裂を持ち込んでいて、最初はまだ耐えられたんですが、僕らが退いてからは、その過激なほうの一派が争議団を攻撃するかたちになってね。そのころは、僕らみたいな傾向の無党派的な活動家はすごく少なくなっているんです。あとには赫旗派、蜂起派、解放派、中核派シンパとか、党派的な人しかあまり残らなかった。そういう状況になったのは八七年から八八年にかけてのことですね。竜さんがいなくなったのもそのころだし。
運動がパターン化していくなかで、金町一家とぶつからなくなったのもその時期。ただドンパチは徐々になくなっていくけども、『金町一家解体』という梯団行動はいまでもずっと続いているんですよね」（三枝）
三枝もキムチも、釜共・現闘から争議団へ、という無党派の本流にいたことを大いに誇りとしている。その誇りは現役を離れて久しい現在も変わっていない。無党派の自負はかくも強固であるものの、現実的には絶滅危惧種なのである。

歴史への回帰

三枝は八六年に争議団を離脱した時点で三十七歳だった。人生に区切りがあるとすれば、まさにそこから三枝の後半生が始まったと言える。

「一人になってから何年間かは山谷のドヤにいました。仕事は飯場まわりが多かったですね。飯場に行って帰って来て、アブレをもらって、また飯場に行ってという感じで。要するにツブシが利かなかったんですね。若いときから土方をやっているから、ほかの仕事をする発想にならなかった。

それで、山登りやキノコ採りをする友達に誘われて、東京・墨田区にある木造の大工の工務店に入ったんです。大工をやるわけじゃなくて、現場では土方も必要なんですよね。手元《てもと》というんですけど、足場を組んだり、そういう仕事を何年かやっていました。そのあとがビルの機械屋さん。会社にはトビ職という名目で入ったんですけど、実際にやったことは冷暖房なんかをあつかう機械工みたいなもんですね。そういう力仕事をやる体力を失ってから、ようやく警備員をやるようになって、もう五年目くらいですかね。

その間、民主党政権時代に、お金をもらいながら職業訓練ができる基金訓練という制度があったんです。そこでパソコンの訓練を三ヵ月。民間の臨床心理士という資格も取りましたけど、これはなんの役にも立ちませんでした。ただ、その前にホームヘルパー二級の資格は取っていたんですよ。
山谷でそういう介護関係の仕事に就こうと思って、ふるさとの会というところに行ったんです。ふるさとの会は、かつて争議団と仲が悪かった山統労が発展的解消をして立ち上げたNPO団体だったので、僕は頭を下げて入れてもらったわけです。
最初の半年くらいは老人ホームの夜間勤務で、それはわりとよかったんです。次は昼間の仕事なんですけど、小さなドヤの管理を任されたんです。そこは認知症の老人が多くて、暴力をふるう人もいたんですよ。近づいたら襲われるんです。こっちは暴力をふるえる立場じゃないから我慢していたら、そのうちみんなに馬鹿にされるようになってきて、もうわけがわからなくなってね。休みの日もそのNPO主催の集会がいつもあって、集会への参加も仕事と同じ義務感を覚えたから、疲労困憊してまたうつ病ですよ。だから仕事で理想を追うのはやめて、仕事は仕事で割り切ってやろうと思い直したわけです」（三枝）
三枝は労働運動から退き、山谷地域の歴史的考察へと課題を変えていった。もともと学究肌の三枝にとって、その研究がライフワークになるはずである。

生涯日雇い

今度こそ活動家から足を洗ったキムチは、自分の原点である日雇い生活に戻った。三十五歳を迎えても、〝日雇い〟と〝下積み〟へのこだわりが弱まることはなかった。

「山谷を離れたあと、最初は自分たちのグループで建築関係の会社をつくった。親方が一人いて、メンバーは全部で十人くらいだよね。それがいつの間にか二十人くらいに増えたんだけど、ちょうどバブルの時期だったから、ちゃんとした技術がなくても仕事は回せた。みんなに賃金を払って利益を還元するようなかたちでね。その会社を二、三年やった。

あとは高田馬場に行って日雇いをやったり、練馬にある工務店には十年くらいいたかな。仕事はすべて日雇いだよ。日給月給だよ。その工務店に山谷から流れて来ている人がいたから、山谷の状況は聞いていた。そういう生活を続けていたんだよね。

金町戦は何年か続いたから、日雇いの労働運動が社会に認知されるようなった。あとからできた労働会館は、むかしの運動に関係のない若い人もたくさん集まって運営しているしね。

新宿駅の西口でホームレスを支援する運動（一九九六）があったでしょう。あれは争議団に少しかかわった人間が立ち上げたんだよ。争議団自体も協力していると思うけど、けっこう新聞やテレビで話題になった。要するにホームレスの撤去に反対したわけ。でも西口の通路でホームレスが火事を起こして死人が出ちゃってね。そのときに新宿の支援の連中が、野宿を維持するよりもホームレスを生活保護に回すとか、就労を助けるとか、行政に働きかける運動に変えていった。その運動の初期の人たちが金町戦に参加していたから、俺らの運動があとにつながった部分はあると思う。

その一方で、寄せ場学会というのができて学者連中が増えたよね。学生の卒業論文でも寄せ場が題材にされていて、ネットで見ると面白い調査活動もやっている。だけど現場に入り込んだ調査活動というよりも、寄せ場が勉学のための研究対象になっちゃっているなあ、という感じだね。そのことはみんなの前で言ったことがある。金町戦を研究している社会学者もいて、いずれ本は出るだろうけど、やっぱり研究対象になっちゃっている。

俺はいまだに日雇いの人たちに心を寄せているよ。日雇いの生き方とか運命的なことは、むかしから本質的に変わっていない。寄せ場にいた日雇いだけじゃなくて、いまは派遣の日雇いも割合が増えているでしょう。そういう意味でつねに関心は持っている。日雇いというのは生き方の問題として興味を持ったほうだからね。若いころから職人連中には親方になれって誘われたけど、そういう気はまったくなかった。下積みの仕事が生き方の指針としていちばんいいんじゃないかと思って、日雇いをやると決めたからね。そういう意味でずっとその生活を続けている」（キムチ）

キムチの〝日雇い主義〟は、〝無党派主義〟に通じるのではないかと思われる。つまり、組織に縛られることへの反発である。さらに言えば組織内の権力構造に対する反発であり、思想としてはやはりアナーキズムなのである。キムチは十代からのアナーキスト魂を終生貫徹することになるだろう。

金町戦のその後

三枝とキムチが山谷争議団を去って以降、金町戦はどのような展開になっていったのか。月刊誌「新地平」（一九八八年八月号、新地平社）に、日雇全協山谷争議団の名義で次のような記事が発表されている。

「山岡さんが虐殺された八六年一月十三日以降は特に、佐藤さんに続いて同志の虐殺を許してしまったことを痛苦に自己批判し、〝命がけの飛躍〟をかけ、『金町一家解体・一掃！　報復戦貫徹！』をスローガンに、対ファシスト戦として一歩も退かない決意で闘いぬいてきている」

山谷争議団のスローガンは、金町一家への対決姿勢をいっそう強めたという以上に、対決一本やりに傾いた気配である。金町戦においてもともと希薄だった労働運動の匂いがすっかり抜け落ち、いつの間にか「報復貫徹」が主目的になっていたのである。

一方、金町一家は闇印紙の利権をたしかなものにしていた。金竜組の幹部だった近藤雅仁は独自に近藤組を立ち上げたが、この昇格は金町戦での働きが評価されたのと同時に、闇印紙による資金源を確保した結果でもあると見られる。

時間をややさかのぼった八六年春、闇印紙問題を取り上げたテレビ朝日のインタビューに対し、金町一家・工藤和義総長はこう答えている。

「売上げは一億円。われわれが印紙売《ばい》をやめれば、山谷で暴動が起きるだろう」（前掲誌）

闇印紙は近藤組および金町一家の資金源であったばかりでなく、山谷の労働者の生活にもかかわる大問題だった。当時を振り返ってキムチが解説する。

「闇印紙問題は奥が深いんだよね。労働者がアブレ（失業手当）をもらうためには手帳（日雇手帳）に建設業者の印紙を貼ってもらわなきゃならない。でもカネを出し惜しみして印紙を貼らない業者もいる。弱い立場の労働者は文句を言えない場合もあるでしょう。だからどうしても闇印紙を買う必要がある。印紙は職安や労働センターのあつかいだけど、この問題を追及するといちばん困るのは労働者なんだよね。俺たちだってアブレがあったから金町戦を続けられた側面はあるしね。それに職員だって組合活動なんかで山谷へ飛ばされてきた人間も多いから、そんなに生真面目に規制するわけじゃなかった。どっちみち追及したらきりがないわけよ。闇印紙の密売をやめたら暴動が起きるって工藤が言ったのは、そのとおりだと思うよ」

寄せ場の違法手配師と同様、闇印紙がきわめてアンタッチャブルな問題だったことはたしかだろう。結局は山谷の労働市場に不可欠の絶対的な必要悪だからだ。

一方、工藤がわざわざテレビに登場した理由や発言の意味をどう見るべきか。結論としては、この時点で金町一家の寄せ場支配がほぼ達成されていたことになるだろう。なぜなら、テレビ発言の前提として、工藤は警察から闇印紙問題の免罪符を手に入れていたに違いないからだ。だからこそ工藤はテレビで堂々と違法行為の告白ができたし、告白を機に逮捕されることもなかった。やや深読みすれば、工藤のテレビ登場は警察黙認の裏権力を手に入れた証《あかし》であり、みずからの支配力を誇示する勝利宣言と受け取ることもできるのである。

闇印紙問題は、当然ながらアブレ手当の不正支給につながる。この問題を取り上げたのはテレビ朝日の報道番組「ニューステーション」だった。当時、同番組のプロデューサーは、現・テレビ朝日代表取締役会長兼CEOの早河洋である。早河は争議団の呼びかけに応じ、山谷へ乗り込んだ。

「金町一家の工藤がテレビに出たあとくらいかな、アブレ手当の問題を『ニュースステーション』が取り上げた。それに対してこちらから団交を呼びかけたわけ。

そのころ、アブレ手当は組合（争議団）の事務所で受け取り手続きができた。以前はドヤ証明とか住居証明が必要だったけど、組合で押したハンコがあればオーケーというかたちで法的に認められるようになったんだね。だから以前よりはアブレ手当を大量に支給できるようになった。

そういう事情があったのに不正支給と疑われたから、話し合いを持とうということで、『ニュースステーション』のプロデューサーだった早河が山谷に来たわけだ。

当時、争議団はセンター前の机出しで労働相談をやっていたんだけど、それを寄せ場に持っていって、手配師の追及なんかをしていた。これは、ほとんど大衆団交というかたちでやっていたんだね。

早河は、大衆団交になるとは思っていなかったはずだよね。争議団としては労働者に手出しをされたら困っちゃうから、メンバーが早河のガードをした。その場ではふつうに話をしたと思うし、早河に被害がおよぶことはなかった。ただ、早河のズボンがビショビショになっていたから、誰かにジュースかなんかひっかけられたのかな。そういった記憶はあるよね」（キムチ）

早河会長には「記憶が曖昧」として取材協力を得られなかったが、おそらくあまりいい記憶ではなかったように思える。

「ニューステーション」では、アブレ手当に支払われる年間五〇億円のうち、三〇億円が不正受給だと報じ、さらに闇印紙問題に対する金町一家の関与も指摘している。

仕事不足が顕著になった山谷では、アブレ手当が労働者の命綱であることは常識だった。アブレ手当は、いわば生活保護に近い意味を持っていたのである。しかし一般社会で山谷の常識は通用しない。アブレ手当は、たんに労働者が楽をするための不労所得と映ったに違いない。山谷では仕事不足と同時に労働者の高齢化が進み、一般社会との常識のズレは、ますます広がっていく状況だった。

さらに「新地平」が報じる金町一家の動きは以下のようになる。

この年（八六年）五月、金町一家は浅草の金融資本・大蔵商事と連携して工藤総業を設立した。六月からは月に一、二度のペースで争議団・釜ヶ崎派遣団への襲撃を繰り返している。そして十月には大蔵商事の融資で手に入れていた空きビルを争議団襲撃と籠城のために新拠点化する。この金町一家の新拠点は、争議団事務所から四〇メートルと離れておらず、争議団つぶしの最前線基地となった。

金町戦四年目に当たる八七年十一月三日（明治節）、金町一家は新拠点のヤグラに「第三組合」と書かれた赤旗を掲げた。その旗には〝握り拳〟の図柄があしらわれていた。

この「第三組合」という組織は、互助組合の発展形と見ていいだろう。つまり八七年までに、金町一家は山谷の手配師や建設業者をほぼ掌握したことになる。第三組合が掲げた赤旗は言うまでもなく共産主義の象徴だが、握り拳は「アナキスト黒十字」という国際組織のシンボルと共通している。争議団への当てこすりとしては、ひねりが利いている。日の丸から赤旗への気軽な転身もふくめて、金町一家は余裕しゃくしゃくといったところだろう。

もう一点注目すべきは工藤総業の設立である。日本経済のバブルは一九八六年から九一年にかけて出現し、地価暴騰にともなって、ヤクザがこれ以上にない必要悪として地上げに奔走した。地上げを主業とする工藤総業も金町一家の財政を豊かにうるおしたことは間違いない。なお工藤総業の経営陣には工藤社長をはじめ、近藤や志和ら金町一家の傘下組長が役員として名を連ねている。

工藤が日本国粋会の四代目会長に就任するのは、バブルの果実が熟しきった九一年三月のことである。

弁護士の目

金町一家の動きについて、弁護士の安田は次のような見方を示す。

「金町一家は、山谷でのシノギがあまりよくないので、だんだん手を引いていったと理解しているんですよ。つまり闇印紙を売ったところで知れていると。それから、手配師から上がりを取っても知れている。山谷の経済規模が小さくなるにつれて、吸い上げるものがなくなってしまったんですよ。佐藤さんと山さんが殺られたときはまだ衝突の最中でしたけど、じつは彼らはほとんど勝利を挙げかけていたんですね。勝利を挙げかけていたからこそ二人を殺った。暴力団は負けそうになったら逃げちゃいますからね。彼らはそんな負けを覚悟の玉砕はしませんので」

安田の見解によれば、寄せ場での攻防が一進一退だった時点で、金町一家は着々と勝利に近づいていたのである。つまり争議団の知らないところで寄せ場のさまざまな利権を押さえることに成功したのだ。そのしたたかさにおいて、金町一家は争議団を一枚も二枚も上回っていたことになるだろう。そのうえでヤクザの功名心が働いて殺人に結びついたのだ。

「それで山さんが映画を引き継ぐことになる。佐藤さんが映画を撮り始めたころ、僕は山さんとあまり話をしていないんですけど、その後、むしろ山さんがなんで映画なんかやり始めたのかな、と思っていたんです。まあ佐藤さんの後を引き継ぐという意味もあったけど、僕の目から見ると山さんは、山谷のいままでのやり方で行きづまっていたのかなと、そういうふうに見ているんですね。それまで思うような運動が形成されてこなかったこと、争議団の人が集団意識をなくしていってバラバラに動き始めたこと、そんな事情が重なって行きづまっていたのかなと。

映画をつくることによって、外にもう一度呼びかけ直そうという意味もあったし、佐藤さんとも親しくしていたから後を引き継ぐという意味もあった。そういう状況を見て、金町一家が争議団を一気につぶすと。だから山さんを殺さなきゃいけない差し迫った理由はどこにもなかったと思いますね。殺した人間が手柄を立てたかったと、武闘派としてね。あのころは本当に刑が安か

った（軽かった）んですよ。いまだったら無期懲役ですけどね」（安田）
ヤクザの本質的な性格と運動の行きづまりを考えた場合、じつに説得力のある分析だろう。要するに、金町一家は大局において争議団の迷いを見抜き、そこを一気に衝いたのである。

さらに安田は、殺人と映画との関連を語る。

「佐藤さんも山さんもなんの遠慮もなしに撮っていますからね。金町一家も撮っていますし、彼らが文句を言ったって平気で撮っていますから。

そこはやっぱり佐藤さんのほうが巧妙でね、ヤクザが追いかけてきたらすぐ退いちゃう。金町一家は、もうふだんから、このヤローッという思いでしょう。というのは、顔写真を撮ることは彼らにとってはナンセンスな話で、絶対に許されないことなんですよ。しかも言うことをまったく聞かない。傍若無人に人の顔を撮る。それで撮った映像をこんどは公開するっていうわけですから。それはもう、そんな相手を殺《や》ればよくやったという話ですよ。ヤクザにとっての基準からすると、映画は絶対的に仁義に反するわけですね」

ただし、安田は一方で撮影の正当性を主張する。

「こちらでは挑発というのは当たり前のことだと思っている。記録を残すんだったら、やっぱり暴力団は現に存在しているから、それを撮りにいく。だから記録映画をつくる人間としては当たり前の話でしょう。それがヤクザの琴線にふれるというところは、それはヤクザじゃないからわからなかった。だって、元ヤクザの人がいないんですもん。僕らはまったく意識がなかったですよ、当時は」

安田にとって、ヤクザに対する認識不足は反省すべき点なのだろう。しかし、そうはいっても「危ないものなら手を出さなければいい」という判断基準は基本的にないのである。ヤクザがそこにいるならば「撮るしかない」と考えるのだ。それゆえに、「日本一権力に嫌われる弁護士」なのである。

第十二章

映画と民間権力

差別の定義

映画「山谷　やられたらやりかえせ」は、完成から三十五年近く経った現在でも上映が続いている。一般公開やビデオソフト化はなされていないものの、年に数度、都内を中心に催される自主上映会には世代を超えた観客が集まる。また「YAMA―ATTACK TO ATTACK」のタイトルで海外上映もされている。二人の監督が殺されたという特異な背景を差し引いても、やはり日本では類を見ないドキュメンタリー映画であり、それほど不思議な吸引力を持つ作品なのである。

しかし、当初の上映運動は難航した。運動を開始する矢先に、関係者の内部で差別問題が指摘されたのである。八六年当時は、左翼、右翼、一般マスコミの別を問わず、差別に敏感な時代であった。当然、争議団や制作上映委員会も差別についての認識は持っていたはずである。それではどこがどう問題だったのか。差別と時代性という観点もふくめて検証しておきたい。

まず問題になったのは次のナレーションである（ルビは筆者）。

「江戸時代の山谷は、下層民の収容所であり、墓場であった。今の山谷あたりは、『穢多《えた》』村と呼ばれ、弾左衛門《だんざえもん》の支配のもとにおかれ、皮革産業がその制限職種とされていた。『非人《ひにん》』は、吉原に隣接する浅草溜《あさくさだめ》――今の千束町あたりに囲い込まれ、非人頭《ひにんがしら》車善七《くるまぜんしち》の支配下にあった。囚人の引廻し、処刑、小塚原刑場での屍体の片付けなど、人のいやがる仕事に使われていた。

寄せ場は、一七八〇年代の飢饉で逃散《ちょうさん》農民が江戸にあふれ、それを収容することから始まった。幕藩体制が揺らぎ出すなかで、農民の逃散はさらに本格化して、幕府は石川島《いしかわじま》に寄せ場を設置した。石川島人足《にんそく》『寄せ場』は、封建制崩壊後も、石川島『監獄』として明治へと引き継がれた」（映画「山谷―やられたらやりかえせ」）

このナレーションの問題点と対応について「山谷」制作委員会が答申を発表している。「当初、問題とされた箇所はナレーションの冒頭部である。この部分は三つの方向から山谷＝寄せ場を説明しようというところである。それは、①現在の山谷の地理的説明、②山谷という地区の歴史的説明、③寄せ場自体の成立過程の説明、というものである」と位置づけたうえで、各問題点に踏み込んでいる。

とくに②の箇所について、

（1）『江戸時代の山谷は、下層民の収容所であり、墓場であった』という部分はいかにもイメージが暗い。権力者に対する闘いの歴史もあったのではないか。（2）『穢多』は差別語であり、なんの説明もなしに使用するのは差別観を助長する可能性もあり問題なのではないか。（3）『皮革産業がその制限職種とされていた』とあるが、制限職種は皮革産業だけではない。（4）『非人』も差別語であり、賤称語《せんしょうご》（相手をさげすむ言葉）である。（5）『……人のいやがる仕事に使われていた』という部分は、その価値観がどのようにつくられてきたかを説明しておらず、安易に使うべきではない。(6)差別による分断・支配の本質が説明されておらず。その時代背景も明確ではない。(7)総じて①②③の関連性が明確には表現されておらず、寄せ場と被差別部落の関係性がよく見えてこない。

このような点が問題視されたのである。これに対して上映委員会はこのように応じた。

「むろんこれらは問題を密室の中で解決しようということではなく、逆に広く裾野をひろげて論議を深めてゆこうとするものである。上映運動はそのような議論の場を出来る限り保証してゆきたい」(前掲書)

差別問題が一朝一夕に解決するはずはないから、上映委員会としては長期的な議論に置き換えるしかなかったのである。

以上の経緯について大まかに言及すると、製作陣は差別される側の味方である、という思い込みにとらわれすぎたのではないか。つまり被差別民の味方としての大胆な表現が、逆に差別をあおるとの指摘につながったのではないか、と思われるのだ。もちろん製作陣に悪意があろうはずもないが、こういった思い込みはいつの時代でもあり、ときおり顔をのぞかせる〝左翼の独善主義〟という言い方もできる。

ともあれ、「山谷　やられたらやりかえせ」は、当時でも現在でも、一般公開を目指す商業映画なら間違いなくお蔵入りである。ここまで差別語が説明不足のまま、しかも正面切って多用される商業映画はあり得ない。そのうえ、上映委員会が認識していたかどうか定かではないが、肖像権の問題もある。金町一家のヤクザや手配師の素顔を無断で映し出すことが「公益を図る目的」に当たるかどうか、被写体がヤクザだけでなく、一般民間人もふくまれるのだから、本来なら、この点も議論になったはずなのである。しかし、長期にわたり上映が続いたという確固たる事実によって、すべての問題は作品の力へと昇華したように見える。

言い換えれば、この作品はいくらか常識がある商業映画のプロには絶対につくれなかった。たしかに製作実務にはプロも参加していたが、しかし彼らの技術はプロでも、商業映画の意識でかかわっていたとは言い難い。佐藤満夫の衝撃的な死と、山岡強一の荒々しく不器用な思い込みと、金町戦の異様な熱気がスタッフ全員の正気を奪い、この大胆不敵にして非常識きわまりない映画を生み出したのである。そしてそれゆえに、三十五年後の現在でも「山谷　やられたらやりかえせ」は不思議なオーラを照射して観客を幻惑するのである（断っておけば、誰もが好きになれる映画という意味ではない）。

民間権力

この映画の暴力性については先にふれたが、三枝とキムチは次のような見解を示す。

「争議団のような暴力的な運動をやっていると、ある程度いろいろな批判は抑えられるというか、結局は争議団が民間権力になっていたと思う。ふつうはあんな映画を撮ったら大変なことに

なりますよ。すぐに石を投げられてボタウチ食っちゃうけど、あのやり方で通っちゃったからね」(三枝)
「争議団の一時期はそういうことがあったよね。だから争議なんかでも大手建設会社の現場監督なんかは電話一本で呼び出していたもんね。以前はこちらから出かけて行っていたのに、強くなっちゃうとそういう関係がつくれてしまう」(キムチ)
「映画のなかで高所作業をやっている場面、あれだってたしか飛松《とびまつ》建設の現場でしょう。ふつうなら断られますよ。あんな高いところの現場を撮影するなんて。こっちも高圧的にならずに頼むようにしていたけど、業者が断れないですよね」(三枝)
「そのくらいの力はあったんだよね。そのころは」(キムチ)
山谷争議団は権力を憎み、権力から遠ざかろうとつとめながら、激しい闘争で結果的に権力を招き寄せてしまった。ただし、その権力は少なからず労働者の利益に還元され、映画製作の原動力にもなったわけである。
「映画で僕と栄ちゃんが業者を吊し上げている場面があって、栄ちゃんはわりと理論的に責めているんだけど、僕が横から『てめえ、この野郎』なんてワアワア騒いでいてね。それと最後に手配師を追及する場面があるんだけど、観客のなかには、相手に同情しちゃうって言っていた人もいたよね」(三枝)
「でもねえ、ああいうかたちにならざるを得ないわけよ。ふつうに冷静にやっていたら、向こうはシラを切るだけなんだから。ああいうやり方をしていかないとラチが明かないんだよね。

九〇年代後半だったかな、韓国で同じような現場闘争の映画があってね。主役が大工さんで、その娘が撮っているわけ。山谷とまったく同じように、ワーッとみんなが集まって糾弾闘争をやるわけ。やっぱり同じ傾向だなあと思った。

抵抗するほうにとっては、おとなしくやっていたって争議にならない。話し合いにもならないわけだよ。自分が正しくて悪いことなんかしてないと言うやつには、ちゃんと突っ張らないと、向こうの本質が出てこない。ちょっと激しい場面にはなるけどね」（キムチ）

「ただねえ、映画で最後に吊し上げている手配師だけどね。僕は以前にあいつの仕事に行ったことがあるんですよ。個人的には暴力的なやつでもないし、ふつうの手配師でしょう。ただ金町一家に言われて互助会運動の中心にいただけなんだよね。僕らとしては、金町一家の親分を捕まえて吊し上げたいわけなのに、それができずに手配師を身代わりにした。僕なんかは、あの手配師を生贄か人身御供みたいに感じるんですよ」（三枝）

手配師に限らず、役所の下級管理職などが争議団に責められる場面では、おそらく多くの観客が責められる側に同情するのではないか。なぜなら、争議団の行為が弱い者いじめに見えてしまうからである。三枝が言う民間権力の象徴的なシーンである。ただし、山岡はラストシーンであえて露悪的な構成をしたのではないか、と三枝は言う。

「だから山さんも、映画でわれわれの運動の限界を見すえるつもりだったと思う。運動の限界を見すえたうえで、未来を見すえる、という意味でね。あの煮え切らないようなラストシーンは、われわれの限界をそのまま表現したもので、運動はきれいごとじゃすまないぞ、というメッセージでしょう。不完全なところから、もう一度考え直さなければいけないということです。実際、当時も運動方針がはっきり見とおせていたわけではないのでね」（三枝）
「俺も山さんはそういう見解だと思っていたんだけど、ラストシーンで背景に大勢の労働者たちが映っているでしょう。彼らは手配師個人ではなくて、手配師という立場に対してやっぱり不満や怒りを持っているんだよね。ただ労働者個人としては、その気持ちを口に出せない。ラストシーンで映っているのは、その不満や怒りが鬱積した姿だよね。

争議団は彼らの気持ちを代弁するようなかたちで闘争していたんだけど、それでいいのか、という疑問は残ると思う。俺たちは労働者の怒りを引き出す媒介に過ぎなくて、本当はもっと彼らの怒りを心から爆発させるようなかたちが必要だったということなんだろうね。だけど集団で闘えばハネる人間も出てくるし、かといってボス交になったら悪いパターンの代行主義になってしまうしね。

もっと現実的なことを言えば、やっぱり現場闘争をやれば必然的に混乱が生じる。だから混乱しても、たとえばハネる人間が出てみんなが逮捕されるようなことになったとしても、そういったことを自分がすべて引き受けるしかないんだよね。それは現場闘争を進める者の運命だから」（キムチ）
「そう考えていくと、運動とはなにかという哲学的な問題になってくるね」（三枝）

武器としての映画

たしかに労働運動の定義や現場闘争の位置づけは単純ではない。しかし、寄せ場で金町一家と対峙していた時期は、敵の姿が明確だっただけに焦点を絞りやすかったはずである。問題は、その先の戦略ということになる。

「そのあたりの限界とか矛盾を抱えたまま映画も終わっているけど、運動もそこで終わっているんだよね。山谷争議団も日雇全協の運動も」（キムチ）

「山さんが言っていた『アジアの労働者との連帯』というのは、ちょっと次元が別の問題だよね。その問題について、とくに具体的な行動のイメージはなかったと思う」（三枝）

「ただ、その時代の思想状況に合っていたんだよね。山さん自身も船本の考えを継承すると言っていたし、左翼の状況もそういう傾向になっていた。それで国際主義とかアジアの連帯とか言っててね。でも結局は『反日』の爆弾闘争とか、パレスチナとの国際連帯とか、いつも限界になってなにも進まない。結果的に、そういう展開の仕方で袋小路に入ってしまったと思う」（キムチ）

「山さんは、自然発生的な人との出会いとか偶然の体験とか、そういったことで方針を決めていくパターンの人ですからね。党派的な考えだと目標を固めてから現場に移行するんだけど、彼の場合は違うんです。だからなんとなく山谷の外へ出て活動しなければいけないとは思っていても、具体的にどうやっていくか、彼自身もよくわからなかったと思うんですよ。映画をつくったから、それを持って外へ出て行くというのは、一つのアイデアだったんですね」（三枝）

弁護士の安田も山岡の葛藤を指摘する。

「山さんもそうだけど、悪質手配師を山谷から追放していくという主張ですよね。じゃあ、そのあとどういう市場ルールをつくるのか。そういうことについては全然展望なんか持っていなかったんですよ、はっきり言って。

山谷から手配師がいなくなったら、労働者はどうやって雇われていくのか。そのために東京都は職業安定所を設けて、そこで手配をやっていたわけですけど、それで全部の公共事業をまかなえるのか、という問題もある。アブレ（失業対策）なんかをどうするのかという問題もあって、結局、手配師のほうがより簡便に、なおかつ顔付け（顔見知りの関係）があって安定して仕事を得られる、ということなんですよね。

現実問題としては、職安を通すとどうしても毎日毎日違うところへ行くような不安定な雇用になるわけですよ。労働市場をどういうかたちで具体化していくかという発想は、問題点は指摘しても、山さんなんかにはなかったですね。そういう議論も僕は展開されていないと思うなあ。まあ、知らないだけかもしれませんけどね」

安田自身の発想は団交中心主義だったという。

「まずは東京都庁とのあいだの団体交渉、それからゼネコンとの団体交渉。ゼネコンとは下請けを飛び越えて元請けを責任追及していく。そういう団体交渉をとおして協定を結び、東京都との協定も結ぶ。それで労働環境とか労働市場を改善していくというのかな。そういう方向ではないかと思っていて、僕なんかは団交中心主義的な感覚だったですね。

その可能性が少しあったのが前田建設・最上鉄筋闘争で、孫請けの最上を飛び越えて元請けの前田と直接交渉したわけですよ。東京都とは、たとえばアブレに対してどういう対策を取らせるか、という問題を交渉するとか、そういう方向ですね」

山岡は労働運動の次なる展開を見つけ出す矢先に殺されたことになるが、具体的な動きに当たっては映画が強力な武器になると考えていたことは間違いない。ただし、山岡がいかに想像力を働かせたとしても、この映画が実際にたどった運命を予測することはできなかったはずである。八五年十二月二十二日、八丁堀勤労福祉会館で初上映されたこの映画は、山岡の死後、先に述べたようにナレーションの差別問題が提起された。また九一年には、筑豊の生活保護受給問題に関連して地元組織から抗議を受けた。生活保護受給者の顔が映っていて地域内での差別につながる、という問題があったのである。さらにその問題が筑豊に対する悪宣伝につながるとの指摘もあり、以降六年にわたり上映は自粛された。その後、問題のシーンをカットするなどの試みを経て、九七年十月の「山形国際ドキュメンタリー映画祭」参加を機に上映が完全再開された。ともかく、幾多の危機を乗り越えるだけの生命力がこの映画にはあったのである。

人間は、やられてもやり返さずにすませることはできる。実際、そのほうが賢明と思える場合も多い。しかし、抵抗しない人生など真っ平ごめん、と考える少数派はいつの時代も存在する。「山谷　やられたらやりかえせ」の三十五年にわたるロングラン上映は、どうやら戦闘的な少数派の存在証明と言ってよさそうなのである。

第十三章

山口組國粹会

國粋会四代目会長・工藤和義

山谷争議団との抗争を勝ちぬいた金町一家・工藤和義総長は、一九九一年三月、五十四歳の若さで日本国粋会四代目会長に推挙された。抗争の過程で佐藤満夫と山岡強一を亡きものにした武闘派ぶりも、抜擢の大きな要因となったに違いない。工藤は金町戦を経て、ヤクザとして一つの頂点をきわめたのである。

その工藤の遺体が台東区橋場の自宅で発見されたのは、二〇〇七年二月十五日のことである。遺体の右手には拳銃があり、警察は自殺と断定した。金町戦勃発から二十四年後のことである。

工藤自殺のニュースを聞いた三枝は、こう感じたという。

「金町一家がずいぶん株を上げたと思っていたんですけど、あとで噂を聞いたら工藤は山口組に詰められたというので、なんだ、僕らができなかったことを山口組はやったんだな、という印象でしたね」

工藤が死去した時点で、日本国粋会は國粋会と名を変え、独立組織から六代目山口組の直系組織（二次団体）に立場を変えていた。この間の変遷を足早に追っておこう。

日本国粋会会長に就任した工藤はさっそく組織名を國粋会とあらため、積極的に若手幹部を登用した。組織の再編・強化は喫緊の課題だったのである。

國粋会は老舗組織だけに、都内の盛り場に広大な縄張り（シマ）を保有していた。しかし、その多くがじつは〝貸しジマ〟と呼ばれるものであった。つまり、みずからシマを管理する能力に欠けるため、有力組織にシマを貸して地代を得ていたのである。そのうえ、國粋会の実態は寄り合い所帯に近い連合体で、國粋会本家の各一家に対する統制力は弱かった。

貸しジマで成り立っている組織には、ほかに二率会《にびきかい》があった。二率会も古い一家の連合体だが、九八年に主要な加盟組織だった小金井一家が分裂して住吉会と稲川会に移り、二〇〇一年には二率会の本体も解散している。この二率会の末路は工藤の警戒感を強めたに違いない。

國粋会の組織強化を急ぐ工藤は、連合体から権力集中型への組織改編を強行した。工藤を親とする親子盃の取り交わしを各一家の総長に求めたのである。しかし、この要請に生井一家、佃繁《つくしげ》会、落合一家が強く反発し、対する工藤は三人の総長に絶縁処分を下した。こうして〇一年四月には内部抗争が勃発したのである。

この内部抗争には、貸しジマの利権がからんでいた。しかもその利権は銀座、新橋、六本木など、都内屈指の繁華街にかかわるものだったのである。そのため、抗争は貸しジマの相手である住吉会（反工藤派）と、工藤と親交が深い稲川会（工藤派）との代理戦争の様相を呈し、容易に収束の目途は立たなかった。

國粋会に先立ち、住吉連合会が住吉会に組織改編したのは九一年のことである。住吉会の新会長・西口茂男は、就任と同時に各一家の総長と親子盃を交わし、連合体から権力集中型への組織改編を果たした。

阿形充規が次のように体験を語る。

「かつての住吉は連合体で、住吉一家が中心であったものの、各一家が横ならびで加盟している組織でした。それを、形式的にはいったん一家をなくすような状態にして、たとえば日野一家は日野六代目という名乗りにした。だから私が継いだときには日野六代目総長ですね。ともかく、一家は住吉一家だけにして、その下に傘下組織を置くかたちにしたわけです。そしてある程度まで組織が一本化された段階で名称をもとに戻して、再び各一家の名乗りができるようになったんです。一極集中型への過程でそういう試みをして、うまく軌道に乗ったんだと思いますよ。

反発はあまりなかったと思いますけど、やっぱり各一家には歴史がありますからね。日野一家だって初代からの歴史がある。それなのに組織の名称が日野六代目となったら、違和感はありますよね。ただ全体的なことを考えて、みんな納得してまとまったんじゃないですかね」

住吉会は各一家の歴史も古く、一本（独立組織）でも十分に通用する実力派の一家が多かった。それだけに、組織の一本化はなおさら急務だったのである。

「住吉の場合は、やっぱり西口の親分にカリスマ性がありましたからね。西口の親分は当代（会長）になるときに全員の推薦がなければ受けないという意志を表明しました。そのころはまだ長老の人たちがいっぱいいましたからね。そういった西口の親分の強い意志があったから、そのあとの組織運営はうまくいった。西口の親分も個々に細かい配慮をしていましたからね」（阿形）

ヤクザに限らず、連合体から権力集中型への移行は、どんな組織でも容易ではない。既得権益やプライドの問題が露骨に表面化するからである。大組織の看板のうま味を覚え込むか、別の大組織の脅威にさらされるか、つまりアメとムチの原理が働かなければ、小組織の支配者から大組織の被支配者に立場を変える理由は生じない。しかも工藤の出身母体である金町一家は、國粹会のなかでは規模的に小組織だった。その分、抵抗が強かったことは想像に難くない。抜きんでたカリスマとは、立場を超えてごく自然にアメとムチの原理を実践してしまう人物を指すのだろう。その点、工藤がカリスマだったとは言い難い。

國粹会の内部抗争が長引くなか、工藤を強力に援護したのは山口組だった。山口組傘下の山健組、弘道会など複数の直系組織が抗争に介入し、絶縁した三人の総長を引退させたうえ、その三人のシマは國粹会預かりというかたちで決着させたのである。こうして工藤はこれ以上にない結果を手に入れることができた。工藤は山口組に対して深く恩義を感じると同時に、山口組の強さをしたたかに印象づけられたことだろう。

國粹会の内部抗争は山谷にも多少の影響をおよぼした。

「國粹会が工藤さんの時代になってから、ここ（山谷）は金町一家の本部ではあっても、みんな当番で来るだけで、ほとんど國粹会の本部（台東区千束）に行っていたみたい。でも内部抗争のときは、ずいぶん派手にやっていたよね。金町一家の本部も何度かピストルで撃ち込まれているから、それで鉄板やなんかを張っていたね」（田中成佳）

山口組の傘下へ

工藤が関東ヤクザの心胆を寒からしめたのは、内部抗争が収束してから三年後の〇五年九月のことだった。山口組六代目組長・司《つかさ》忍《しのぶ》の舎弟盃を工藤が受けたことにより、國粋会が都内で初の山口組直系組織になったのである。

虚を衝かれた関東勢は動揺を隠せなかった。山口組の東京進出を警戒するなかで、國粋会の電撃的な山口組傘下入りがなされたからである。

その直後の工藤は、自分が下した決断に自信を得ていたことだろう。ある捜査関係者はこう語っているのである。

「以来、國粋会は山口組を背景に勢いづいていた。これまで銀座、新橋、六本木の縄張りを『地代』を取って住吉会などに貸していたが、最近、未納分追徴や値上げの交渉を始めていた」(「週刊朝日」二〇〇七年三月二日号)

組織の非力さゆえ、住吉会などにシマの貸し主の権利を強く主張できなかった工藤は、山口組という巨大な後ろ盾を得たことで、生まれ変わった気分を味わったに違いない。それまでは地代と言っても、借り手の自主申告をそのまま受け入れるほかなかったからである。住吉会の地代未納分は数十億にのぼるとも言われた。

しかし、もう一つ別の現実があった。工藤は山口組に最高顧問として迎えられたものの、山口組の組織運営にかかわる実権は与えられなかった。そして逆に國粹会会長の地位さえ脅かされる重大事件が発生した。〇七年二月五日、住吉会幹部が東京・西麻布の路上で二人のヒットマンに射殺されたのである。同時に山口組系組織と住吉会系組織の連続発砲事件も発生し、以降、工藤の人生は逆風にさらされた。

当時、山口組と住吉会は貸しジマ問題で緊張関係にあった。國粹会は住吉会に貸しジマをしていたが、國粹会が山口組の傘下に入った以上、理屈として山口組は住吉会にシマの返還を求めることができる。この問題をめぐって両者の間に火種があったのである。

住吉会幹部射殺事件後、山口組は実行犯が判明しないうちに住吉会へ謝罪表明し、同時に貸しジマ問題の協議を迫った。結果として、従来の貸しジマは現状維持とし、新たなシノギについては随時協議という合意に至ったとされる。なお、ヒットマンはのちに國粹会組員だったことが判明した。

この間、工藤の存在はおおむね無視された。すでに國粹会は、山口組に一〇〇前後あった直系組織の一つに過ぎなかったのである。それどころか、山口組と住吉会との協議では、事件の責任を取って工藤は引退することになっていたとされる。

工藤の遺体が発見されたのは、住吉会幹部射殺事件から十日後のことである。享年七十。遺書は残されておらず、自殺の動機は不明のままである。ただし、工藤がさまざまなかたちで追いつめられていたことは、ここまでの経過で明らかだろう。

ある捜査幹部は、國粋会幹部との一致した見解として次のようなコメントを残している。

「工藤会長は山口組傘下に入ったものの、山口組の他の組が東京に進出することには強く反対していた。そんなことを許したら抗争が始まる、と。それで、山口組が工藤会長外しを画策してきたフシがあるんです」（前掲誌）

この見方によれば、工藤は山口組のなかにあって、山口組の東京進出を食い止めようとしていたことになる。

八六年、テレビ朝日の取材に応じた工藤は、次のように語っている。

「われわれは博打うちでしょ。博打うちっていうのは、縄張り、シマがあるわけだ。これは自分たちの力で取ったもんじゃなく、先祖からね、代々受け継いできているわけだ。私は（金町一家の）七代目だよね。七代目を継いだ時点で、皆さんの前で断言するわけ。いわゆる宣誓みたいなことをするわけだよね。その関係上、絶対に体をかけても、縄張りっていうのは守らなくちゃならない」

「関東ヤクザ」の言い分としては、きわめて正論である。しかし、この主張が山口組で通用すると考えていたならば、山口組を完全に見誤っている。山口組にとって進出した場所はすべて自分のシマである。むかしの証文や言い伝えにもとづくシマの存在など、無縁の世界に生きてきたのである。山口組が東京にクサビを打ち込んだ時点で工藤の役割はほぼ終わっており、しかも外様の立場で領地拡大に反対すれば、いつハシゴを外されても不思議ではないのだ。

とはいえ、ここでひとまずフィクションとして、工藤があえて面従腹背で山口組にもぐり込み、内側から東京進出の阻止を試みたと仮定してみよう。その場合、虎の威を借るべく東京のシマを山口組に売り渡した、とする工藤の裏切り者イメージはくつがえされる。むしろ馬鹿を承知で、汚名を覚悟で、ひそかに巨大な山口組に挑んだ任侠物語ができあがる。関東ヤクザ義士伝の設定としては悪くない。

もっとも、巷間伝えられる現代ヤクザの無機質な拝金主義を思い起こせば、こんな空想もかき消されがちである。昨今のヤクザ界は、組織に納める会費（上納金）の多寡が分裂騒動の原因になるような状況なのである。カネもいらず名誉もいらぬ任侠ヤクザをイメージすることさえ簡単ではない。工藤の真意を解き明かすことは不可能だが、工藤が山口組と関東ヤクザの文化的な衝突に巻き込まれたことは間違いないだろう。

山口組の傘下になった金町一家は、地元の山谷でもイメージを変えつつある。

「國粋会が山口組に入ったときは、ここの金町一家が山口組関東支部の本部だって言われていたんだよね。それで、ここに國粋会の幹部が集まったことがあるんですよ。工藤さんが自殺したあとだけどね。そのときにスーツを着ているのはヤクザ。ジャンパーを着ているのはお巡りさん。

あとは報道陣だよね。

すぐそこに、いまはコンビニになっているけど洋食チェーンの店があって、その日は店の駐車場がいっぱいになってね。明治通りにトラックがズラーッとならんじゃった。なんでかと言ったら、金町一家が國粋会の幹部たちの車を全部店の駐車場に誘導したんだよね。そうしたらほかの車が入らなくなっちゃって、それで明治通りに駐車していたわけ。それほど人数が来たんですよ。そのときだけはびっくりしたけどね。もう二度目はなかった。集まりはあるみたいだけど派手にはやらないよ。

俺もスナックをやめてこのホテルだけにしちゃったから、金町一家の古い人は知っているけど若い人は知らないね。金町一家のほうも世代交代でしょう」(田中成佳)

二〇一一年十月、金町一家は國粋会から独立し、同じく國粋会の二次組織であった落合一家、保科興業などと合わさって落合金町連合を結成した。山口組の直系として都内で二つ目の組織である。

落合金町連合の発足時、山岡殺害の実行犯である保科努(勉)(保科興業組長)は、組織内ナンバーツーの若頭《わかがしら》に就任した。本書の関連人物では、舎弟頭に西戸昂主、最高顧問に志和武、舎弟・本部長補佐に近藤雅仁が就任している。

二〇一五年、六代目山口組が分裂して神戸山口組と並存状態になり、一七年には神戸山口組から任俠団体山口組（現・絆會《きずなかい》）が離脱した。

「親も見放したような極道者をまとめて面倒見ている」と豪語した田岡一雄の死から四十年、時代背景が大きく変わったとはいえ、山口組も社会のはみ出し者たちの面倒を思うように見きれなくなっている。

ここで補足として、田岡の生き方についてふれておこう。

田岡は一九一三年、徳島県の極貧の家に生まれた。親の家業は小作農である。田岡が誕生したとき、父はすでに病没していた。働き疲れた母を六歳で亡くしたあと、田岡は神戸の親戚に預けられ、養父母の冷遇と暴力に耐える生活を強いられた。十四歳で働きはじめた田岡は社会に反逆し、いくつかの傷害事件を起こしたあげく二代目山口組の組員になった。

こうしたいきさつを考えれば、人間は自分の生まれ育ちを選べず、自分が望む環境も選べないという現実を、田岡は骨身にしみて理解していたはずである。したがって、世の中には否応なくはみ出し者が出現し、山口組はそのセーフティーネットとして必要な受け皿だ、と考えていたのである。ただし、田岡自身がのし上がっていく過程で暴力を必要とし、山口組が組織を拡大していくためには、さらに多くの暴力が必要だった。田岡は組員に対し、正業を持つよう熱心に勧めたが、結局のところ社会と折り合うことはなかった。田岡が社長だった甲陽運輸も、神戸芸能社も、暴力とは完全に縁が切れず、社会もその存続を認めなかった。

現在、ヤクザはヤクザでいることがじつに難しい時代になった。低成長時代にあって組織を維持し、さらに親分の体面を保つため、配下は必死にカネを稼がねばならないからである。組織の看板だけでシノギができる時代は、すでに終わって久しい。恐れ知らずにして人並み優れた才覚のある者、あるいは獄中で人生を終わらせるような捨て鉢な覚悟がある者。——ヤクザは、そういったとくべつな人間にしかつとまらない業種になったのかもしれない。

とはいえ、親から見捨てられ、社会からはみ出しながらも、度胸と腕力で伸し上がろうと考える者がいなくなることはあるまい。それは、いくら暴力革命が否定されても体制に恭順せず、権力に歯向かう者が絶滅しないのと同義であろう。社会にとって都合のいい人間だけが生存する時代はない。ヤクザも過激派も、いまは存亡の危機に見えながら、そのかたちを大きく変えながら生き続けることになるだろう。

第十四章
それぞれの戦後

過激派たち

一九七九年にマンモス交番の警官を刺殺した磯江洋一は、以降、旭川刑務所に収監されている。磯江の判決は無期懲役であり、本人も仮釈放拒否の態度をつらぬいているため、社会復帰の可能性は皆無に近い。「6・9闘争の会」はすでに存在しないが、キムチと三枝は支援のメンバーとともに長らく磯江とかかわり続けた。そこにはどんな心情があるのか。

まず、「磯江通信」発行のいきさつをキムチが語る。

「磯江さんの古い友達で丸山さんという人がいる。磯江さんは中核派のシンパで、丸山さんとはその関係で付き合いが続いていたんだね。丸山さんは刑務所の磯江さんと手紙のやり取りをしていて、磯江さんの獄中ノートをまとめて自費出版した。『獄中備忘録』というかたちでね。費用は一〇〇万円くらいかかったらしい。それで俺は丸山さんを支援することにしたわけ。

そういったいきさつで、むかしの仲間や映画の上映委員会の連中と話をしているうちに、『磯江通信』を出そうということになった。仲間たちが磯江さんへの応援メッセージや問題提起の文章を書くんだけど、磯江さんにも近況報告をしてもらって、いちおう一部二〇〇円の定期刊行物にしたわけ。第一号が出たのは二〇一〇年だね。そのときに三ちゃんにも声をかけたんだよ。ちょうど南（剛）さんや泉（恵太）が死んだことも重なって集会で顔を合わせたからね」（キムチ）

三枝は、現在も磯江とつながる数少ない文通相手の一人である。そして三枝はその行為に贖罪の気持ちを込めているという。

「僕は、活動という活動は二十年以上やっていなかったんです。でも金町戦から逃げ出したことに罪悪感が残っていたんですね。十年ちょっと前にキムチたちと会ったら磯江さんの支援をしているというので、それじゃあ僕もこれまでの罪悪感をなくすためにかかわっていこうと思ったんです。闘いをやっていくというよりも、残務整理というか、敗戦処理の投手みたいなつもりでいまも続けているんですけどね。

磯江さんはまだ革命戦士みたいな気持ちで獄中にいて、中核派シンパがずっと変わらないんですよね。『前進』（中核派の機関紙）を差し入れられていて、それを情報源にしているから、すごく現実と落差がある。だけど磯江さんとは腐れ縁で一期一会的なものですからね。おそらく彼のほうが先に死ぬんじゃないかと思うんですけど、それまでは付き合っていこうと思っています。

まあ、実質的に磯江さんは刑務所から出られないですよね。本人は革命で出るとか言っているんで、結局は出られる可能性なんかないですよね」（三枝）

一方、キムチの立場は微妙である。

「俺は磯江さんに拒絶された人間なんだよね。最初は支援をやっていたけど、結局、磯江さんは自分でやったこと（警官刺殺）についてずっと自己弁護していて、俺は磯江さんの自家撞着だと思っている。そういうことを『磯江通信』に書いたんだよね。そうしたら磯江さんが、こんな発言をするやつは許さない、ということになってね。そのあと俺は磯江さんについてなにも発表していない。

やっぱり磯江さんは自分の考えにとらわれすぎている。人を殺したことについてもっと素直に向き合って、自分なりに内省的なものが必要だということなんだよ。殺したことが当たり前みたいな主張を押し通しても駄目なんだよ。そんなことは通用しないわけ。人間はいくらでも間違いを犯すけど、酒を飲んで酔っ払った状態でやったということもふくめて自己反省がないんだよね。もっと謙虚にならなければね。

まあ、あの人も自己反省をしながら獄中で非妥協（仮釈放拒否）を続けているんだろうけど、矛盾するわけよ。刑務所のなかでいくら非妥協で闘ったって、そんなことはあまり意味がない。それより早く出てきなさいよって言いたい。そのほうが重要なんだよ。そうはいっても、党派的な観念を持っている人には通じないんだけどね」（キムチ）

「いま磯江さんと文通しているのは、ほとんど僕一人なんですよ。むかし現闘にいた四国の和尚さんがときどき文通しているんですけど、その二人しかいないんですよ。あとはキムチなんかもふくめてみんな離れちゃった。最初にパンフ（『磯江通信』）をつくったメンバーなんかは、うつ病になった人が二人いますしね。磯江さんと文通しているとだいたい疲れるんですよ。だからみんな続かなくて、僕だけ思想は全然違うんだけど、手紙のやり取りを続けています。僕も過去を反省しながらのことですけどね」（三枝）

「磯江さんは、本当は人に対するいたわりの気持ちを持っている。こんなことは文章には書かないけど、俺は磯江さんの本当の人間性を知っているんだよ。だから言いたいことがある。

磯江さんはねえ、体に彫りかけの刺青があるんだよね。これは筋彫りだけで終わっちゃっている。刺青で色を入れるのはすごく痛いらしいね。だから筋彫りだけのヤクザは馬鹿にされるでしょう。磯江さんの場合はカネがなくて途中で終わっちゃっているんだけどね。俺が言いたいのはこういうこと。

『愛してるよ磯江さん。早く外へ出てきて、筋彫りだけのみっともない刺青を色鮮やかにして見せてくれよ。嘘でもいいから反省して、早く出てきて刺青を完成させてくれ』」（キムチ）

二〇二〇年の時点で、磯江の獄中生活は四十年におよぶ。左翼関係者は磯江の犯行を「6・9決起」と呼ぶが、殺された警官と磯江本人にとって、あまりにも代償の大きい決起だったと言わざるを得ない。

なお、「反日」（東アジア反日武装戦線）のメンバーだった「さそり」の黒川芳正は、やはり無期懲役で宮城刑務所に収監されている。

「黒川君はむかしの関係者との連絡を一切断って、仮釈放を目指しているみたいですね。でも表面的な反省だと見なされているんじゃないかな。そう簡単には出てこられませんよね」（三枝）

「磯江さんや黒川君がまだ獄中にいる事実を、みんなに伝えておきたい。俺の気持ちはそれだけだね」（キムチ）

右翼の変貌

右翼の運動も、米ソの冷戦が終わって以降、すっかり様変わりした。左翼との対立軸が見えなくなるなか、右翼は運動の矛先をどこに向けるのか。四十年以上にわたって大日本朱光会を支えてきた阿形充規が語る。

「むかしの右翼運動は、反共、日教組粉砕、北方領土返還、憲法改正、靖国神社の国家護持、この五本柱を立て、まっしぐらに突き進んでいればそれでよかった。でも世界が目まぐるしく変化しているなかで、私の会の者にはもっと視野を大きく広げろと言っているんです。

それでここ数年、私は『社会の不条理を糾《ただ》す会』に力を入れています。これは右翼の党派を超えて結成した団体で、私は会長じゃなくて代表世話人という立場です。

この会はもともと暴力団対策法が提出されたとき、これを人権問題ととらえて、反対のノロシを上げるためにつくられたんです。でも、そういう方針を打ち出したって、一般社会じゃ理解を得られませんよね。それで私たちは、身近に山積する不条理を是正していこう、という方針を打ち出したんです。大衆の支持を得られない運動は無意味ですからね。この方針に異を唱える人はあまりいないので、運営はうまくいっています。われわれの会では、一般の人でも身近な不平不満について発言できます。反対意見があれば、質疑応答をして考えを深めます。ただ一点、皇室に対する尊敬の念があれば誰でも参加できるんです。若い参加者も多いですよ。

もう左と右が真っ向ぶつかり合う状況じゃないですよね。左もぬるま湯につかって危機感がない。国の防衛費が五兆円を超えたって誰も騒がないでしょう。大日本朱光会ができた当時の左翼だったら反対、反対、で大変ですよ。いまはむしろ、なんで防衛費がこんなに高いんだってわれわれが騒いでいる。むかしと逆ですよね。いずれにしても、左も右も運動の方針はまったく変わりました。

こういう世界で、私ほどの年で動き回れる人間はほとんどいないんですよ。だからまわりから、先生、先生って奉《たてまつ》られちゃってね。まあ、体が続く限りは、みんなの話を聞いたり調整役をやったりしていきますよ」

山谷三代

日雇い労働者の街だった山谷は、すっかり福祉の街に変貌した。高齢で働けなくなった労働者が生活保護を受けながらドヤに住みついているのだ。手配師は姿を消し、寄せ場はかつての喧騒を思い出のみとする場所になった。

戦前から山谷を見守ってきた櫻井群司はどんな心境だったのか。

「手配師はもうほとんど見ないですね。いまはインターネットで仕事を探すんですよ。だから労働者はみんなちゃんとパソコンを持っていますよね。

もう夜中でもなんでも酔っ払いが大きい声を出して騒ぐようなことはないですよね。いまは静かなもんです。ただ問題があって、うちはコンビニが近いせいで、十一時が門限だと言っても、やっぱり玄関を開けて酒やビールを買いに行っちゃうんですよ。それにいまは飲み屋がないでしょう。食堂だってほとんどないに等しい。一軒か二軒残っていた店がみんなつぶれちゃった。食堂の人にはこう言われますよ。宿が冷暖房をつけて、テレビをつけちゃうから、みんな部屋にいて一人で飯を食べられる。だから店がつぶれちゃったんだってね。

東京都簡易宿泊業生活衛生同業組合（以下、東簡組合）というのがあって、これは東京全体の組合なんです。ところが、いまは八割から九割が山谷のホテルになっちゃったんです。ほかの場所では簡易宿泊所というのはみんなやめちゃっている。今後は先の見通しがないような話ばっかりですね。海外客って体裁のいいことを言っているけど、それには言葉に慣れなきゃ駄目だし、なかなかね。まあ、私は東日本大震災のときに、東北で働いていた長男を呼び寄せたから、たまにこうやってフロントにいるだけですけどね」

櫻井は二〇二〇年五月に亡くなり、三軒のホテルの経営は子供たちに引き継がれた。櫻井家は山谷の地で三代目を迎えたわけである。

したたかなぼやき

金町戦を間近に見つめ、その影響をまともに受けてきた田中成佳はこうふりかえる。

「何年戦争になったか知らないけど長かったですよ。なにしろ戦争が終わったときには、もう建設業者も山谷から人を雇わないという感じでね。

それに労働者もみんな年齢が上がってきて、労働基準法がうるさいわけですよ。健康診断をしなきゃならないとか、血圧が高いと駄目だとか、とくにトビなんかはチェックが厳しい。そういう健康問題もうるさくなってきたし、労働者連中の大半が二十年前には五十歳を過ぎているからね。団塊の世代がどんどん高齢化している。

それが仕事もない、先の見通しもないっていうことで、こんどは店がなくなっていく。食べ物屋もなくなって、いまは飲み屋といってもこの通り（寿司屋横丁）で一軒だけですよ。ついこの間まではうちの前に食堂があったけど、そこもマンションを建てる人に売っちゃったしね。

現状はこのとおり、寿司屋横丁に三十軒も四十軒もあった飲み屋が、いまは一軒しかないというありさまなんだから。バブルのときは金町一家も威勢がよかったけどね。だけど俺が団塊の世代の七十歳で、ホテルの客のほとんどが七十歳を過ぎているうえに、生活保護が大半だからね。年金か生活保護だから。

少しは山谷に若い人が入ってきているけど、ホテルはやめていくか、でっかいマンションに変わっていく。消費税だって、ここでは宿代にそのまま上乗せするわけにはいかないからね。利益が上がらなければやっていけない。全部やめるか、アパートにするかですよ。

だから役所から商売を変えろとは言われているんですよ。アパートにしろということだよね。こういうビルを直してもアパートくらいにしかならないもん。補助金を出すからっていうけど、ここに住んでいる人をどうするのっていうこと。生活保護でホテルにずっと住んでいて、急にアパートに行ったって生活できない人がいるんだよね。

うちの組合（東簡組合）はしっかりしているんですよ。というのは新宿に旅館とホテルを持っているから、その収入が組合に反映される。だからけっこう豊かな組合活動ができるんですよ。だけどホテルが減って組合員は少なくなっている。結局、館数を持っている人も売れるものは売るっていう方向だからね。古いものを抱えていたら新しいものは建てられない。相手があれば売るっていうことでね。

いまこのあたりに建っているマンションはポツポツ入居者がいるけど、いつまでたってもノボりもなければ案内もない。どこで売っているのかもわからない。パンフレットでもくれるのかと思ったら、なにも出さない。全然売り出している気配がない。物騒でしょうがないですよ。こんなでっかい建物に人っ子一人いないんだから。

役所は補助金を出すから設備を外国人用にしろっていうけど、もう変えるところがないんですよ。シャワーもウォシュレットもついているし。外国人は言葉もわからないし面倒だから、俺はやらないけどね。それでも、これからこの地域はまた変化があるでしょう。どう流れていくか

――」

田中の〝ぼやき〟は悲観的と言うより現実的と言うべきだろう。先にふれたように、田中家の代々をたどれば、戦前から戦後にかけて幾多の困難を乗り越えてきている。田中が次なる変化をどう活かすか、転機はあまり遠い将来のことではないかもしれない。

再生の信念

帰山哲男は一般旅行者の受け入れを進めるとともに、旅館組合の広報役を買って出ている。それが帰山家の後継者たる責務と自任しているのである。

「『寄せ場用語』っていうのをうちのブログでまとめたんだけど、なんでやったかというと、生活保護のコーディネーターたちが困っているから。生活保護の人でもいろんな人がいて、フランスに留学して塾を経営していたけど挫折しちゃった人なんかもいる。そういうインテリみたいな人だとコーディネーターも話が合うんだけど、寄せ場の元労働者の人たちが話す言葉は通じない

んだって。コーディネーターは山谷の人じゃないし、台東区の職員でもなくて契約の人だから。タコ部屋くらいならわかるみたいだけど、ケタオチとかアオカンになると難しいよね。

左翼は昨日もデモ行進をやっていたな。だけど四、五人しかいないんだよね。警察官のほうが多いんだもん。むかしは人数が多かったですよ。それで、うちの前を通り過ぎて解散するときに弁当とかを配るんだよね。いまは定期的に月一回くらい。五時とか六時とか、朝早いんだよね。要するに資金がどこからか出ていて、その関係でやらなきゃ駄目なんじゃないのかな。

『われわれ仲間たちは』とかアジビラには書いてあるけど、活動家たちは実際に山谷にはいなくて、どこからか通ってくる。デモのかけ声は、『浅警、マンモス、ポリ公』の三点セットだね。

一般旅行者を増やすことは先頭に立ってやっていますよ。そういうふうに変えようと思っているから。七三年にベッドハウスをビジネスホテルタイプの簡宿《かんしゅく》（簡易宿泊所）にしたときも、うちの親父は労働者の意識を変えてふつうの街にしようと考えたんだと思う。結局、山谷の労働者は一万円稼いできたら、一万円全部その日に使っちゃうんですよね。だいたい所得税の申告をしないでしょう。だけど間接税は払っているんだよね。お酒とかギャンブルとか。それがけっこう街をうるおわせていたんだけど、やっぱり生活がだらしなくなっちゃう。働きに行って、その服を着たまま飲みに行っちゃうんだよね。お風呂に入ってふだん着に着替えてから飲みに行くことをしない。そういう習慣が変わればいいということで新しいタイプの簡宿を考えたんだね。

その施設の多くにいまは生活保護の人が泊まっているなんて、親父は考えもしなかったろうね。うちと同じようなつくりでテレビも冷蔵庫もついているところに、生活保護の人が泊まっている。それで夜になるとその辺で発泡酒を飲んでいたりしてね。そういう環境が変われば、一般旅行者がもっと増えると思うんですけど」

国際観光都市の浅草にとなり合う山谷は、近年、若い旅行者と外国人客の安価な宿泊地として注目されてきた。その誘致役を引き受ける帰山は、街の再生を信じて疑わない。

活動家の妻たち

金町一家に主《あるじ》を奪われた山岡家はその後どうなったのか。山岡を親代わりとして結婚したキムチが、自分の妻の思い出もふくめて語る。

「照子さんは、山さんの通夜のときは気丈にふるまっていたけど、そのあと何回か訪ねて行ったときは元気がなかった。それでも劇団関係者とけっこう深く付き合って芝居に出たりしていたし、争議団の旗をつくってくれたり、あちこち顔を出したりしていたよね。四、五年はそんな感じだったけど、つとめていた東大病院はやめちゃったし、それ以降はあまりカバーできなかった。照子さんは最近亡くなって、その葬儀を仕切ったのは、事件当時小学三年生くらいだった長女の恵美ちゃん。恵美ちゃんは子供も孫もいっぱいいて、山さんの集会なんかには顔を出しているよ。

『山谷　やられたらやりかえせ』の上映会なんかやると、たとえば竜さんの子供が来たりしてね。親父がなにをやってきたのか知りたくて観に来ている。ある活動家は、別れた奥さんとの間に子供が二人いるんだけど、その奥さんが子供を連れて映画を観に来たこともある。そういったかたちでつながりが残っているんだよね。映画というのは、そういう場面をつくってくれる。

俺の奥さんの丈子は、山岡さんの事件のあとで東大病院をやめた。看護師としてあちこちの病院に行ったけど、なかなか同じところで長続きしないんだよね。だけど子供もいないし、おたがいに金を貯める性格じゃないからね。俺はギャンブルで金を使っちゃうし、丈子も細かいことを言わずに手持ちのカネで贅沢しちゃう。それでもなんとかなったんだよね。

丈子は六十五歳で定年になったあと、引き続き働いてくれと頼まれたらしいけど、給料も下がるしばかばかしいと言ってやめちゃった。でも、仕事をしないで楽をしていた期間は短かったよね。丈子が死んだのは二〇一八年。結婚生活は三十五年くらいかなあ。ほとんど二人きりの生活だった。だから俺は自由に、わがままにやってこられた。ふつうだったらポーンと突き放されて離婚だろうね。よく我慢してくれたと思う。

だけど、あっという間に死んじゃったよ。俺が初めてインフルエンザにかかって、それがうつっちゃってね。調子が悪くなって病院に行ったときにはたいしたことはなかったんだけど、そのあとで悪くなったんだろうね。自分が看護師だから、かえって救急車も呼ぼうとしないんだ。最期のときだって、俺が職場から電話したときには出たんだよ。だから、これは大丈夫だと思ったんだけどね。家に帰ったらもう立ち上がれないくらいになっていて、それでも救急車は呼ばないでくれって言われた。それから一時間くらいあとだよ、病院の緊急外来へ連れて行ったのは。そうしたら二番目に危ない患者だって言われてね、その日の夜だよ、死んだのは。原因は肺炎だった。それまで病院なんか一度も行ったことはなかったのになあ。

それにしてもねえ、看護師なんだから、肺炎になったらどうなるかわかるはずでしょう。だから、もしかしたら俺に面倒を見させちゃまずいと思っていたのかなあ、と考えちゃったりするよね。医者は、よくあそこまで我慢したって言っていたよ。ふつうならとても我慢なんかできないって。

遺骨はずっと家に置いていた。墓は新潟にあるんだけど、決断がつかなかった。兄弟がいろいろ考えてくれて、年が明けてから墓へ一緒に行って納骨した。

俺たちの場合、一人でゆうゆうと活動家をやっている人間なんかいないよ。奥さんが働いている場合が多いよね。俺だって奥さんのおかげで活動もギャンブルもできたわけだし。なかには活動に専念するために離婚した人もいる。その人は子供もいたんだけどね。俺も子供がいたらどうだったかな。子供をつくるために一緒になったんだけど、できなかったからね」

山谷アジール論

三枝は独身をとおした。争議団をやめたあとは、バイクでのツーリングなどアウトドア活動に楽しみを見出している。そして年老いたいまの課題は、新左翼の視点を脱け出したところで歴史を見つめ直すことだと言う。

「これから僕は山谷も広い視点で見直していきたいんですよ。だけど、山谷関係の書籍には山谷告発主義とでもいうんでしょうか、山谷のせまいところにとどまって、お涙ちょうだいとか、内部告発的なものとかが多いでしょう。こういった傾向を僕は、山谷主義とか寄せ場主義と呼んでいるんですけどね。

一歩外へ出て、山谷で活動していますって言えば、左翼的な思考だとなんか自慢になりますよね。キリスト教だってそういう面がある。大変なところで活動されているんですねって、外の信者から尊敬されたりして。だから山谷告発主義の傾向を生むと思うんですよ。そうではなくて、中世あたりまでさかのぼって、いままでと違う〝アジール〟という視点で山谷形成史を考えてみようと思っているんです。少し難しい言い方になりますけど、宗教や革命や暴動や精神障害などを〝祝祭〟という観点でつかんでいくことの一つとして考えたいということです」

アジールとは、「聖域を意味する語。そこに逃げ込んだ者は保護され、世俗的な権力も侵すことができない聖なる地域、避難所」（ブリタニカ国際大百科事典）を指す。三枝の今後の研究課題が、このアジール論なのである。

八〇年代当時、過激な労働運動の行き場が、もはや寄せ場にしかなかったことはたしかだろう。山谷は一時的に過激派のアジールとなり、同時に、一般社会との窓口を閉ざしてしまったとも言えるのである。三枝のアジール論がどういった新しい山谷像を描き出すのか、成果を出すのはこれからということになる。

なお、カメラマンの南條直子は、山谷に住み続けながら三度目のアフガン潜入を果たし、一九八八年十月、ソ連軍が埋めた地雷を踏んで死去した。享年三十三。「戦士たちの貌《かお》――アフガニスタン断章」は、南條の死去とほぼ同時に刊行されている。

終章　北帰

閉域の闘い

序章で示した論点については、総じてここまで述べてきた。そのうちのいくつかを、三枝とキムチ、そして安田弁護士の証言をもとに補強しておきたい。

金町戦はなぜ山谷という閉域から外部に飛び火せず、マスコミにも見過ごされてきたのか——。

「山谷はとくに地域が画然としていますよね。歩いて二十分ほどの浅草ともまったく世界が違いますし、周辺地域とのつながりが感じられないんです。釜ヶ崎なんかはもっと広がりがあるんですよ。釜ヶ崎は繁華街の新世界とも地続きという感じがあって、歩いている人たちの格好を見てもあまり区別がない。吉本新喜劇では、岡八郎（八朗）がトビみたいな格好で出てきて、釜ヶ崎の労働者を題材にしたような演目をやっていましたよね。そういう具合に労働者が地元に溶け込んでいる。浅草の場合はストリップ劇場なんかはあっても、どこか上品なんですよ。それに山谷では、浄化運動みたいなかたちで、まわりの町内会の人たちが労働者を差別する構造があったと思います。だから僕らが地元に溶けこむ要素はあまりなかったんです。

釜ヶ崎でも働いたことがありますけど、雰囲気が全然違いますね。横浜の寿町も同じですが、地域内に家族用の共同住宅があって子供も大勢いるわけです。山谷が単身者の街になっちゃったのは美濃部都政からなんですよ。家族持ちはどんどん外の都営住宅に移しちゃって、改善策が進むはずなのにむしろ単身者だけの街になっちゃった。それ以前にはドヤ住まいをふくめて家族持ちがけっこういたらしいんですよ。共同住宅はあの地域につくるのは無理にしても、近くの場所でもよかったと思うんですけどね」（三枝）

山谷が周囲から隔絶した異界と見られていたことはたしかだろう。そもそも山谷は江戸期以来の特殊な歴史を背負っており、明治以降もとりわけ下層労働者が目立つ街であった。しかも山谷には、日雇い労働者が落とすカネによって、地域内だけで金が回る独自の経済機構さえあった。街が孤立する条件はそろっていたのだ。いくらか好奇心の強い人間が外から異界をのぞき込むことはあっても、異界の闘争が一般社会に飛び火する理由はなかった。その反面、山谷の人間が地元から一歩出れば、平和と繁栄を謳歌するふつうの日本を満喫できたのだ。つまり金町戦は、山谷という閉ざされた街でのみ許された闘いだったと言えるのだろう。

「僕たちも過激派と呼ばれて社会から孤立しているとは思っていましたけどね。ただ山谷は、僕らの存在が通用するようなせまい社会だったんでしょうね。戦闘的な労働運動には新左翼の人たちがけっこう入り込んでいましたから、新左翼のせまい世界観が山谷では通用した時期があったということでしょうね」（三枝）

「当時の状況というのは、山谷地域における過激派労働組合とヤクザの攻防というかたちだから、警察としても、山谷のなかに収めておけばいいという感覚。俺たちとしては、もっと広い意味での支援団体をつくろうという話はあったんだよ。マスコミの人間なんかも入れてね。でもなかなか一本化しなかった」（キムチ）

先述したとおり、金町戦が三里塚闘争の陰に隠れてしまったことに加え、新左翼の存在そのものが、すでにマスコミの関心を買うほどの影響力を持ち得ない時代だったのである。

弁護士の安田は、かねてから「貧困と富裕、安定と不安定、山手と下町。凄惨な犯罪は境界で起こることが多い」という考えを示してきた。山谷もその例外ではないという。

「山谷のなかだけで見ればあまり事件は起こらない。せいぜい小競り合いくらいで、女性もちゃんと歩けますしね。そこに、いままでまったく山谷的な生活をしたことのない人が入ってきたらどうか。地元住民や労働者とのあいだに文化的な境界ができて、そこで事件が起きる。あるいは富の境界。金持ちの人、中途半端にカネを持っている人、カネのない人、そういう人たちが交錯する境界で事件が起きる。そういうことだと思うんです。言い方は悪いですけど、貧しい人ばかりの山谷では事件は起こらない。

金町戦のときは、まさに金町一家が新しく入ってきた力です。彼らも文化を持っていて、こっちは彼らと相いれない感覚を持っていて、さらに経済基盤も違う。そこに境界ができた。

義人党の時代は労働者がそんなに強くなかったんですよ。だから義人党の配下に誰もがいた。もともと義人党は土建屋の色合いが強かったうえに、みんなが義人党の配下の人たちに雇われていたわけです。だから山谷全体の調和が取れていたことはたしかだと思うんです。それにまだ仕事もたくさんあったし、手配師もわりあい面倒見のいい人が多かったんですね。彼らも余裕があって、そんなに激しい収奪もしていない。まだ暴力的な収奪がない時代ですね。

そういうゆるやかな支配から暴力的な収奪に変わっていったのは、経済的な影響が大きいでしょう。やっぱり仕事も減ってきて、アブレも出てきて、それで労働者のほうは弱くなっていく。金町一家にとって、山谷（寄せ場）は新しい開拓地だったわけです。新しい利権先なので、急いで利権を固めなければならない。そして現場を支配しなければいけない。支配するには争議団がじゃまだったわけですね。

彼らも労働組合がどんなものかというのは知りません。それから左翼の活動家というのもまったく知らない人たちです。絶えず得体の知れない者を相手にしている状態で、むしろ実態以上にこちらを恐れていたんだと思います。いまでこそ情報はたくさんあって、ヤクザ組織の内情も伝わってくるんですけど、当時はまったくわからなかったんです。彼らも同じようにこちらをわかっていなかったと思うんですよね。そうすると全部が大きく見えてくる。だから金町一家は過剰にかまえていたんですね。そういった部分が心理的にけっこう大きかったでしょう。とくに暴動なんかは金町一家にとって恐怖だったと思いますよ。だって革命運動ですもん。彼らからすると、活動家は革命のために命を捨てる人たちなんですよ」

当初、〝恐いもの知らず〟は争議団のほうで、〝疑心暗鬼を生ず〟は金町一家だったのかもしれない。しかし争議団が二人の犠牲者を出し、金町一家が山谷を制覇したことは厳然たる事実である。とはいえ、安田はこの結果をもってみずからの敗北とは見ていないようである。

「遠いむかしの話ですよね。しかしいい人たちばっかりでしたね。面白かったです。一緒に運動していて楽しかったです。本当に」

安田は、とうてい敗者では言えないコメントを最後に発した。

革命と大義

過激派は本気で革命を目指していたのか。そして左翼の大義に隠されてきた活動家の個人的な本音はどこにあったのか——。

「現場闘争の先に革命がある、という認識は僕なんかありましたね。それは『6・9闘争の会』に入ったころからの認識で、その前はまったく考えていませんでした。でも船本があいう激しい死に方をしたし、寄せ場で運動をしていると暴動にも直面する。そうすると、左翼としては革命を身近に感じるんですよ。革命にまったく具体性はなかったし、山谷争議団のコンセンサスでもありません。あくまでも活動家個人の意識的な問題ですけどね。とはいっても、警察との闘いの延長上に革命があるとは思いませんでしたよ」（三枝）

「俺たちの運動は、基本的に全共闘を起点とする新左翼の流れのなかにあったんだよね。だから若い人たちのなかでは、争議団の運動はむかしの新左翼政治に取り込まれていた、という見方も多い。争議団を離れてから十年も二十年もあとに若い人がそんな話をしていたから、あっ、そうなのかなあと思ったよ。そういうとらえ方は、自分ではなかなかできなかった。やっぱり、あの時代状況の枠のなかにあったんだよね。

そういう意味では、船本だって党派的な部分があったし、山さんも文章を読み返すと、党派の新聞（機関紙）なんかを読み込んだうえで、その流れのなかで書かれたものがある。

ただ、山さんの場合は現状に対していつも批判的な目を持っていた。自分たちの闘いを最大限に評価するのが新左翼主義だとすると、山さんは自己満足的なところがなくて、素直な見方で発言していたよね」（キムチ）

「現闘のときは労働運動でも本当に徒党的だったんですよ。ヤクザとの関係が険悪になったら、寿でも塩島組のシマから逃げ出したわけです。釜共だって釜ヶ崎で鈴木組とやるだけやったら逃げている。でも労働組合だったらそういうことができないんです。労働相談を受けるために事務所をかまえたりするわけですから。山谷争議団になってからは、現闘の徒党的な部分と労働組合的な部分が一緒になって、暴力的に闘争はやるんだけど、簡単には逃げられない。

しかも、寄せ場の不景気はオイルショックが直接の原因だったんですけど、すでに労働者の老齢化が顕著だったにもかかわらず、そこに気づけなかった。資本主義がある限り、寄せ場はずっと続くと思っていたんですよ。そういう僕らの視野のせまさが運動をつぶしてしまった要因の一つですね」（三枝）

「金町戦で言えば、勝った負けたを基準にして物事を考えてもしょうがない。時代によって見方も変わるしね。左翼は負けたと言いたがるようだけど、俺たちも金町一家も、どちらも勝ってはいないし負けてもいない。そういうかたちで見たほうがいいと思うんだよね。

左翼はだらしないとか、いいかげんということを嫌う。でも、どんな組織でも本当はいいかげんなんだよね。ヤクザでもそうだと思うよ。ヤクザなりの筋は通すんだけどね。

ただ、いいかげんな人間が時代を切り開くとか、なにかを成し遂げるとか、そういうことは歴史的によくあることなんだよね。それをあとで歴史としてまとめる段階になって、いいかげんな部分が正統化されてしまったりしてね。だから、左翼の通達文なんか俺はほとんど当てにしていない。むかしこうだったからこうだ、という前例主義が意外に多くてね。

俺はねえ、じつを言うと左翼はあまり好きじゃないところがある。言葉はうまいしね。結局、左翼は言葉で飯を食っている実態がある。だからいくらでもムードはあおれるんだよ。宣伝カーの情宣というのは役者がやるようなことでしょう。あれは役者の能力が必要なんだよ。嘘でも平気で言える人じゃないとできない。俺なんか全然駄目だよ。あまりいいかげんなことも言えないし、嘘も言えないしね。だから俺も情宣はやったけどうまくない。うまい人は本当にうまいからね。あれは技術だな。

それにね、俺は開高健の『日本三文オペラ』とか、小松左京の『日本アパッチ族』とか、あれが寄せ場の闘いだと思っている。長続きする闘いじゃなくて、そのときの一瞬、人が集まって、闘争して、すぐに終わるけど、また闘いは起きるよと。そういう価値観だよね。ハッピーエンドじゃなくていいんだよ。だいたい長続きする組織にいい人間はいないと俺は思うけどね。

組織性もなく、政治性もなく、それでも一緒に共同してなんかワアワアやる。現闘時代はそんな組織だったと思う。もちろん争議団もその流れにあるんだけど、それを三ちゃんは徒党性とか言うんだよね。まあ、ふつうの左翼には嫌われるよね」(キムチ)

「組織的な権力、政治的な権力、そういったすべての権力に執着をなくせば、マイナスをプラスに価値転換できることがある。そのつもりで徒党という言葉を使っているんだよね」(三枝)

徒党の再来

三枝とキムチの徒党論にふれて、筆者はほとんど脈絡もなく、ある集団を思い浮かべた。かつて中央アジアの草原をわがもの顔で駆けめぐり、ユーラシア各地の支配者を痛めつけた騎馬民族の一団である。

司馬遼太郎は「史記」を引用し、草原の戦士・匈奴《きょうど》を次のように書き著した。

「司馬遷は『史記』（紀元前九一年ごろに脱稿）の『匈奴列伝』のなかで、匈奴の生態をあらわすのに〝鳥集雲散《ちょうしゅううんさん》〟というあたらしい表現をつかった。〝利ヲ逐《お》フトキハ鳥ノ集マルガゴトク、困敗スルトキハ、瓦解《がかい》シ雲散ス〟」（「草原の記」）

匈奴は紀元前四世紀ころ、突如としてモンゴル高原に出現した騎馬遊牧民族である。彼らはその勇猛さと変幻自在の騎馬戦術で秦・漢の歴代王朝を悩ませ続けた。戦いにあってはなんの陣立てもなく、兵士のほぼ全員が馬にまたがって攻め込んだ。劣勢と見れば撤退を恥じることはなかった。兵士は散《ち》り散《ぢ》りとなってわれ先に逃げた。おかげで被害は最小限度ですみ、勢力はいつの間にか復活した。

さらに司馬は、元《げん》王朝の崩壊に言及する。

「モンゴル世界帝国の一部として、中国史において元王朝（一二六〇～一三六八）が存在した。歴世の大王朝のなかでは寿命がみじかく、百年あまりであっけなくほろんだ。

ほろんだとき、この支配民族の所作はまことに淡泊で、中国の各地にいたモンゴルの大官や将軍、あるいは士卒たちはいっせいに馬に乗り、北へ帰った。

かれらは中国における自領やら権益などはチリのように捨てた。当時の漢人たちはあきれ、『元ノ北帰《ほっき》』

という動物の習性用語でそれを表現した。

北帰とは、中国語である。しばしば雁《がん》についてつかわれてきた動物習性語で、人間のことではつかわれることがまずなかった。秋にわたってきた雁が、春になると隊伍《たいご》を組んで北へ帰る」（前掲書）

かつて寄せ場に人があふれていたころ、

愚直で寡欲で過激な男たちが徒党を組み、

山谷争議団をつくった。

男たちは、

寄せ場の支配者たらんとした金町一家と対峙し、

さんざんに苦しめ、

風のごとく去った。
その闘いは、
遠い過去の物語としてのみ記憶されるのか。
あるいは、
〝北帰〟した徒党の末裔がふたたび〝鳥集〟し、
より猛々しく権力に立ち向かうのか。

筆者はひそかに、
徒党の季節の再来を予感している。

謝辞

本書の取材にご協力いただいた櫻井群司氏が、刊行を待たずに逝去されました。謹んで哀悼の意を表します。

また、本書の企画成立にご尽力いただいた多田裕美子氏に、深く感謝申し上げる次第です。フリーカメラマンである多田氏は、現在、映画喫茶「泪橋ホール」を経営し、「山谷　やられたらやりかえせ」の上映会も催されました。なお、多田氏にはフォトエッセイ集「山谷ヤマの男たち」（筑摩書房刊）の著書があります。

そのほか、取材にご協力いただいたすべての方々に、心よりお礼申し上げます。

主要参考文献

『山谷ドヤ街・一万人の東京無宿』神崎清著（時事通信社）
『カインとその仲間たち』池田みち子著（福武書店）
『おれたちはいま燃えるいのちだ　対皇誠会闘争一六〇日ドキュメント』
全国日雇労働組合協議会山谷争議団
『映画「山谷―やられたらやりかえせ」』「山谷」制作上映委員会編
『世紀末通りの人びと』立松和平著（毎日新聞社）
『山谷　やられたらやりかえせ』山岡強一著（現代企画室）
『血と抗争　山口組三代目』溝口敦著（講談社+α文庫）
『やくざと日本人』猪野健治著（ちくま文庫）
『洋泉社MOOK　六代目山口組司体制誕生の衝撃』（洋泉社）
『近代ヤクザ肯定論―山口組の90年』宮崎学著（筑摩書房）
『死刑弁護人―生きるという権利』安田好弘著（講談社+α文庫）
『山谷への回廊―写真家・南條直子の記憶1979―1988』
織田忍編著（『アナキズム』誌編集委員会）
『狼の牙を折れ　史上最大の爆破テロに挑んだ警視庁公安部』門田隆将著（小学館）
『私の1960年代』山本義隆著（金曜日）
『山谷　ヤマの男』多田裕美子著（筑摩書房）
『山さん、プレセンテ！　2016』「山さん、プレセンテ！」実行会　編集委員会編
『［新版］黙って野たれ死ぬな』船本洲治著・船本洲治遺稿集刊行会編（共和国）
『奥浅草　地図から消えた吉原と山谷』佐野陽子・江原晴郎著（サノックス）

【著者略歴】牧村康正（まきむら・やすまさ）
1953年、東京都に生まれる。立教大学法学部卒業。竹書房入社後、漫画誌、実話誌、書籍編集などを担当。立川談志の初の落語映像作品を制作。実話誌編集者として山口組などの裏社会を20年にわたり取材した。同社代表取締役社長を経て、現在フリージャーナリストとして活動する。著書には『「ごじゃ」の一分　竹中武　最後の任俠ヤクザ』（講談社刊）、共著に『「宇宙戦艦ヤマト」をつくった男　西崎義展の狂気』（講談社+α文庫刊）がある。

ヤクザと過激派《かげきは》が棲《す》む街《まち》

二〇二〇年一一月二四日　第一刷発行

著　者　牧村康正《まきむらやすまさ》
発行者　渡瀬昌彦
発行所　株式会社 講談社
東京都文京区音羽二丁目一二—二一　〒一一二—八〇〇一
電話　［編集］〇三—五三九五—三五二二
［販売］〇三—五三九五—四四一五
［業務］〇三—五三九五—三六一五

印刷所　株式会社新藤慶昌堂
製本所　大口製本印刷株式会社
写　真　株式会社朝日新聞社提供

定価はカバーに表示してあります。

Printed in Japan　ISBN978-4-06-521675-0